LA TERRE DES VIALHE

DU MÊME AUTEUR

Aux éditions Robert Laffont

La Grande Muraille
Une fois sept
Mon père Edmond Michelet
Prix des Écrivains combattants 1972
Rocheflame
J'ai choisi la terre
Prix des Volcans 1975
Cette terre est toujours la vôtre
Des grives aux loups
Prix Eugène Le Roy 1979,
Prix des Libraires 1980
Les palombes ne passeront plus
L'Appel des engoulevents
Les Promesses du ciel et de la terre
Pour un arpent de terre
Le Grand Sillon
Quatre saisons en Limousin,
propos de table et recettes avec Bernadette Michelet
La Nuit de Calama
Histoires des paysans de France

Chez d'autres éditeurs

voir en fin de volume

Claude Michelet

Des grives aux loups

****

LA TERRE DES VIALHE

roman

LE GRAND LIVRE DU MOIS

À ceux et celles qui me demandent souvent des nouvelles de la famille Vialhe.

Lorsque notre nourriture, nos vêtements, nos toits ne seront plus que le fruit exclusif de la production standardisée, ce sera le tour de notre pensée.

Toute idée non conforme au gabarit devra être éliminée.

John Steinbeck,
À l'est d'Éden

FAMILLE VIALHE

- **Jean-Édouard Vialhe** (1860-1945) ***épouse en 1888*** **Marguerite** (1870-1920)
  - **Pierre-Édouard** (1889-1977) ***épouse en 1918*** **Mathilde Dupeuch** (1900)
    - **Jacques** (1920) ***épouse en 1946*** **Michèle** (1925)
      - **Dominique** (1947) ***épouse en 1976*** **Béatrice** (1948)
      - **Françoise** (1951)
    - **Paul** (1922-1958)
    - **Mauricette** (1925) ***épouse en 1946*** **J.-Pierre Fleyssac** (1925)
      - **Marie** (1947)
      - **Chantal** (1949)
      - **Josyane** (1950) ***épouse en 1976*** **Christian Leyrac** (1942)
    - **Guy** (1932) ***épouse en 1958*** **Colette** (1933)
      - **Jean** (1959)
      - **Marc** (1961)
      - **Évelyne** (1966)
      - **Renaud** (1967)
  - **Louise** (1890-1978) ***épouse en 1909*** **Octave Flaviens** (1885-1910)
    - **Félix** (1910) ***épouse en 1936*** **Thérèse** (1915-1937)
      - **Pierre** (1937) ***épouse en 1967*** **Jeannette** (1940)
      - **Luc** (1968)
      - **Hélène** (1971)
  - **Berthe** (1893-1987) ***adopte en 1946*** **Gérard** (1931)

FAMILLE DUPEUCH

Émile Dupeuch (1858-1900)
épouse en 1886
Amélie (1868-1928)

- **Léon** (1887-1972)
  épouse en 1930
  Yvette (1907)
  - **Louis** **(1931-1975)**
- **Germaine** (1890-1901)
- **Octavine** (1892-1902)
- **Marthe** (1895-1967)
- **Mathilde** (1900)
  épouse en 1918
  Pierre-Édouard (1889-1977)
  - **Jacques** (1920)
  - **Paul** (1922-1958)
  - **Mauricette** (1925)
  - **Guy** (1932)

Après Des grives aux loups, Les palombes ne passeront plus, L'Appel des engoulevents, *s'achève, avec le roman que voici, l'histoire de la famille Vialhe, du village de Saint-Libéral (Corrèze).*

L'action de La Terre des Vialhe *se situe en 1987 et 1988 : voilà donc près d'un siècle que nous les accompagnons, ces Vialhe ! Mathilde, la femme de Pierre-Édouard, est toujours là, avec ses quatre-vingt-sept ans, toujours attentive à ceux – ses enfants, ses petits-enfants, ses arrière-petits-enfants – qui ont donné un sens à sa vie d'amour, de travail et de rigueur.*

Jacques, son fils aîné, a longtemps maintenu à bout de bras le village (il en fut le maire et a su y créer des activités nouvelles) et la terre des Vialhe. Mais il s'est usé à la tâche et aujourd'hui, à soixante-sept ans, son cœur faiblit. Si sa propriété, la plus belle de Saint-Libéral, prospère encore, c'est grâce aux conseils de son fils Dominique, ingénieur agronome : les bêtes sélectionnées qu'il élève lui ont valu les plus hautes distinctions – jusqu'au Salon de l'Agriculture de Paris ! Mais Dominique a quitté la France : en Nouvelle-Calédonie, sur les trois mille hectares de la « station » de Cagou-Creek, il est désormais à la tête d'un troupeau de quinze cents têtes – inimaginable pour un paysan corrézien ! Et déjà son jeune cousin Jean, pour l'heure attaché au cabinet du ministre de l'Agriculture mais qui n'a jamais rêvé que d'élevage, envisage de le rejoindre, là-bas, dans cette Nouvelle-Calédonie en effervescence (c'est le temps de l'affaire d'Ouvéa). Et qui dit que l'un ou l'autre de ces entreprenants jeunes gens, si profondément attachés au terroir originel, ne viendront pas, un jour, relever le flambeau vacillant des Vialhe à Saint-Libéral ?

Ainsi se poursuit dans La Terre des Vialhe *la chronique d'une famille que rien ne peut entamer. Car ils sont tous là, les anciens et les jeunes : Mathilde, l'ancêtre, et la vieille tante et l'indomptable Félix, qui accourt de ses forêts de la Brenne dès que quelque chose cloche à Saint-Libéral ; et la nouvelle génération : Dominique, Jean et les belles et intelligentes jeunes femmes qui les soutiennent dans l'aventure nouvelle qu'ils mènent avec passion.*

Rien n'est perdu – malgré les menaces qui viennent de l'Europe technocratique comme de l'Amérique hégémonique –, rien n'est perdu, pour la vieille terre de France et les hommes qui la font vivre, tant qu'il y aura des Vialhe, à Saint-Libéral et partout.

PREMIÈRE PARTIE

CAGOU-CREEK

1

Assoupie dans le brouillard opaque qui sévissait depuis deux jours, la forêt perdait ses dernières feuilles. Déjà, un mois plus tôt, au lendemain des premières gelées d'octobre, peupliers, charmes et frênes avaient pris leur silhouette d'hiver, grands squelettes grisâtres et griffus entre les bras desquels feulait le vent d'est comme un chat apeuré.

Et maintenant pleuraient les chênes centenaires en de longs sanglots de feuilles brunes qui ruisselaient dans les gaulis avant de se noyer dans la houle rousse des fougères pétrifiées.

Presque invisible, car engoncé dans la cotonneuse gangue blême de la brume qui mangeait les roseaux et déformait les berges, l'étang du Souchet frémissait à peine sous l'étrave de la barque plate poussée par une rame légère et silencieuse.

Assis à l'avant, face au rameur, Félix Flaviens posa sa botte sur la tête du brochet qui frémissait encore, malgré le vigoureux coup de gourdin qui l'avait accueilli à sa sortie de l'eau, quelques minutes plus tôt.

– Ben alors ! T'es plus capable d'assommer un brocheton ? ironisa Jean Vialhe en dirigeant la barque vers la petite jetée de bois qui pointait entre les typhas, à quelque cinquante mètres de là.

– Cause toujours, gamin ! T'iras en chercher des brochetons qui font plus de six livres ! lança Félix. Enfin, poursuivit-il en souriant, je vois avec plaisir que tu sais encore tenir une rame, tu ne t'en tires pas trop mal pour un bureaucrate ! Mais, depuis le temps que je ne t'avais pas vu, je pensais que tu avais tout oublié de ce que je t'ai appris ! Et surtout que ma fréquentation n'était plus compatible avec ton standing !

– N'en rajoute pas, tu veux ! dit Jean en arrêtant de ramer. Bon Dieu ! Qu'on est bien ici ! Et quel calme ! soupira-t-il.

– Ah ! ça, pour le calme, approuva Félix. Enfin, c'est gentil d'avoir trouvé le temps de venir voir ton vieux cousin. Ça me fait vraiment plaisir.

– Et à moi donc ! Si je pouvais, crois-moi, tu me verrais plus souvent, comme dans le temps...

– Je n'en doute pas, mais on ne fait pas toujours ce qu'on veut, pas vrai ? Allez, ramène-nous à terre, il est urgent de mettre ce bestiau au court-bouillon si on veut manger ce soir, dit Félix en poussant du pied le brochet maintenant inerte.

– Alors tu dis que tout va bien à Saint-Libéral ? demanda Jean en replongeant la rame dans l'eau.

Il savait que, depuis bientôt dix ans et à la Toussaint, son cousin descendait en Corrèze pour aller se recueillir sur la tombe de sa mère, Louise, née Vialhe. Et Jean ne doutait pas que Félix en profitait aussi pour aller saluer tous les Vialhe qui reposaient là, toutes ces générations d'Édouard ; sans oublier surtout son vieil oncle, et ami, Pierre-Édouard, parti depuis dix ans, un jour de mai 1977. De même n'oubliait-il pas d'aller s'incliner sur la tombe de Léon Dupeuch et sur celle de Paul Vialhe. Enfin, pour la première année, sur la plus fraîche, celle qu'il avait fallu ouvrir pour Berthe Vialhe, morte en juin 1987, à l'âge de quatre-vingt-quatorze ans. Berthe Vialhe, l'indomptable, l'indomptée, la résistante, la rescapée des camps d'extermination, qui était partie avec un dernier clin d'œil facétieux, foudroyée par une rupture d'anévrisme, au matin du 18 juin.

– Je suis sûr qu'elle l'a fait exprès, avait murmuré Félix devant la tombe ouverte, c'est du tout Berthe ça ! Non seulement elle est morte un 18 juin, mais en plus elle est partie comme l'a fait le Général, aussi subitement et proprement...

– Alors, Saint-Libéral ? insista Jean.

– Comme je te l'ai dit, ça va, du moins ça a l'air. Mais tu sais, j'ai connu plus gai comme époque que celle de la Toussaint pour aller là-bas ! Ils avaient le même brouillard qu'ici, en plus froid !

– Et oncle Jacques ? Et Coste-Roche ?

– Là, ça semble bien tourner du point de vue boulot. Le problème c'est que ton oncle Jacques ne rajeunit pas et que le travail ne manque pas. Mais le troupeau est magnifique, ton cousin Dominique peut être fier de son idée.

– Je sais, dit Jean, soudain songeur au souvenir de tous les étés qu'il avait jadis passés à aider son oncle à travailler les terres des Vialhe. Et Bonne-maman Mathilde ? reprit-il.

– Elle tient la route. Enfin, à première vue. Tu sais, elle va sur ses quatre-vingt-huit ans, alors... Et puis le départ de Berthe l'a beaucoup touchée. Sans Berthe, la vieille maison Vialhe manque de fantaisie et d'animation. Heureusement que tante Yvette est là et en bonne santé...

– Ça lui fait quel âge maintenant ?

– Trois ans de plus que moi, c'est-à-dire quatre-vingts, et ne te crois pas obligé de dire que je ne fais pas mon âge ! s'amusa Félix en voyant le froncement de sourcils de son jeune cousin.

– Je n'ai rien dit, moi ! lança Jean en poussant la barque le long de la jetée. Il l'amarra, sauta à terre et tendit la main à Félix : Allez l'ancêtre, tâche de ne pas tomber à l'eau, ce n'est plus de ton âge !

– Je te souhaite d'y arriver en pas plus mauvais état que moi, dit Félix qui s'accrocha quand même à la main tendue. Mais, toi, tu as toutes tes chances de finir centenaire, ajouta-t-il malicieusement, ce n'est pas ton travail de rond-de-cuir qui va t'épuiser !

– Arrête un peu, tu veux ! Si tu crois que ça m'amuse, dit Jean en s'engageant dans le sentier qui, à travers la futaie, filait vers la petite maison de Félix, perdue dans le brouillard, à quelque cinq cents pas de là.

– Ne m'en veux pas, tu sais bien que j'ai toujours été un peu taquin avec ceux que j'aime bien.

– Je sais. Et puis, de toute façon, ce n'est pas ta faute si j'en suis là...

– Bah ! Tu as encore toute la vie devant toi !

– C'est ce qu'on dit, mais en attendant, le temps passe et le rêve s'éloigne...

Michèle savait que Jacques appréciait beaucoup les enquêtes du commissaire Maigret, aussi s'étonna-t-elle lorsque son époux abandonna son fauteuil et enfila sa veste de travail et ses bottes.

– Elle ne va quand même pas te faire passer la nuit ? s'inquiéta-t-elle.

– Mais non, je t'ai dit que tout irait bien. D'ailleurs, si ça se trouve, c'est déjà fait et le veau est en train de téter. Allez, à tout de suite, tu me raconteras la fin ; de toute façon, Maigret gagne toujours ! dit-il en sortant.

Le froid le saisit dès qu'il eut quitté l'abri du porche, et un méchant vent d'est, coupant comme du verre, l'incita à relever le col de sa veste.

« Bon sang, grommela-t-il, on se croirait en plein hiver ! Pourtant, on n'est même pas à la mi-novembre, qu'est-ce que ce sera en février ! »

C'est en courbant le dos pour mieux résister à la bourrasque qu'il parcourut les trente mètres qui séparaient la maison de l'étable. Il s'engouffra dans le bâtiment, alluma et soupira d'aise. Ici, au moins, la température était tiède, grâce aux bêtes qui couchaient là : douze solides taurillons et quinze génisses. Mais aussi trente-cinq vaches limousines dont la plus belle, primée deux ans plus tôt au Salon de l'Agriculture de Paris, dépassait les huit cents kilos. Presque toutes étaient inscrites au Herd-book, et leurs produits, élevés avec tous les soins que méritent les bêtes sélectionnées, étaient de bon rapport. Certains même partaient pour l'exportation et, comble de l'honneur et du bonheur pour Jacques, depuis l'année précédente, outre les sujets expédiés en Argentine et au Chili, trois taurillons de douze mois avaient été achetés par les propriétaires de cette immense société d'élevage de Nouvelle-Calédonie que gérait Dominique Vialhe depuis bientôt dix ans. Une exploitation de plus de trois mille hectares sur lesquels croissaient, suivant les saisons, entre mille cinq cents et mille huit cents têtes de bétail, des limousines bien sûr ! Des bêtes dont certaines avaient besoin d'un sang neuf, ce qui expliquait pourquoi Dominique, en excellent éleveur et bon gestionnaire, faisait désormais venir des reproducteurs de France. Alors pourquoi pas de Corrèze, et plus spécialement de Saint-Libéral, puisque l'élevage de Jacques Vialhe, développé à la fin des années soixante-dix grâce aux idées novatrices de son fils, était désormais classé parmi les meilleurs de la région ?

« Tiens, comme prévu, elle a vêlé sans problème », pensa Jacques dès qu'il entendit le doux meuglement, un peu tremblé, de la mère appelant son veau.

Il était là, derrière la vache, encore tout humide mais déjà debout, titubant sur ses pattes largement écartées et qui soufflait avec énergie pour expulser les glaires qui encombraient ses narines.

« Sacrée belle bête », constata Jacques avant de pousser délicatement le nouveau-né vers le mufle de sa mère, folle de désir d'effectuer au plus vite, à grands coups de langue, la toilette de son rejeton.

« C'est bien », dit-il en caressant doucement le large dos de la limousine.

Puis il alla chercher une bouteille d'alcool à 90° dans la petite pharmacie de l'étable et désinfecta le cordon ombilical du nouveau-né. Cela fait, il retira le placenta qui souillait la litière, éparpilla une demi-botte de paille derrière la vache et guida le veau, déjà affamé, vers le pis gonflé de colostrum. Il calcula qu'il faudrait au moins un bon quart d'heure au veau pour étancher sa soif et qu'il avait donc tout le temps d'aller annoncer à Michèle que tout allait pour le mieux.

– Dommage que tu ne puisses rester dormir ici, comme dans le temps, dit Félix en débarrassant la table.

– Impossible, assura Jean, nous avons une réunion de cabinet à huit heures, demain matin.

– Tu veux une goutte de prune ? C'est toujours ton oncle Jacques qui m'approvisionne, elle est fameuse !

– Non, merci. Tu sais, maintenant, avec l'alcootest...

– Tu ne pars pas tout de suite, quand même ?

– Non, d'ici une bonne demi-heure, ça ira très bien. Je serai à Paris vers minuit et grâce à cet après-midi de véritable oxygénation je dormirai comme un ange.

– Toujours seul ? plaisanta Félix.

– Bah ! ça dépend des soirs et de mon travail ! s'amusa Jean.

Il eût mal pris ce genre de réflexion de tout autre que Félix. Mais, venant de lui, il pardonnait, car si le vieil homme était son cousin, issu de germain, il était aussi presque un grand-père pour lui, car un demi-siècle les séparait.

Il était vrai, surtout, que depuis l'âge de quinze ans et aussi souvent qu'il l'avait pu Jean, le petit Parisien du VIIe arrondissement, fils de Guy Vialhe, avocat bien connu du barreau de Paris, n'avait jamais manqué une occasion de venir passer un week-end dans la petite maison forestière de Félix, nichée entre étangs et futaies à douze kilomètres de Mézières-en-Brenne.

Là, grâce à Félix, et pendant que son père et ses amis chassaient alentour – Guy était toujours actionnaire de six cents hectares de parcours –, il s'était initié à la pêche, à l'ornithologie, à la botanique. Et c'était bien là aussi, sans doute, qu'avait germé en lui cette idée, pour le moins saugrenue,voire insensée aux yeux des gens sérieux, de devenir un jour éleveur ! Encouragé par son grand-père, Pierre-Édouard, de son vivant, mais aussi par son cousin germain, Dominique, déjà ingénieur agronome et qui l'avait poussé à suivre la même voie que lui, il était presque arrivé à ses fins. Presque, mais pas plus et c'était là qu'était son problème. Car si, jeune ingénieur agronome et major de sa promotion il avait, comme son cousin, bourlingué pendant trois ans à travers le monde, au service d'une multinationale de l'agro-alimentaire, la SIDFG (Société internationale de distribution des féculents et des céréales), il était aujourd'hui loin d'être à la tête de cette ferme d'élevage dont il avait rêvé dans son adolescence.

Plutôt lassé par le manque d'intérêt de son travail dans l'agro-alimentaire, c'est presque par défi, mais aussi parce qu'une de ses amies l'avait recommandé, qu'il avait accepté d'entrer, dix-huit mois plus tôt, dans le cabinet du nouveau ministre de l'Agriculture.

– C'est une expérience comme une autre, avait-il dit à l'époque à Félix. Et puis, là au moins, on sait que ça ne dure jamais très longtemps !

Depuis, il remplissait son emploi du mieux qu'il pouvait mais sans véritable passion. Ballotté entre la rue de Varenne et Bruxelles, contraint aussi de représenter parfois son ministre dans nombre d'assemblées générales, manifestations diverses, colloques ou autres comices agricoles, il ne s'ennuyait pas mais ne s'exaltait guère. Et s'il n'en était pas encore à penser qu'il perdait son temps, du moins estimait-il de plus en plus souvent qu'il devait être possible de mieux l'employer.

Heureusement, il arrivait parfois que ses obligations et ses déplacements le rapprochent de ce petit havre où vivait Félix. Dès son rôle de représentation accompli, il s'éclipsait. Cela lui permettait, pendant quelques heures, d'oublier tous ses dossiers. Mais c'est alors que lui revenait immanquablement en mémoire cette promesse qu'il s'était faite vers l'âge de quinze ans : « Un jour je serai éleveur, je ne sais pas où, ni comment, mais je le serai ! » Ce projet ne l'avait toujours pas quitté.

– Tu ne m'as même pas dit ce qui t'avait amené dans le coin, dit Félix tout en plongeant les assiettes sales dans la bassine à vaisselle.

– Attends, je vais t'aider, proposa Jean. Il prit un torchon, commença à essuyer les couverts déjà rincés. Pourquoi je suis là ? Bah ! une corvée. Il fallait absolument qu'un membre du cabinet soit présent au congrès annuel des céréaliers de France. Cette année, c'était à Châteauroux, alors tu penses si je ne me suis pas fait prier !

– C'était bien ?

– Bof, toujours la routine et surtout les mêmes revendications. Pourtant, les gros céréaliers ne sont pas les plus à plaindre, tant s'en faut !

– Et ton travail au ministère, toujours le même ?

– Oui. Tiens, après-demain matin, je file une fois de plus sur Bruxelles. Ça va encore être la grosse bagarre avec nos enfoirés de partenaires, tu n'as pas idée de quoi sont capables tous ces voyous !

– Ben dis donc, s'ils t'entendaient !

– Pas de risque. Moi, je prépare juste les dossiers

pour le ministre et, ensuite, j'écoute et je prends note, mais je n'ai pas un mot à dire. Pourtant, crois-moi, quelquefois quand je me laisse aller à penser aux derniers agriculteurs de Saint-Libéral, à ces malheureux bougres qui s'accrochent encore, j'ai envie de leur mettre des baffes à tous ces abrutis d'eurocrates !

– Bigre ! Tu es sacrément remonté, heureusement que ça ne sort pas d'ici, dit Félix en posant les assiettes sur l'égouttoir.

– Bah ! Si ça se trouve, je le leur dirai un jour ! J'en serai quitte pour démissionner aussitôt, et alors ?

– Vu comme ça, d'accord...

– Non mais, c'est vrai, tu n'as pas idée ! insista Jean. À entendre certains, j'ai souvent l'impression d'avoir affaire à des gens qui ne pensent qu'à détruire notre agriculture. Tiens, surtout ces faux culs de Bataves ! Ça a tout de suite un pays grand comme un mouchoir de poche et ça vous a des prétentions hégémoniques ahurissantes ! Ils passent leur temps à nous chicaner et nous inondent, en plus, avec leurs foutus légumes de serre qui ne valent pas un clou ! Je te jure, il y a des claques qui se perdent ! Enfin, ce que j'en dis...

– Tu m'as l'air en pleine forme, s'amusa Félix. Et tes amours ? le taquina-t-il à nouveau car il savait, depuis longtemps, que Jean était un bourreau des cœurs.

Il est vrai qu'il était bel homme, grand, bien charpenté avec un visage ouvert et ce regard marron-noir de sa grand-mère.

– Les amours ? Pas de problème, de ce côté, ça va.

– Alors qu'est-ce qui ne va pas ? insista Félix. Et ne tergiverse pas, tu veux ! Ça fait quinze ans que tu viens et je commence à connaître tes intonations de voix.

Là, tu as quelque chose qui passe mal. Tu en parles si tu veux ou tu joues les carpes, mais ne me dis pas que je me trompe. C'est grave ?

– Mais non ! Et je suis sincère. Simplement, et tu le sais, ce que je fais au ministère ne m'excite pas beaucoup. Et puis il faut que je me prépare un point de chute dans les six mois qui viennent.

– Pourquoi, tu vas te faire vider ? Note qu'avec tes propos !

– Non, pas vider ! Mais je te rappelle que nous avons des présidentielles l'an prochain, d'où chambardement dans les ministères. Pas pour les fonctionnaires, ils sont aussi accrochés à leurs postes que des tiques sur le dos d'un chien, ce qui explique d'ailleurs que bien des dossiers soient définitivement bloqués, mais nous, la piétaille, comme disait je ne sais plus qui, on saute à tous les coups !

– Tu as des idées de reclassement ?

Jean hocha la tête, essuya lentement l'assiette qu'il venait de prendre.

– Peut-être... j'ai reçu une longue lettre de Dominique.

– Oui ?

– Eh bien, le gars qui gère une entreprise voisine de la sienne arrive en fin de contrat l'an prochain, il a de gros problèmes de santé et ne veut pas rempiler. Alors, je ne te fais pas de dessins pour la suite !

– Bigre ! s'amusa Félix. Tu veux dire que toi aussi tu irais t'installer en Nouvelle-Calédonie ? Avec deux Vialhe sur ce caillou, les pauvres gens du cru n'ont pas fini d'en baver ! Tu trouves qu'ils n'ont pas assez d'ennuis comme ça en ce moment ?

– Ne t'excite pas, il n'y a encore rien de fait, c'est

juste une idée en l'air. Dominique m'a simplement demandé une réponse pour fin février, début mars, j'ai le temps de cogiter. Mais je ne te cache pas que la proposition m'intéresse...

Il jeta un coup d'œil à la grosse pendule à poids et balancier qui chantait dans le coin de la pièce.

– Bon Dieu ! déjà dix heures, tu m'excuses, mais il faut que je parte, dit-il en enfilant son veston, et encore merci pour ton accueil.

– Je te reverrai un de ces jours ?

– Qui sait ! Dans un mois ou dans six, je ne peux rien prévoir.

– Tiens-moi quand même au courant de tes projets, enfin, si tu en as envie, dit Félix en l'accompagnant jusqu'à la porte.

– Promis, dit Jean en lui serrant la main.

Il sortit et s'engouffra dans sa GS.

– Tu vois, comme prévu, tout s'est bien passé, dit Jacques en enlevant sa veste.

Il faillit ajouter que le veau était très beau mais se tut dès qu'il comprit que Michèle s'était assoupie, tassée dans son fauteuil. Devant elle, sur l'écran, Maigret-Jean Richard tapotait sa pipe en expliquant, l'air bonasse, à celui que Jacques supposa être le coupable, comment il s'était trahi.

– Chérie, tu devrais aller au lit, dit Jacques doucement et en s'approchant.

Il vit qu'elle dormait profondément mais remarqua surtout les mauvaises rides qui lui striaient le visage ; même au repos, sa femme restait soucieuse, inquiète. « Et fatiguée aussi », pensa-t-il en éteignant le poste.

Qu'elle soit épuisée n'avait rien d'étonnant car, outre le travail habituel que lui donnait l'entretien de la maison et de la ferme – elle aidait Jacques autant qu'elle le pouvait –, elle avait, depuis la veille, commencé le gavage de vingt-cinq oies. Tâche astreignante et peu ragoûtante qui, pendant trois semaines et deux fois par jour à heures fixes, la verrait, gaveuse automatique en main, passer d'une oie à l'autre pour injecter dans le jabot de chacune un savant mélange de maïs gonflé à l'eau tiède, de pommes de terre cuites, le tout lié par quelques cuillères de lait en poudre. Grâce à quoi, début décembre, elle pourrait vendre ses premiers foies gras, juste avant d'entreprendre le forçage d'un nouveau lot de vingt-cinq bêtes. Et il en serait ainsi jusqu'à la mi-février.

« Mais quel travail ! disait souvent Michèle. Heureusement que c'est de bon rapport », ajoutait-elle pour se donner du courage.

Il était vrai que les quelque cent vingt à cent trente kilos de foie qu'elle vendait par an apportaient une bonne bouffée d'oxygène dans une comptabilité de ferme toujours à la limite de l'équilibre. Car tout ce que Jacques et elle avaient mis sur pied, depuis dix ans et à l'instigation de Dominique, n'avait pu se faire sans de solides investissements. Et si, grâce à quelques bonnes relations et à sa notoriété, Jacques, malgré son âge, n'avait pas eu trop de mal à obtenir de nouveaux prêts du Crédit agricole, il n'en était pas moins encore tenu et pour deux ans de rembourser des annuités qui n'étaient pas légères. Aussi, même si grâce au changement de cap effectué dans le sens de la qualité plutôt que dans celui de la quantité, Michèle et lui avaient pu, jusque-là, garder la tête hors de l'eau, ils devaient toujours veiller à ce que les charges financières qui pesaient sur leurs épaules ne les entraînent pas vers le fond.

« Elle a vraiment commencé sa nuit », pensa-t-il en observant toujours le visage de sa femme.

Outre les mauvaises rides qui abaissaient les coins de sa bouche et creusaient son front, l'inquiétude qui la taraudait depuis plusieurs années avait aussi, de mois en mois, jeté de grosses mèches grises dans sa chevelure si sombre, jadis.

« Dans le temps, elle était châtain foncé, se souvint-il avec attendrissement. Dans le temps, quand on se donnait rendez-vous entre Perpezac et Saint-Libéral, au pied du puy Blanc... Quand je songe que nous avons quarante et un ans de mariage depuis le mois dernier ! Après toutes ces années, la pauvre petite aurait pourtant droit à un peu de repos et de tranquillité ! Au lieu de ça, elle se ronge les sangs ! Ah ! sacrés gosses ! Et encore, si c'étaient toujours des gosses ils nous donneraient moins de soucis ! »

Car lui aussi, tout en essayant de se montrer rassurant et optimiste, était souvent assailli par de lourdes bouffées d'inquiétude.

D'abord à cause de Françoise. Pourtant, le ciel leur était témoin que, jusqu'au début de l'année, leur fille ne leur avait donné que des satisfactions. Après d'excellentes études, elle avait choisi la voie de la recherche, travaillait depuis plus de dix ans dans un laboratoire de l'INRA spécialisé en zootechnie et gagnait correctement sa vie. Seule petite ombre au tableau, surtout aux yeux de sa mère qui rêvait de la voir fonder un foyer, elle n'avait jamais envisagé de perdre la belle indépendance que lui donnait son célibat. À tel point que, soucieuse de préserver sa liberté et aussi, peut-être, pour ne choquer ni ses parents ni sa grand-mère Mathilde, jamais elle n'était venue à Saint-Libéral accompagnée d'un quelconque compagnon. Et si Jacques et Michèle n'étaient pas dupes quant à la façon dont elle gérait sa vie privée, du moins ne s'en étaient-ils jamais mêlés. Jusqu'au printemps précédent car là, vraiment, Françoise avait été trop loin, poussant Jacques à sortir de sa réserve et à exploser dans une de ces colères dont les Vialhe avaient le secret.

Passe encore qu'elle ait une liaison avec un de ses collègues de laboratoire, c'était, somme toute, très banal, pour ne pas dire logique. Mais là où le bât blessait, c'était que le monsieur en question avait vingt-six ans de plus qu'elle, qu'il était marié, père de deux filles dont l'aînée avait deux ans de plus que Françoise et qu'il s'était mis dans la tête de divorcer et de l'épouser. Et ça, pour Jacques et Michèle, c'était inacceptable.

– Ta fille est folle à lier ! Folle ! avait grondé Jacques en apprenant la nouvelle. Non, mais tu te rends compte ? Cet abruti dont elle s'est amourachée a exactement ton âge ! Tu te vois avec un gendre de soixante-deux ans ! C'est de la démence pure et simple ! Bon Dieu, je sais bien qu'on vit dans une époque de dingues, qu'on peut s'attendre à tout et qu'il faut, paraît-il, être tolérant et laisser tout le monde coucher avec tout le monde ! Mais là, c'est trop ! Je te fous mon billet, et tu pourras prévenir ta fille, que si ce type ose venir ici avec elle, il repartira plus vite qu'il ne sera arrivé. Et avec mon pied dans les fesses, en prime ! Incroyable, une histoire pareille !

Depuis, Françoise n'était pas revenue chez ses parents. Tout au plus, entre deux trains, était-elle descendue à Saint-Libéral pour l'enterrement de sa tante Berthe. Mais elle n'avait alors touché mot de sa liaison à personne ni même pris la peine de monter jusqu'à Coste-Roche. Et cette situation minait Michèle.

« Et moi aussi d'ailleurs, s'avoua-t-il, mais bon sang de bon sang, comme si on avait besoin de ce genre de bêtise pour nous gâcher l'existence ! Et comme si Dominique ne suffisait pas, à lui seul, à nous inquiéter ! »

Si l'aventure de Françoise leur était moralement odieuse, les soucis que leur donnait leur fils étaient autrement plus oppressants, plus douloureux. Et ce, quoi que leur raconte Dominique à travers ses lettres ou, parfois, par téléphone. Bien entendu, à l'en croire – mais, pour ce faire il eût fallu ne point regarder les informations télévisées ni lire les journaux ! – tout allait bien là-bas, aux antipodes, en Nouvelle-Calédonie. En fait, il fallait avoir un culot monstre pour oser prétendre que ni Béatrice, ni leurs deux gosses, ni lui-même ne couraient le moindre risque ! Les dernières graves émeutes, complaisamment relatées par les journaux télévisés, remontaient à moins de quinze jours ; et elles avaient été d'une violence peu commune. Et même si elles s'étaient, paraît-il, cantonnées à la périphérie de Nouméa, rien ne prouvait que le reste du territoire n'allait pas s'embraser à nouveau. S'enflammer comme deux ans plus tôt lorsque, après la mort d'Éloi Machoro et les violences qui avaient suivi, l'état d'urgence avait été proclamé pour six mois. Or, malgré cela, Dominique, dans son dernier appel téléphonique, avait affirmé qu'il ne fallait surtout pas s'inquiéter.

– Le référendum a été brillamment emporté par les anti-indépendantistes, alors les autres râlent un peu, c'est normal. Mais rassure maman, ici tout est calme !

Ici, avait compris Jacques, c'était ce qu'ils appelaient là-bas une station, cette ferme de trois mille et quelques hectares qui s'étendait sur la côte ouest de l'île, à une soixantaine de kilomètres au nord-ouest de Nouméa. C'était là, au lieu-dit Cagou-Creek, que Dominique, Béatrice et leurs enfants Pierre et Pauline vivaient depuis bientôt dix ans.

« Et le comble, c'est qu'ils se plaisent dans ce pays ! La preuve, malgré les événements ils n'envisagent pas de rentrer en métropole ! On ne les a pas vus depuis deux ans, on ne les reverra pas avant l'été prochain, ils vivent dans un bled où les gens ne rêvent que de s'étriper, et il faudrait, en plus, qu'on ne s'inquiète pas ! Il en a de bonnes, le fils », soupira-t-il en posant doucement la main sur l'épaule de Michèle qui dormait toujours.

Elle sursauta, s'éveilla :

– Oh ! je crois que je me suis un peu endormie..., murmura-t-elle d'une voix pâteuse. Et la vache ?

– Ça va ; comme prévu le veau est né tout seul, sans problème. Mais va vite au lit, tu es morte de fatigue. Allez va, je vais rattacher le veau et je te rejoins.

Il se pencha vers elle, l'embrassa et ressortit dans la nuit après avoir allumé la cour. Habitué, il ne sursauta pas lorsque le chat-huant qui nichait dans la grange, dérangé dans son affût, cria comme un damné.

2

– Sûr de sûr, si je surprends un jour un de ces salauds en flagrant délit, ma parole, je lui ferai passer le goût du bifteck ! gronda Dominique en chassant rageusement les grosses mouches vertes qui bourdonnaient autour de lui.

– Vu son état, et son odeur, ça doit faire au moins deux jours qu'elle est là, évalua Christophe Noali, le métis blanc-jaune qui avait conduit Dominique sur les lieux de sa peu réjouissante découverte. Une magnifique génisse limousine de quatre cents kilos, abattue d'une balle de gros calibre en pleine tête et dont les pillards avaient tranché à la machette et emporté les deux cuisses et une épaule. Quant au reste, il commençait à pourrir sous le chaud soleil de novembre.

– Oui, approuva Dominique, ils ont dû faire ça vendredi, en prévision des agapes de samedi soir. Ils ont beuglé et fait un chahut du diable une partie de la nuit ; le vent portait et on les entendait de chez nous, malgré les quatre kilomètres qui nous séparent, c'est dire la fiesta !

– Vous croyez que ce sont les mecs d'Amédée Koutiat qui ont fait ça ?

– Pas la moindre preuve, mais beaucoup de présomptions, ce sont quand même eux les plus proches du *stock*, assura Dominique.

Depuis qu'il gérait la société d'élevage de Cagou-Creek dont le principal actionnaire s'intéressait également à l'exploitation du nickel, Dominique s'était mis au vocabulaire local. Et si, au début de son installation sur le Caillou avec femme et enfant – Pauline était née deux ans plus tard –, ils avaient eu droit aux sobriquets de « métros » et, pis encore, de « zozos », qualificatifs réservés à tous les nouveaux venus, ce temps était révolu.

Au fil des ans, Béatrice et lui, mais surtout les enfants, s'étaient pliés aux expressions du cru. À cette espèce d'argot issu d'un mélange d'anglais et de dialecte vernaculaire, le tout revu et enrichi par l'apport de quelques mots propres à la marine. Et lorsqu'il parlait d'un stock, c'était bien d'un troupeau de bovins qu'il s'agissait. D'ailleurs, n'était-il pas devenu lui-même un *stockman* qui, presque chaque jour, enfourchait sa jument pour superviser l'avance des travaux, la croissance des récoltes, le bon état du cheptel et la solidité des clôtures qui fermaient l'ensemble des trois mille hectares ?

– Bon, on rentre, décida-t-il en remontant à cheval. Tu vas venir chercher le John Deer à pelle et tu remonteras jusque-là pour enterrer cette charogne ; pense à prendre un sac de chaux. Et ne mégote pas sur la profondeur du trou. Tiens, tu le feras là-bas, dit-il en désignant une petite clairière qui s'ouvrait entre les niaoulis et les faux mimosas. N'oublie pas non plus de récupérer sa boucle d'oreille et de relever son numéro. Moi, de mon côté, je vais aller dire deux mots à ce pirate d'Amédée Koutiat ; il feindra d'être étonné de ma visite, mais je te parie qu'il m'attend !

Pendant les premières années de leur séjour, Béatrice n'avait pas disposé de beaucoup de temps libre. Prise par les soins aux enfants, auxquels s'ajoutaient une partie de la comptabilité de la station puis, plus tard, la classe qu'elle avait faite à Pierre et ensuite à Pauline, ses journées étaient souvent remplies au-delà du raisonnable. Mais, depuis maintenant deux ans que les enfants étaient scolarisés à Bouloupari, à trente kilomètres de là, elle était beaucoup plus libre.

Malgré cela, elle aurait tout à fait pu se dispenser d'entretenir le jardin comme elle le faisait. Vu la masse du personnel employé sur la station et dont les logis s'élevaient à cinq cents pas de la maison de maître, Dominique eût pu, sans aucun problème, confier le travail à un jardinier.

Mais parce qu'elle détestait perdre son temps et qu'elle n'envisageait pas de passer toutes ses journées à bronzer sur une chaise longue, elle avait décidé de prendre en charge le soin du terrain qui entourait la maison. Elle aimait beaucoup ce petit parc chatoyant dans lequel se mêlaient, en une exubérance folle, les massifs de bougainvilliers et de lantanas, les flamboyants, cocotiers et bananiers, les banians et tant d'autres arbres et arbustes propres à la flore si riche de l'île et où se poursuivaient les merles des Moluques et les guêpiers.

Au centre du jardin, desservi par une longue allée bordée de pins colonaires, s'élevait une grande demeure de type colonial, au toit de tôles rouges, aux murs d'aggloméré blanc qu'encerclait une véranda bien protégée du soleil par des volets de lames ajourées.

Situé à environ quinze kilomètres au nord de la Tontouta, traversé par la rivière du Cagou – étrange et rare oiseau local dont l'effigie orne le blason de Nouméa – et à vingt kilomètres de la baie de Saint-Vincent, Cagou-Creek jouissait d'un calme absolu. En effet, la maison bâtie presque au centre du domaine était suffisamment éloignée des corrals – des *stockyards*, comme disaient les autochtones – pour que les mugissements lancinants des vaches séparées de leur progéniture au sevrage ne soient perceptibles que par grand vent.

De plus, outre une solide clôture de bois, elle était cernée par plusieurs centaines d'hectares uniquement réservés à la culture des fourrages et des céréales. Grâce à quoi Dominique et Béatrice ne risquaient pas de voir leur parc envahi par un de ces troupeaux en vadrouille qui, parfois, pendant les plus chaudes journées de l'été austral brisaient les clôtures et fonçaient au grand galop vers les points d'eau.

Bien que tout occupée à déplacer un des petits canons à eau avec lequel elle rafraîchissait les massifs – la rivière du Cagou autorisait cet arrosage grâce à une installation mise en place par Dominique –, Béatrice comprit, au galop de son cheval et à sa façon de sauter à terre, que son époux était de retour.

– Je suis là, lança-t-elle en s'avançant vers l'écurie. Ça va ? Non, ça n'a pas l'air, ajouta-t-elle dès qu'elle le vit.

En sueur car la température était déjà très élevée pour cette mi-novembre, son chapeau de cuir tout auréolé de transpiration rabattu sur les yeux, il avait son visage des mauvais jours, celui qu'il prenait lorsqu'un problème le tracassait.

« S'il avait un colt à la ceinture on jurerait qu'il tourne un western ! » sourit-elle en observant la dégaine de son époux qui, chemise ouverte sur son torse bronzé et ruisselant, son jean brun de poussière et ses bottes, attachait sa jument blanche d'écume à l'ombre d'un chêne rouge et commençait à la desseller. Mais elle se tut, car il était manifeste que son humeur ne l'inclinait pas à la plaisanterie, fût-elle gentille.

– Tu as l'air d'avoir une belle soif, je vais te chercher une bière, dit-elle.

Et elle partit vers la maison. Depuis qu'elle partageait son existence elle avait appris, parfois à ses dépens, qu'il n'était pas bon, ni prudent, d'essayer d'extirper de Dominique le pourquoi de ses coups de colère. Mieux valait attendre qu'il parle de lui-même, qu'il s'explique à son heure et quand il le jugeait nécessaire. Comme il n'en avait pas toujours envie, il n'était pas rare que la personne trop curieuse serve d'exutoire et voie se déverser sur elle tout un tas de reproches, parfaitement injustifiés mais saignants.

Béatrice ne s'offusquait plus depuis que Mathilde, la grand-mère de Dominique, lui avait expliqué que son petit-fils tenait ce fichu caractère de son arrière-grand-père, Jean-Édouard, de son grand-père, Pierre-Édouard, et même de son arrière-grand-oncle, Léon Dupeuch !

– Tu vois, ça a sauté une génération, lui avait-elle dit un jour en riant, parce que tu sais, ton beau-père, Jacques, eh bien, il est quand même plus calme, lui.

Oh ! il y va bien quelquefois de ses éclats de voix, mais ça n'a rien à voir avec ceux des autres Vialhe. Dans ce cas, crois-moi, ma petite, patiente le temps que ça se tasse, mais, surtout, ne t'en occupe pas trop. Une colère Vialhe, tu sais, ça peut aller très loin et faire très mal. Et ça peut durer des années, avait-elle ajouté pour elle-même, des années ! Mon pauvre Pierre, cette pauvre Louise et Berthe aussi en savaient quelque chose...

« Bon, peut-être qu'il va s'expliquer maintenant », pensa Béatrice en revenant vers lui. Elle lui tendit une canette ainsi qu'une serviette-éponge.

– Bouchonne-toi, comme ta jument. Tu es en nage.

Il vida la bouteille sans reprendre souffle, s'épongea le torse et le visage.

– Tu sais, un jour ou l'autre, je vais me payer un de ces connards et au diable l'incident diplomatique ! Je ne vais pas laisser décimer le troupeau par cette bande de braconniers pouilleux ! *Miladiou, cot pot pas durar aital, ségur !*

Là encore, malgré son envie de pouffer, Béatrice dut se retenir de relever la dernière phrase. Car, comble du mimétisme, Dominique qui, contrairement à ses père et grands-pères, n'avait jamais pratiqué le patois corrézien – c'eût été peu prisé lors des études qu'il avait poursuivies –, était capable d'émettre en cet idiome un flot d'incongruités, lourdes de jurons et de grossièretés dont il n'était pas nécessaire de demander la traduction.

Mais, tout en gardant toujours le silence, elle approuva de la tête, elle avait compris.

Depuis maintenant plusieurs années, surtout depuis le début des troubles qui secouaient périodiquement le

Caillou, il était fréquent que quelques stockmen de la station, à la recherche des bêtes qui s'égaraient parfois dans la montagne, découvrent la carcasse d'une vache ou d'un bouvillon abattus et amputés d'une partie de sa viande.

À en croire les vieux broussards, ceux qui pouvaient se targuer d'avoir un ancêtre bagnard politique ou, beaucoup plus rare à les entendre, garde-chiourme – Dominique pensait que le pourcentage devait être presque le même mais qu'il était beaucoup plus glorieux de se recommander d'un communard que d'un maton ! – ce genre de vol avait toujours eu lieu. Comme, de toute façon, il était quasiment impossible de retrouver les coupables – ils se perdaient en forêt et s'étaient bien souvent rempli la panse avant même la découverte de leur forfait –, tout ce que pouvait faire le patron du stock était d'aller avertir le chef de la tribu la plus proche qu'il était « fin fâché », car se dire très en colère c'était, à coup sûr, passer pour un zozo, et qu'il allait porter plainte. Personne n'y croyait, mais le lésé pouvait au moins espérer que, pendant quelque temps, les pillards iraient puiser dans le stock du voisin...

Mais là, Dominique avait de bonnes raisons de laisser exploser sa hargne. Depuis le début de l'année, c'était la quatrième bête qu'on lui exécutait, c'était trop, beaucoup trop.

– Et en plus, là-haut, et comme partout d'ailleurs vers le mont de l'Aiguille, d'où je viens, c'est bourré de cerfs, des hardes entières de bestiaux gras comme des loches et faciles à tirer. Mais penses-tu, ces fumiers préfèrent bousiller nos bêtes ! Tu me diras, vu leur loi, leurs coutumes et tout le bataclan, certains estiment qu'elles sont à eux, alors pourquoi se gêneraient-ils !

Ah ! je te jure, il y a des jours où j'en ai plein les bottes de ce pays ! Bon, décida-t-il plus calmement, je vais aller me changer de chemise, celle-là est à tordre. Et j'irai ensuite voir ce faux derche d'Amédée Koutiat.

– Tu penses que c'est quelqu'un des siens ?

– J'en suis presque certain, mais comme je ne peux pas le prouver... Le principal est que leur téléphone kanak fasse son office, ceux des autres clans sauront que nous surveillons de près notre stock et que nous sommes tout aussi prêts à le défendre. Ça les rendra peut-être moins impudents pour un temps.

– Pourquoi ne préviens-tu pas les gendarmes, juste pour marquer le coup ?

– Je ne vais pas leur faire perdre leur temps, surtout en ce moment ! Ils me répondront, avec raison, qu'ils ont d'autres chats à fouetter, que cette petite histoire est banale, coutumière quoi, ce qui est vrai ! D'ailleurs que veux-tu qu'ils fassent avec le bordel actuel et avec tous les excités qui courent la brousse ? Leur seule présence passerait pour de la provocation pure et simple. On ne va quand même pas déclencher une émeute pour une génisse abattue ! Mais je vais néanmoins aller remonter les bretelles d'Amédée, même s'il n'en porte pas pour tenir son pagne !

– Ici, on dit un *manou*, le taquina Béatrice.

– Je sais, mais je n'en ai rien à cirer de leur jargon et, crois-moi, c'est en français qu'il va m'entendre !

– Sois prudent, lui dit-elle en lui caressant la joue du revers de la main.

Il comprit que de le voir partir jusqu'à la proche tribu la rendait plus inquiète qu'elle ne le laissait paraître. Il était vrai que les récentes émeutes qui avaient embrasé les faubourgs de Nouméa, du côté de

Saint-Louis, et qui, disait-on, avaient aussi poussé vers l'intérieur des jeunes indépendantistes en armes, ne simplifiaient pas les rapports entre les ethnies, tant s'en fallait. La situation, même si elle paraissait stabilisée, n'en était pas moins toujours explosive, dangereuse.

– Qu'est-ce que tu lui apportes cette fois ? lui demanda-t-elle alors qu'ils entraient dans la maison.

Elle faisait allusion à l'absolue nécessité de ne pas arriver les mains vides pour entrer sur les terrains de la tribu, et surtout pour parler au chef. La coutume, toujours elle, exigeait un présent, fût-il symbolique.

– Je ne sais pas. Parole, ils me cassent de plus en plus les pieds avec leur coutume. Je te jure, on marche depuis vingt ans ou presque sur la Lune et ici on s'emmerde encore avec des traditions qui datent de la préhistoire et qui finissent par me sortir par les yeux ! Tout cela est aussi dérisoire que le folklore limousin, ou berrichon !

– Toi, tu m'as l'air en pleine forme ! dit-elle en lui caressant de nouveau le visage, mais, monsieur Vialhe, sauf votre respect, on pourrait vous répondre que nul ne vous a obligé à venir vous enterrer ici, sur ce Caillou, et à y rester ! Et puis moi j'aime bien le folklore, na !

– Tu as raison, comme toujours, dit-il soudain calme. Tiens, passe-moi une boîte de cigarillos, je sais que ce filou d'Amédée en raffole.

Vu la vitesse à laquelle il roulait, ce fut sans doute parce que le ciel était avec lui que Dominique évita la demi-douzaine de cerfs qui trottinaient au milieu de la piste défoncée.

– Saloperie de bestiaux, c'est une vraie vérole ! grogna-t-il en rétrogradant brutalement, ce qui eut pour résultat de faire grincer les pignons malmenés du 4 × 4.

« Et je parie que ces salauds viennent de s'empiffrer de maïs ! » pensa-t-il en jetant un coup d'œil vers sa droite, en direction de l'immense champ où croissait du maïs-fourrage semé un mois plus tôt. L'ensemble était beau, dru, mais déjà, par plaques, là où le sous-sol était rocailleux, la sécheresse commençait à sévir. « Ça aurait bien besoin d'une bonne averse, mais, à voir le ciel, elle n'a pas l'air pressée de tomber ! »

Il ralentit encore pour mieux observer les endroits où les feuilles se flétrissaient un peu. Ce spectacle lui déplut et sa colère, un peu apaisée grâce à Béatrice, se raviva ; il en voulait soudain à la terre entière !

« Et l'autre farceur n'a pas intérêt à se foutre de moi ! » songea-t-il en accélérant.

Il n'avait pas beaucoup de sympathie pour Amédée Koutiat et regrettait le temps où son père, le vieux Jérémie, était chef de la tribu. Avec lui, la coutume, les palabres et tout ce qui en découlait ne donnaient pas, comme avec Amédée, cette impression artificielle. Car le vieux Jérémie, malgré tous ses côtés madrés, s'imposait et s'affirmait vraiment comme le chef et le responsable, au sens noble du terme, de toutes les familles qui dépendaient de lui.

Certes, il abusait un peu de son expérience et de la sagesse qu'elle était censée lui donner ; il devenait même parfois lassant lorsqu'il se piquait de transformer en incontournables symboles sacrés tous les prétendus mystères de la nature et de tout ce qui y vivait, insectes compris ! Mais au moins il paraissait sincère.

Il n'en allait pas de même avec son fils. Lui, contrairement à son père, avait fait de bonnes études au lycée de Nouméa. Du même âge que Dominique, il s'était ensuite frotté à la ville en bricolant, çà et là, comme contremaître dans différentes entreprises de menuiserie et de charpente pendant quelques années, histoire d'attendre la succession paternelle qui devait lui revenir puisqu'il était l'aîné. C'était chose faite depuis cinq ans, et Dominique n'avait pas attendu ce laps de temps pour regretter l'époque où le fait d'aller voir le vieux Jérémie relevait toujours de la visite entre bons voisins et non de la corvée, ce qui était souvent le cas depuis qu'Amédée était le chef.

Avec lui, Dominique devait vraiment se forcer pour ne pas pouffer de rire lorsqu'il se croyait tenu de jouer au vieux sage, à l'homme en parfaite et permanente symbiose avec l'âme des ancêtres et de la terre. Cette terre sacrée qui portait en elle cette racine, tout aussi sacrée, qui avait nom igname. Venant de Jérémie, tout cela avait un sens, le désuet s'effaçait devant le poétique et nul n'y trouvait à redire. Dans le fond, sans aucune affectation, ni snobisme ni calcul – et c'était bien ce qui le rendait touchant –, le vieux Jérémie tenait, de bonne foi, un langage qui aurait fait balbutier de joie, mis en transe et pleurer de bonheur les quelques benêts écolos bon teint – style baba-cool et peace and love – que Dominique avait rencontrés au hasard de ses pérégrinations à travers le monde.

Mais lorsque son fils, qui roulait en Mercedes et payait ses achats dans les magasins de Nouméa avec sa carte bleue, se piquait des mêmes démonstrations, cela devenait grotesque, du moins pour Dominique. Or il n'hésitait jamais à pérorer pour peu que ses interlocuteurs lui en laissent la possibilité, il devenait alors intarissable. Dominique savait tout cela depuis qu'il avait parfois affaire à lui, ce qu'il goûtait peu.

Ce fut donc animé par une mauvaise humeur à la limite de l'explosion qu'il s'arrêta non loin de la case d'Amédée. Il le trouva assis dans un fauteuil en rotin, à l'ombre d'un banian, en train de lire un hebdomadaire tout en écoutant la musique que diffusait un énorme poste à transistors. À ses côtés, une bouteille de jus de fruits vide voisinant avec sa sœur jumelle, aux trois quarts pleine, indiquait qu'Amédée avait dû s'installer là au milieu de la matinée et qu'il entendait bien y rester jusqu'à l'heure du repas, ce qui n'allait pas tarder.

Il salua Dominique, accepta la boîte de cigarillos, se leva enfin pour serrer la main de son visiteur et, signe de bonne volonté, lui offrir une papaye.

– L'été commence de bonne heure, n'est-ce pas ? dit-il en étouffant un bâillement dans sa main. Mon père, qui savait lire dans les nuages et le vol des guêpiers, me disait toujours...

– D'accord, coupa Dominique, l'été est en avance, il fait chaud, mais je ne suis pas là pour parler de la météo.

– Ah bon ! fit Amédée en se rasseyant, pour bien prouver qu'il avait toute sa journée devant lui.

– Écoutez, attaqua Dominique, j'ai encore trouvé une de mes bêtes abattue par les braconniers, c'est la quatrième en onze mois et c'est beaucoup trop ! Lorsque mes patrons apprendront ça ils seront fâchés, très !

– Eh bien, ne leur dites pas ! Et puis, ils sont tellement riches ! Vous avez combien de têtes sur votre station ?

– Là n'est pas la question, éluda Dominique peu soucieux de se laisser entraîner sur une pente où l'autre aurait beau jeu de le harceler, au nom de la possession ancestrale, inviolable et éternelle, de certaines terres.

– Et le problème, il est où alors ? Vous n'insinuez tout de même pas que ce sont des gens de chez moi qui viennent piller votre stock ?

– Je n'insinue rien du tout. Je vous demande juste si, par le plus grand des hasards, vous n'avez entendu parler de rien au sujet de deux cuisseaux et d'une épaule de génisse ?

– Ma foi, non. Pourquoi ? Je devrais ? Vous savez, même si nous ne sommes pas riches, nous avons de quoi nous nourrir.

– Je n'en doute pas une seconde, dit Dominique avec un coup d'œil insistant en direction de la Mercedes rouge cerise garée à l'ombre d'un énorme bananier. Je sais que vous avez de quoi acheter un quartier de bœuf, mais vous avez fait la fête ici, samedi, non ?

– Oui, oui, un mariage. Et alors, c'est interdit ? Tenez, même le Nata Jansen nous a honorés de sa présence. Si, si ! Il a passé une bonne partie de la soirée avec nous...

– Venant de ce tartufe le contraire m'aurait étonné, dit Dominique qui se méfiait du pasteur comme de la peste.

Il savait depuis longtemps que ce dernier, comme nombre de ses confrères, formés et souvent entretenus par la Nouvelle-Zélande ou l'Australie, voire par les deux, s'employait à souffler sur les braises qu'entretenaient les indépendantistes. Mais il était vrai que la pitoyable affaire du *Rainbow Warrior* n'avait fait qu'envenimer les choses.

– Oui, le Nata Jansen était avec nous, c'est un homme bon, il nous comprend, lui. Mais vous le connaissez ; alors, allez lui demander s'il a goûté à la viande de votre génisse ! s'amusa Amédée, ravi de constater que son visiteur perdait de plus en plus patience.

Parce qu'il était sûr de son effet, car il avait maintes fois tenté l'expérience avec Dominique et qu'il pouvait jurer de sa réaction, il poursuivit d'un ton doucereux.

– Au fait, monsieur Vialhe, que pensez-vous des récents propos du président de la République à notre sujet, oui, la cause kanake, il a bien parlé, pour la déplorer et la condamner, d'une « situation coloniale », non ?

– Ne vous fatiguez pas, vous ne m'aurez pas, ce coup-là, coupa Dominique qui vit venir le piège. Je ne suis pas ici pour discuter politique mais pour savoir quels sont les voyous qui prennent mon stock pour un garde-manger ! Non, non, laissez-moi finir, j'ai déjà assez perdu de temps. Et n'essayez pas de dire que je vous accuse de quoi que ce soit. Je suis simplement ici pour vous dire, poliment et avec les usages, et pour le cas, bien entendu, où vous auriez une quelconque idée sur l'identité de ces enfants de salauds, que si j'en trouve un en train de rôder autour de mes bêtes, il sera fin corrigé ! Voilà, et maintenant bon appétit ! dit-il en tournant les talons.

– Je sais que vous n'aimez pas beaucoup notre président, lui lança Amédée, soucieux d'avoir le dernier mot, mais c'est lui qui a raison, comme toujours ! Vous êtes un colonialiste ! un fieffé colonialiste !

– Si tu savais ce qu'il te dit le colonialiste, à toi et à l'autre démagogue, murmura Dominique en démarrant.

Il était encore plus furieux qu'à l'arrivée car, une fois de plus, il avait conscience d'avoir perdu son temps.

« Peu importe, ce n'est pas pour autant que je vais rester les bras croisés à attendre qu'on me tonde la laine sur le dos ! » Et il poussa son 4 × 4 à plein régime en souhaitant de tout cœur que l'énorme nuage de poussière rouge qu'il soulevait s'abatte sur la case d'Amédée Koutiat ; mais, ce jour-là, même le vent était contre lui !

3

Tous les jours, depuis le décès de son père, Jacques, une fois ses bêtes soignées, descendait à Saint-Libéral pour saluer sa mère et sa tante Yvette.

Suivant les saisons et le travail en cours, il s'attardait plus ou moins en compagnie des deux vieilles dames. Il en profitait pour s'assurer qu'elles ne manquaient de rien, que tout allait bien et aussi pour leur donner des nouvelles de Dominique, quand il en avait. En ce qui concernait Françoise, il y avait plusieurs mois qu'elle n'écrivait plus, ce qui n'empêchait pas son père d'assurer qu'elle allait bien.

Parfois, c'étaient Mathilde et Yvette qui avaient reçu une lettre de Guy et Colette, ou de Josyane, et qui les commentaient.

Sa visite accomplie, Jacques faisait souvent un saut jusque chez Mauricette et Jean-Pierre, sa sœur et son beau-frère, histoire de boire une tasse de café en leur compagnie et, là encore, d'échanger des nouvelles familiales. Grâce à ces rencontres, plus ou moins régulières mais néanmoins fréquentes, les unes et les autres se tenaient au courant de la vie de tels ou telles neveux et nièces, des problèmes ou des bonheurs de chacun.

Ainsi, Mauricette et Jean-Pierre n'ignoraient rien des soucis de Jacques et Michèle. De leur côté, ceux-ci savaient que Marie, divorcée dix ans plus tôt, remariée en 1981, était de nouveau en passe de rompre ; ce qui n'était pas pour réjouir ses parents. Par chance, elle n'avait pas d'enfants et, vu son âge – quarante ans –, même si elle s'entichait d'un nouveau compagnon, il y avait peu de risques qu'elle accédât jamais à la maternité.

– Et c'est tant mieux ! disait sa mère. Ça fera toujours un gosse malheureux de moins, parce que partie comme elle est... D'ailleurs, on dit toujours : jamais deux sans trois ! Alors d'ici qu'elle nous annonce un autre mariage avec le premier tabanard venu qui lui fera les yeux doux !

Mais, à son sujet et d'un commun accord, Mauricette et Jean-Pierre, ainsi que Jacques et Michèle, avaient décidé de ne pas parler à leur mère des nouvelles frasques de sa petite-fille ; Mathilde s'en serait fait trop de soucis. En revanche, ils pouvaient lui donner de bonnes nouvelles de Chantal, toujours codirectrice de la maison de couture Claire Diamond jadis créée par tante Berthe. Chantal avait une fois pour toutes choisi le célibat, mais comme elle ne parlait jamais de sa vie sentimentale à ses parents ceux-ci pouvaient éviter d'aborder ce sujet avec Mathilde qui, là encore, aurait déploré un mode de vie peu conforme à sa morale.

L'amusant avec les filles de Jean-Pierre et Mauricette était que Josyane, celle sur qui, depuis son mariage, on pouvait le plus compter, était celle qui, dans sa jeunesse, leur avait donné le plus de soucis. Parce que c'était elle qui, à peine majeure, était partie faire le tour du monde au bras d'un jeune crétin. Mais il était vrai que Christian, son époux, était solide comme un chêne du causse, vrai aussi que leurs trois enfants étaient adorables. Déchaînés bien entendu, car en eux coulait encore un peu des sangs Vialhe et Dupeuch, mais si beaux et affectueux qu'on leur pardonnait tout.

Cela étant, lorsqu'ils venaient en vacances à Saint-Libéral, dans la maison des Fonts-Perdus acquise par leurs parents, dix ans plus tôt, l'animation ne manquait pas. Entre David, dix ans, et les jumeaux, Sébastien et Adrien, qui venaient d'avoir sept ans, il était impossible de dire quel était celui qu'il fallait le plus tenir à l'œil; en pure perte d'ailleurs car, pendant qu'on en surveillait un, les deux autres accumulaient les plus pendables bêtises.

La dernière connue en date, qui remontait au mois d'août précédent, était d'avoir brisé à coups de lance-pierres les ampoules des quatre lampadaires qui desservaient le chemin des puys; avec un tel prénom David avait de qui tenir et maniait l'engin avec une dextérité surprenante.

Jacques avait hurlé de rire en apprenant l'affaire. Elle l'avait rajeuni de cinquante-sept ans et lui avait rappelé ce matin de printemps 1930 où, avec son frère Paul, ils avaient cassé les isolateurs de la première ligne électrique installée à Saint-Libéral.

– Et dire que c'est moi qui ai acheté ce truc, l'an passé, pour chasser les étourneaux qui dévoraient notre chasselas et nos figues ! avait dit leur père après avoir confisqué l'arme et copieusement fessé les précoces casseurs.

Car, bien entendu, si David était le tireur, ses frères étaient les pourvoyeurs de ces galets bien ronds qui ronflaient comme des frelons excités en fusant vers les ampoules.

Mise au courant par la rumeur villageoise, Mathilde qui, elle aussi, se souvenait des bêtises de ses propres fils – surtout de celles de Paul, il avait toujours été le plus endiablé – avait à son tour beaucoup ri. Et si elle avait feint de faire les gros yeux aux trois fautifs, peu impressionnés au demeurant, car le regard de l'aïeule trahissait sa gaieté, elle n'avait pu s'empêcher de glisser à Jo, sa petite-fille préférée, mère des coupables :

– Ton pauvre grand-père doit être heureux, là-haut. Il a toujours été opposé à l'installation de ces lampadaires, juste bons, disait-il, à éclairer les taupes et les lapins ! Alors tu penses s'il doit s'amuser !

Le seul qui avait très mal pris la chose était le nouveau maire, Alain Martin. Car, outre les lampadaires, les tireurs s'étaient aussi fait la main sur la petite fenêtre de son cabinet de toilette, celle qui donnait sur le jardinet. Elle était apparue comme une authentique provocation pour les trois gamins, embusqués derrière la proche haie.

L'assurance responsabilité civile de Christian ayant bien voulu rembourser les dégâts, l'affaire en était restée là ; mais depuis, à Saint-Libéral, la réputation de fieffés garnements des fils Leyrac, petits-fils Vialhe, était solidement établie, et pour longtemps.

Ce fut après avoir été saluer sa mère et sa tante, en bonne forme l'une et l'autre – à cause de leur âge respectif Jacques s'attendait toujours à en trouver une avec moins de tonus que la veille –, et alors qu'il sortait de chez sa sœur, qu'il aperçut Delpeyroux, devant l'auberge.

Cet établissement était réouvert depuis dix ans grâce à l'arrivée à Saint-Libéral du métis cambodgien Pierre Defort, militaire en retraite mais bon cuisinier, de sa femme et de ses six enfants. Le couple en avait fabriqué deux de plus depuis, ce qui avait pourtant été insuffisant pour maintenir l'école ouverte. Mais au moins, grâce aux Defort, le village avait son auberge. Elle était toujours baptisée *Chez Suzanne* en souvenir du temps où Saint-Libéral était un village plein de jeunesse, donc de vie.

Comme la cuisine du nouveau patron était copieuse, savoureuse et d'un prix défiant toute concurrence, les touristes, à la belle saison, n'hésitaient pas à faire halte. Parfois aussi quelques bourgeois brivistes ou terrassonnais venaient dîner là, comme pour prouver qu'ils avaient su rester simples et proches de leurs racines. La preuve, pour épater leur compagne, les hommes allaient jusqu'à faire chabrol ! Et les dames, jouant le jeu, feignaient de n'être point écœurées par la vue et l'odeur des assiettes de bouillon gras rougies par un vin de pays décapant comme un débouche-évier ! Mais pour les gens de Saint-Libéral ces visites apportaient un peu d'animation ; c'était toujours moins sinistre que le vide abyssal dans lequel plongeait le bourg dès la mauvaise saison venue. Enfin, depuis que Nicole, deux ans plus tôt, avait fermé le bistrot qu'elle tenait depuis des lustres, l'auberge était le seul endroit où il était possible d'aller prendre l'apéritif, ou, pour certains, de taper une bonne partie de belote coinchée.

– Ça va comme tu veux ? lança Jacques en serrant la main de Delpeyroux.

– Ça pourrait être pire, mais enfin, c'est quand même pas la joie...

– Qu'est-ce qui se passe, tu es malade ? s'inquiéta Jacques en notant l'air sombre de son ami.

– Non, encore heureux ! Bon, je vois que tu ne sais rien ; eh bien, viens prendre un café, l'invita Delpeyroux, je vais te mettre au courant.

Et il entraîna Jacques vers *Chez Suzanne*.

Jacques et Delpeyroux étaient de la même classe ; ils se connaissaient donc depuis leur plus jeune âge, pratiquaient la même profession et avaient ensemble siégé pendant presque quarante ans au conseil municipal dont, pour Jacques, vingt-six ans comme maire, et étaient bons amis. À tel point que lorsque Jacques, deux ans plus tôt, excédé d'être presque systématiquement mis en minorité par son conseil municipal, avait démissionné, Delpeyroux l'avait aussitôt suivi. Depuis, ni l'un ni l'autre ne regrettait leur geste, même si souvent les stupéfiaient quelques ahurissantes décisions de la nouvelle majorité. Certaines leur paraissaient tellement farfelues et si peu en rapport avec la bonne gestion d'un bourg rural en train de mourir qu'ils se demandaient s'il fallait rire ou pleurer !

Parce que vraiment, et c'était là un des plus flagrants exemples d'une lamentable gabegie, était-il raisonnable et surtout économiquement sain de s'être lancé dans ce mégalomaniaque projet qui avait d'abord consisté à raser l'ancien foyer rural puis à élever, sur son emplacement et à grand prix, une salle dite polyvalente ! Bâtiment laid à faire peur, prétentieux, trois fois plus grand que nécessaire et qui servait surtout, deux fois par mois, à rassembler les adhérents des Amitiés Léon Dupeuch, club du troisième âge de la commune, toujours présidé par Yvette Dupeuch.

Inauguré en grande pompe par une pléthore d'officiels de tous bords, qui se marchaient sur les pieds pour être au premier rang, tous à l'affût des voix à gagner et dont chacun se targuait d'être celui qui avait débloqué, grâce à ses relations, le plus gros paquet de subventions, l'inutile bâtiment était une insulte au bon sens. Mais ni Jacques ni ses amis ne pouvaient plus rien faire pour changer le cours des choses. Ce n'était pas nouveau car, lors de ses dernières années à la tête de la mairie, entre 1983 et 1985, Jacques avait eu beaucoup de mal à défendre ses idées, ses projets, sa gestion. Mais à l'époque, déjà, sur les onze conseillers, jadis tous paysans, seuls quatre étaient encore agriculteurs. Les autres étaient des nouveaux venus ; des gens de la ville alléchés par le coût peu élevé des terrains à bâtir, par l'idée d'avoir son potager, de dormir au calme et de vivre au bon air ; enfin, de n'être qu'à quinze minutes d'Objat ou de Terrasson et à trente-cinq de Brive, donc proches de leurs lieux de travail.

Deux d'entre eux, Alain Martin et Claude Delmas, à la fin des années soixante-dix, travaillaient encore plus près, à la paumellerie de La Rivière-de-Mansac. Par malchance, elle avait un jour fermé ses portes et ils s'étaient retrouvés chômeurs. Il était bien logique que cette situation, qui avait duré plusieurs mois, n'ait pas amélioré leur caractère. Or comme leurs rapports avec le maire n'étaient pas fameux avant cette épreuve, Jacques, lors des débats, avait souvent souffert. Jusqu'au jour où, las de se battre en pure perte, il avait claqué la porte.

Aujourd'hui, un emploi d'électricien retrouvé dans une entreprise briviste, Alain Martin était maire de Saint-Libéral, Claude Delmas représentant en électroménager, premier adjoint. Quant aux autres, les Lacombe, Castellac et consorts, eux aussi travaillaient tous en ville et se souciaient comme d'une guigne du sort des derniers agriculteurs de la commune.

Ceux-ci n'étaient représentés que par deux membres, Brousse, qui allait sur ses soixante-douze ans, et, seul jeune et vrai agriculteur, Jean-Claude Valade, vingt-huit ans, fils de feu Lucien, naguère ami de Jacques. Il était donc logique qu'avec une aussi faible représentativité les derniers agriculteurs de la commune soient dans l'impossibilité de faire triompher leurs idées : elles n'intéressaient qu'eux.

Pourtant, après ce qui semblait être une définitive et inéluctable dépopulation, le nombre des habitants de la commune s'était stabilisé depuis trois ans. Tombé à deux cent quatre-vingt-trois en 1984, il stagnait toujours sur ce même chiffre grâce, il était vrai, à l'installation de quelques retraités venus combler le vide ouvert par les décès. De plus, une naissance avait été enregistrée, c'était la première depuis trois ans... C'est dire si on était loin des années 1900 ou, avec ses onze cents habitants, ses commerces, son auberge, ses bistrots et ses foires, sans oublier son curé, son notaire et son médecin, Saint-Libéral était un bourg digne de ce nom, vivant, dynamique, une vraie commune rurale. Aujourd'hui, grâce à Jacques qui, onze ans plus tôt, avait favorisé, en tant que maire, l'installation au château – propriété de la commune – de l'entreprise franco-belge Lierson et Meulen, le village s'animait un peu en été avec ses colonies de vacances et, en morte-saison, lorsque les cadres de l'entreprise venaient en séminaire.

Mais, là encore, les effets de la récession endémique qui sévissait depuis la crise pétrolière et le chômage qui ne cessait d'augmenter se faisaient lourdement sentir. Déjà, depuis des années, les jeunes colons étaient moins nombreux à venir en vacances. Quant aux réunions et week-ends des cadres et des représentants, ils s'espaçaient de plus en plus. Malgré tout, pour la commune, cet apport périodique de consommateurs, grands et petits, était d'importance ; sans lui et les touristes de passage dans la région, le village était mort.

– Alors, qu'est-ce qui te chiffonne ? insista Jacques dès que leur café fut servi.

Delpeyroux attendit que Lucette, la patronne, ait rejoint sa cuisine, noya trois sucres dans sa tasse.

– Profite bien de ce café, c'est peut-être le dernier..., dit-il en tournant sa cuillère.

– Dis, tu accouches ? J'ai du boulot qui m'attend !

– Ils s'en vont...

– Qui ?

– Eux ! Les Defort ! dit Delpeyroux avec un coup de menton en direction de la cuisine.

– Tu veux dire qu'ils arrêtent l'auberge ?

– Exactement.

– Ah ! ben... pour une foutue nouvelle, c'est réussi ! Mais tu es sûr ?

– Si je te le dis ! Defort me l'a annoncé tout à l'heure, demande-lui !

– Mais pourquoi ?

– Va savoir...

– Faut tirer ça au clair, décida Jacques, mais enfin bon, à ta mine, j'avais peur que ce soit encore plus grave.

– C'est quand même un sale coup pour tout le monde !

– Ça oui. Ici, c'était le dernier lieu un peu vivant du village, on pouvait au moins se rencontrer entre amis. C'était chaleureux, humain, pas comme cette saloperie de salle polyvalente où on crève de chaud en été et de froid en hiver ! dit Jacques.

Il avala une gorgée de café, fronça les sourcils, il fallait qu'il sache, qu'il comprenne :

– Madame Defort, appela-t-il, vous pouvez venir, s'il vous plaît ?

– Oui, monsieur le maire.

Bien que Jacques ne soit plus le premier magistrat de la commune, quelques habitants le paraient encore de ce titre ; comme il savait que cela agaçait beaucoup son successeur, il laissait dire.

– C'est vrai ce que me raconte Delpeyroux ? Vous arrêtez l'auberge ?

Elle approuva tout en se tournant vers la cuisine d'où provenaient des bruits de casseroles.

– Mais pourquoi si subitement, insista-t-il, vous n'êtes pas bien ici ?

– Il va vous expliquer, dit-elle en laissant passer son mari qui était depuis un instant dans son dos et écoutait la conversation.

Autant sa femme, malgré ses quarante-cinq ans et ses huit grossesses, paraissait encore relativement jeune, autant lui, au fil des ans, s'était ridé, desséché. Et si à son arrivée à Saint-Libéral, onze ans plus tôt, son métissage était patent, autant il s'était estompé, laissant uniquement place à la souche maternelle cambodgienne. Désormais, n'eût été son langage, dépourvu du moindre accent, Pierre Defort pouvait passer pour un Cambodgien de pure souche, natif de Phnom Penh ou de Battabang.

– Alors que se passe-t-il ? demanda Jacques. Vous n'êtes pas bien chez nous ?

– Oh ! de ce côté ça va très bien, assura Pierre Defort en serrant la main de Jacques. Il s'assit et reprit : Vous savez quel âge j'ai, monsieur le maire ?

Jacques haussa les épaules. Il aurait pourtant dû s'en souvenir puisqu'il s'était, dans le temps, administrativement occupé de l'installation du couple et de ses six enfants. Mais là, face à ce petit bonhomme tout ridé et racorni, sur qui semblait peser tout le poids de l'Asie, il avouait son ignorance.

– J'aurai soixante ans en février prochain, vous ne croyez pas que j'ai le droit d'arrêter un peu et de profiter de ma retraite ?

– Si, bien entendu, mais...

– Oui, vous pensez qu'il y a autre chose, je le vois bien, allez. Vous avez raison, j'arrive en fin de bail, la propriétaire ne le renouvelle pas...

– Oh ! si ce n'est que ça, je peux l'arranger ! Je la connais votre propriétaire, dit Jacques, vous pensez ! Elle s'est élevée ici, c'est la fille de Suzanne, de cette brave Suzanne ! Pas vrai, Jean ? dit-il en clignant de l'œil à Delpeyroux dont le regard pétilla soudain.

Cinquante ans plus tôt, nombreux étaient les hommes de Saint-Libéral qui avaient pu apprécier les beaux restes, l'accueil et le grand savoir-faire de la patronne de l'auberge.

– Allons, je vais régler ça, décida Jacques en redevenant sérieux.

– Non, vous ne pourrez rien faire, dit Defort, c'est trop tard. Quand elle m'a dit qu'elle ne renouvellerait pas le bail, j'ai cru que c'était pour faire un peu monter le loyer et j'ai laissé traîner, trop, beaucoup trop... La propriétaire m'a prévenu hier qu'elle avait vendu l'auberge, enfin, le bâtiment. Et elle est complètement dans son droit puisque je n'ai pas répondu à temps à ses lettres. J'ai six mois pour fermer boutique, mais je le ferai avant, nous arrêterons au 31 décembre.

– Bon Dieu ! quelle tuile ! soupira Jacques pour qui se matérialisa aussitôt la vision de la place de Saint-Libéral dès le printemps prochain.

Avec son église fermée à double tour, tous ses commerces disparus et l'auberge définitivement close, elle aurait fière allure pour accueillir les premiers vacanciers !

« Ça va être gai ! pensa-t-il. Et que va devenir le festival photos ? Si les gens ne trouvent même plus de quoi casser la croûte et boire un coup, on ne les verra plus ! »

Car, là encore, sur l'impulsion de son neveu par alliance, Christian Leyrac, photographe professionnel, il avait, dix ans plus tôt, lancé le principe d'un concours photos. Depuis, dès l'été venu et à la condition que les photographes amateurs ne proposent que des sujets découverts sur la commune, s'ouvrait une sorte d'exposition à la salle polyvalente – pour une fois qu'elle servait ! –, les meilleurs clichés étaient agrandis, exposés et les lauréats repartaient de Saint-Libéral avec un énorme panier d'osier garni de spécialités du cru, parmi lesquelles le foie gras et les confits d'oie tenaient une bonne place. Cette petite manifestation estivale attirait tous les ans un nombre non négligeable de passionnés de photos, ils donnaient un peu d'animation au village et tout le monde était content.

– Et vous êtes certain que la vente est faite ? insista Jacques.

– Oui, sûr. Je peux même vous dire qui va venir...

– Allez-y, au point où nous en sommes !

– Un jeune ménage, des Hollandais...

– Ah, je vois ça d'ici, commenta Delpeyroux, le genre hippie à tous les coups et qui fumeront de la marine-jana, ou je ne sais quoi ! Ah ! ça fera propre sur la place !

– Hippies, je ne sais pas, dit Defort, mais brocanteurs, oui. Enfin, c'est ce que m'a dit la propriétaire.

– Oui, oui, murmura Jacques en regardant pensivement le fond de sa tasse vide.

Il était soudain très fatigué, las et triste. Cette fois, sauf miracle, Saint-Libéral ne se relèverait plus. Et lui qui avait tout tenté pour le maintenir en vie, pour l'animer, se sentait désarmé. De plus, et c'était sans doute le plus grave, il n'avait même plus envie de se battre pour essayer de sauver le peu qui pouvait l'être.

– Et qu'allez-vous devenir ? demanda-t-il enfin.

– On va s'installer chez ma femme, à Terrasson, vous savez bien, elle a maintenant la maison de sa mère.

– C'est vrai, j'avais oublié, dit Jacques en se levant. Bon, il faut que je rentre à Coste-Roche, Michèle doit se demander ce que je fabrique. Mais, ma parole, ce n'est pas une bonne nouvelle que vous nous avez annoncée. Enfin, on aura toujours gagné quelques années, un peu grâce à vous, c'est toujours ça de pris...

– Je commençais à m'inquiéter, dit Michèle lorsque Jacques entra dans la cuisine.

Elle venait de finir la corvée de gavage et se lavait les mains dans l'évier.

– J'ai été retenu à l'auberge, expliqua-t-il.

Elle le regarda avec étonnement car, en général, il fréquentait peu l'établissement, du moins en début de matinée. Il vit qu'elle ne comprenait pas et enchaîna :

– Ben oui, c'est une des dernières fois où j'aurai l'occasion d'y aller...

Et il lui raconta tout.

– Tu as raison, dit-elle quand il se tut, le village n'avait pas besoin de ce coup-là. Tu ne peux vraiment rien faire ?

– Rien. L'acte de vente est signé, je ne vois pas comment revenir dessus. Si Martin faisait correctement son boulot de maire, il aurait sans doute pu intervenir avant ! Parce que, bon Dieu, il a dû l'apprendre avant nous cette foutue nouvelle et c'était à lui de se remuer un peu ! Mais de ça, comme du reste, il doit s'en foutre. Alors l'auberge, c'est terminé... Bon, je vais aller sortir les bêtes.

– Tu penses bien que c'est fait ! Quand j'ai vu que tu ne revenais pas, je les ai ouvertes.

– Merci.

Il ne lui demanda même pas où elles étaient, il le savait. Depuis les dernières grosses pluies d'automne, beaucoup de pacages ne supportaient plus les pieds des vaches ; les bêtes s'enfonçaient, piétinaient et transformaient la plus belle prairie en un affreux et faux labour.

Aussi, mis à part les pièces dites de la Rencontre et celle du Peuch, ainsi que les pacages du puy Caput et du puy Blanc où l'on pouvait parquer les troupeaux car le sol était caillouteux et drainait bien, toutes les autres terres et prairies resteraient sans pensionnaires jusqu'au printemps. Et parce que Jacques pratiquait, même en mauvaise saison, un pâturage en rotation, les bêtes ne pouvaient être qu'au puy Caput. Ce n'était que le deuxième jour de leur séjour là-haut et elles y resteraient encore une petite semaine. Michèle savait tout cela et il eût été superflu, voire vexant, de lui demander de préciser où était le troupeau.

– Ah ! Au fait, se rappela-t-elle soudain, Jean-Claude est passé, il y a une heure à peine.

– Valade ?

– Ben oui ! Tu connais un autre Jean-Claude ?

– Tu as raison, je suis idiot.

Elle remarqua son air un peu absent, comprit que l'histoire de l'auberge le préoccupait, mais ne jugea pas utile de relancer le sujet ; Jacques n'en avait sûrement pas envie.

– Qu'est-ce qu'il voulait ?

Elle haussa les épaules.

– Il ne m'a rien dit. Il téléphonera à midi ou il repassera ce soir. Là, il partait pour Tulle.

– Doit encore avoir des ennuis avec ses échéances d'emprunts, ça devient banal ! Bon, je vais aux clôtures, dit-il en enfilant une vieille veste de cuir, toute griffée et déchirée par les barbelés.

Il vérifia que ses poches étaient bien remplies de crampons, glissa son marteau et ses pinces dans sa ceinture et sortit.

Jacques connaissait Jean-Claude Valade depuis sa naissance. Son père, emporté en moins d'un an par un cancer du poumon – « Miladiou ! si j'avais su, j'aurais fumé toute ma vie! » avait-il tenté de plaisanter en apprenant son mal –, avait été un de ses bons amis. Un de ceux sur qui on pouvait toujours compter pour donner un coup de main, à n'importe quelle heure du jour ou de la nuit. Un de ceux qui, douze ans plus tôt, lors de l'accident de tracteur qui avait failli tuer Jacques, avant de l'expédier à la clinique, étaient venus le remplacer pour faire tourner la ferme et ce pendant plusieurs semaines.

Aussi Jacques n'avait pas hésité, le jour de l'enterrement à la sortie du cimetière, à proposer ses services au jeune fils de son ami.

Ironie du sort, Jean-Claude qui avait suivi trois années d'études à l'école d'agriculture d'Objat n'avait pourtant jamais prévu de prendre la succession de son père. Déjà, cinq ans avant le décès de celui-ci, son fils aîné avait préféré s'engager dans l'armée plutôt que de rester à la terre. Il était vrai que la ferme de trente-cinq hectares et les trente frisonnes qu'elle abritait n'étaient plus suffisantes pour faire vivre deux ménages. Quant à Jean-Claude, connaissant les difficultés du métier il avait tenté, son service militaire accompli, de trouver du travail à Brive, du côté des services municipaux chargés des jardins. Mais comme il n'était pas électeur dans cette ville et qu'il n'était recommandé par aucune sommité politique, on lui avait fait comprendre que la liste des demandeurs était déjà saturée et que l'attente risquait d'être longue, très longue...

C'est en vain qu'il avait prospecté ailleurs car, déjà, le nombre des chômeurs atteignait des sommets. Il avait donc, bon gré mal gré, rejoint la ferme paternelle. Là au moins le travail ne manquait pas! Six mois plus tard, son père mort, il s'était retrouvé chef d'exploitation.

Sans doute motivé par la responsabilité qui lui tombait soudain sur les épaules et par l'approche de son mariage avec une fille de Saint-Robert, il avait fait front et décidé de se lancer à fond dans ce métier que le ciel lui imposait. Il était alors venu voir Jacques pour essayer de monter un solide plan d'installation qui lui permettrait de moderniser une ferme qui, depuis des années, et parce que Valade se croyait sans successeur, stagnait dans un dangereux immobilisme.

Le sort avait voulu que Jean-Claude puisse alors mettre la main sur une dizaine d'hectares vendus par les héritiers d'un agriculteur de Louignac. Tout alors s'était enchaîné et ce, malgré les appels à la prudence de Jacques, de plus en plus effaré par les sommes astronomiques que le jeune se préparait à emprunter. Mais, ravigoté par les primes d'installation auxquelles lui donnaient droit son BTS agricole et son âge, il n'avait pas hésité à voir grand, trop grand.

D'abord dans le choix du matériel. Car même si celui qu'employait son père était à bout de course, sans doute eût-il été plus prudent d'attendre qu'il soit complètement hors de service avant de le changer. Tel n'avait pas été le cas et au vieux Soméca de quarante et quelques chevaux avait succédé un Massey-Ferguson quatre roues motrices, flambant neuf et de près de cent chevaux ; la vieille barre de coupe était partie à la ferraille, remplacée par une rotative dernier modèle ; quant à la presse New Holland, excellente dans sa catégorie, elle avait été bradée pour céder la place à un Round-baller ventru comme un chanoine mais plus coûteux qu'une danseuse ! Et tout avait été à l'avenant.

À ces très lourds investissements s'étaient ajoutés les frais de modernisation de l'étable qui s'était vu équipée d'un évacuateur automatique de fumier, d'une nouvelle machine à traire et d'un gros tank à lait, réfrigérant.

C'est alors que le frère aîné, voyant les sommes dont disposait son cadet – et peu lui importait que ce soit par le jeu d'emprunts –, avait réclamé la part d'héritage à laquelle il avait droit. Cela n'avait pas arrangé les finances de Jean-Claude, elles étaient déjà dans le rouge...

Pourtant, année après année, parce qu'il travaillait comme un forçat, le jeune homme avait réussi à se maintenir, grâce, entre autres, au salaire que sa jeune épouse, vendeuse dans une moyenne surface d'Objat, apportait tous les mois. De plus, parce que des hommes comme Jacques n'étaient plus du tout intéressés par la location des terres disponibles, Jean-Claude avait pu mettre la main sur des surfaces dont il tirait le maximum. Jacques les avait vues partir sans regret car avec celles qu'il louait à sa tante Yvette, plus les siennes propres, il possédait quatre-vingts hectares et avait de plus en plus de mal à les entretenir.

Et puis, pour Jean-Claude, était arrivé le jour où, quoi qu'il fasse, ses revenus restaient toujours très insuffisants. Enfin, pour l'achever un peu plus vite, tombant de Bruxelles comme des coups de hache assénés par de dangereux psychopathes, étaient venues les pressantes obligations à restreindre au plus vite la production laitière. Et tous les moyens, y compris les plus stupides, devaient être mis en œuvre pour tarir le fleuve de lait. Les plus stupides, mais les plus meurtriers aussi puisque, à la suite de la décision des incapables patentés qui étaient censés gérer l'affaire au mieux, deux millions de vaches laitières devaient passer de vie à trépas dès la mise en place des quotas laitiers. Les décideurs espéraient que les primes à l'abattage étoufferaient quelque peu les lugubres borborygmes des bêtes égorgées à la chaîne dont les carcasses allaient grossir des stocks de viande déjà considérables.

Contraint de changer son fusil d'épaule, Jean-Claude, sur les conseils de Jacques, s'était reconverti dans la bête de boucherie, la limousine, et plus spécialement dans les broutards destinés à l'Italie.

Malgré cette nouvelle orientation, il était loin d'être sorti d'affaire. Aussi se tournait-il vers Jacques chaque fois qu'un nouveau problème se levait et qu'il avait besoin de conseils et d'encouragements. Heureusement, il avait l'honnêteté de reconnaître qu'il se serait évité beaucoup de soucis et de désillusions s'il avait davantage écouté celui qui, pour lui, était le père Vialhe.

4

Habituée à travailler depuis sa plus petite enfance, Mathilde n'arrivait toujours pas, à quatre-vingt-sept ans, à rester plus d'une heure sans rien faire. Mais parce que les tâches pénibles lui étaient interdites depuis des années – elle avait une fâcheuse tendance à une hypotension qui la conduisait parfois à la limite de la syncope –, elle occupait son temps en tricotant.

Aucun point n'avait de secret pour elle et c'est à deux ou quatre aiguilles qu'elle se lançait dans la confection de vestes, pulls, chaussettes, gants et moufles. Comme elle avait compris, depuis longtemps, que ses enfants, petits-enfants et même arrière-petits-enfants étaient, grâce à elle, pourvus pour de nombreux hivers (surtout les Vialhe de Nouvelle-Calédonie où la température la plus basse se situait aux environs de quinze degrés !) elle avait décidé que son travail ferait quand même le bonheur de quelqu'un.

À la suite d'une émission télévisée qui lui avait donné le poignant spectacle d'enfants transis de froid dans quelque pays d'Europe centrale dont elle n'avait pas retenu le nom, elle s'était dit que ses tricots serviraient au moins à ces gosses qu'elle ne connaîtrait jamais mais dont les regards l'avaient bouleversée.

Depuis, tous les ans, dès l'automne venu, elle entassait les fruits de son labeur annuel dans une grande valise et chargeait Jacques d'aller porter le tout à Brive, au siège d'une association caritative.

Outre cette occupation, elle ne manquait pas non plus, deux fois par jour, d'aller ramasser les œufs de la dizaine de poules qu'elle possédait toujours et de nourrir les quelques lapins qu'elle s'entêtait à élever. Mais l'époque où elle engraissait deux porcs, gavait quinze à vingt oies et canards et travaillait aussi son potager était révolue. Désormais, la soue servait de débarras ; quant au potager, en grande partie abandonné, Jacques l'avait transformé en une pelouse au centre de laquelle croissait un cerisier.

– Un tardif, avait-elle exigé, du genre Napoléon ou cœur-de-pigeon ! Comme ça, quand les petits viendront en vacances ils en profiteront.

Seule une petite plate-bande avait droit aux soins d'Yvette qui y entretenait quelques pieds de rhubarbe, d'artichauts, de ciboulette, de sauge et de thym. Suivant la saison, elle y semait aussi des radis et y repiquait des plans de salade.

À ce petit train-train journalier qui débutait chaque matin par la visite de Jacques et s'achevait tôt le soir, sauf si la télévision proposait un programme capable d'intéresser les deux vieilles dames, ce qui était exceptionnel, Mathilde accompagnée par Yvette ne manquait jamais, tous les mercredis matin, d'aller faire ses emplettes dès qu'elle entendait le klaxon de l'épicier.

Il avait commencé sa tournée quinze ans plus tôt. À l'époque, Mathilde s'en souvenait bien, il ne vendait que de l'épicerie. Puis, au cours des ans et lorsque le boucher avait un jour arrêté sa tournée campagnarde, il avait, à la demande de ses clientes, rajouté quelques morceaux de viande et, suivant les arrivages, du poisson. Enfin, toujours pour dépanner, car le boulanger et sa camionnette ne passaient que le samedi, il avait aussi une réserve de pain.

Mathilde estimait qu'il était presque de son devoir de lui acheter quelques menus produits, histoire de le remercier de venir aussi fidèlement, et par tous les temps, proposer sa marchandise à tous les vieux de Saint-Libéral, et ils étaient nombreux. À tous ceux qui, n'ayant pas de voiture et ne travaillant pas en ville, ne pouvaient aller s'approvisionner dans les grandes surfaces qui, autour des villes, donc loin de Saint-Libéral, poussaient comme des champignons après une pluie d'orage de septembre.

Leurs emplettes faites, Mathilde et Yvette rentraient à la maison. S'il faisait beau et point trop froid ou trop chaud, elles en ressortaient toutes les deux à onze heures et demie et bras dessus bras dessous, sans hâte, elles allaient jusqu'à l'église.

À son sujet, Mathilde n'était pas peu fière d'avoir réussi à convaincre l'abbé Solier sur un point qui lui tenait à cœur. L'abbé, comme l'épicier, était lui aussi itinérant. Il officiait de paroisse en paroisse, ne disant la messe à Saint-Libéral que tous les quinze jours, ou pour les enterrements. Aussi, à la suite du pillage de l'église, au cours duquel avaient été volés la statue polychrome du XIIIe siècle de saint Eutrope, patron de la paroisse, ainsi qu'une porte de tabernacle en émail de Limoges, sans oublier calice, ciboire, patène et autres objets sacrés, l'abbé, à la demande du ministère de la Culture qui n'avait pas mis moins de trois ans avant de réagir, avait décidé que l'église serait fermée nuit et jour. Quant aux paroissiennes qui désiraient se recueillir, elles pouvaient toujours aller chercher la clé à la mairie.

Cette consigne avait beaucoup déplu à Mathilde, laquelle, depuis des années, était chargée d'ouvrir l'église tous les matins et de la fermer le soir grâce à la clé que le prêtre lui avait confiée. Privée de son privilège, Mathilde n'avait pas décoléré pendant des mois. D'abord parce que la mairie était plus loin que l'église et que la marche la fatiguait un peu. Ensuite parce que l'établissement n'était pas toujours ouvert aux heures où, comme par hasard, elle se sentait en veine d'oraison. Enfin parce qu'elle jugeait très agaçant d'avoir à rendre compte à qui que ce soit de la fréquence de ses dévotions. Aussi avait-elle bataillé ferme avec l'abbé Solier.

Usant d'arguments souvent à la limite du chantage aux tricots – il portait, dès les froids venus, une épaisse et chaude veste fabriquée par Mathilde et plusieurs paires de ses chaussettes provenaient de la même donatrice –, ou empreints d'une mauvaise foi inouïe : « Le docteur m'a recommandé de marcher le moins possible, la mairie est très loin de chez moi, vous aurez ma mort sur la conscience ! », elle avait tenté de convaincre le père de lui rendre la clé.

– Impossible, ma pauvre. Depuis la loi de 1905 votre église est, en quelque sorte, sous la responsabilité de la municipalité. Alors supposez qu'il y ait un autre cambriolage ! Cette fois, c'est vous qui serez responsable ! avait argumenté le prêtre.

Mathilde savait tout cela depuis belle lurette, Jacques le lui avait expliqué. Mais elle savait surtout, pour l'avoir appris de son frère Léon, redoutable marchand de bestiaux, que pour avoir une marge de manœuvre il faut mettre les premières prétentions au plus haut...

– D'accord, avait-elle fini par admettre, d'accord, vous laissez la clé à la mairie, c'est obligatoire et je ne le discute pas. Mais rien ne vous interdit de me la confier le temps de faire faire, à mes frais, le double qui me permettra d'entrer à l'église quand bon me semblera. Et quand je dis ça, je parle au nom de toutes les paroissiennes qui, comme moi, se privent de prières. Elles trouvent toutes que la mairie est loin et surtout qu'elle est souvent fermée. Si j'ai une clé, elles n'auront plus d'excuses pour bouder notre église...

– D'accord, avait bougonné l'abbé, mais si j'apprends que vous avez oublié, une seule fois, de fermer l'église, même en plein jour, je ferai changer la serrure !

– Et vous aurez raison ! avait-elle approuvé en enfouissant la clé dans sa poche de tablier.

Depuis, grâce à son double, elle était libre d'aller se recueillir aussi souvent qu'elle le pouvait.

Une fois en place, au calme, dans la pénombre, assise au centre du chœur, elle retrouvait tous les siens. Là, beaucoup mieux qu'au cimetière où lui manquait la petite lumière rouge qui veillait au-dessus du tabernacle, elle revoyait, attendrie, les disparus qui vivaient toujours en elle. Ils étaient tous là, si nombreux, si présents et qui l'attendaient.

Au sujet des invités que sa profession l'appelait à recevoir sur sa chasse, Guy, depuis des années, partageait le point de vue de son fils aîné. À savoir, comme le disait Jean qui contrairement à lui pouvait s'offrir des écarts de langage :

– Tes copains sont peut-être des personnalités et des épées dans leurs professions, mais à la chasse on ne sait pas quel est le plus nul, le plus branque, le plus brêle ! Ils font honte. Des viandards, voilà ce qu'ils sont, heureusement ils tirent souvent comme des cochons, ça limite le carnage !

Mis à part le fait que les individus incriminés n'étaient pas ses « copains » mais ses clients ou relations, et qu'il ne les conviait pas pour le plaisir mais pour des raisons d'ordre professionnel ou de bienséance, Guy était de plus en plus d'accord avec son fils.

Aussi, en ce dimanche de fin novembre, ce fut avec soulagement qu'il vit s'éloigner la voiture emportant le dernier chasseur. Lequel, la veille au soir, était arrivé flanqué d'une redoutable rousse, aux canons irréprochables mais à la vulgarité tout aussi évidente que la quasi-perfection de ses proportions. Une de ces créatures que Jean, peu enclin à la modération verbale, aurait aussitôt qualifiées de « radasses », pour ne pas dire plus...

Par malchance, un autre invité, éditeur bien connu, plus sûr dans le choix de ses auteurs que dans celui de ses conquêtes, était, lui, venu en compagnie d'une espèce d'échalas, frisant le mètre quatre-vingt-dix, mi-homme, mi-femme, mais totalement mannequin. Androgyne qui, au dîner, et alors que le menu annonçait un velouté à l'oignon, suivi d'une galantine de volaille, d'un cuissot de chevreuil aux girolles et à la purée de marron, d'un plateau de fromages et d'une tarte Tatin, avait commandé trois feuilles de salade au jus de citron et un yaourt zéro pour cent de matière grasse !

Flanqué de ces demoiselles qui, pour le malheur de leur auditoire, se piquaient d'intellectualisme et avaient meublé le repas en s'envoyant à la figure les critiques les plus verbeuses parues sur les derniers prix littéraires, Guy en était vite venu à penser qu'il y avait des soirs où il valait mieux rester chez soi, quitte à sommeiller devant la télévision ; ça ne pouvait pas être pire que l'amphigourique conversation qu'il devait subir en feignant de s'y intéresser !

Par chance, les deux jeunes femmes n'avaient pas manifesté le désir d'accompagner les hommes à la chasse, c'était toujours ça !

Maintenant, tout le monde parti et alors qu'avec la nuit se levait le brouillard sur la Brenne, Guy se sentait bien, heureux à l'idée d'aller passer sa soirée chez Félix.

« Il doit déjà m'attendre », pensa-t-il en revenant vers la coquette auberge où ses invités et lui logeaient à chaque partie de chasse. Il régla l'addition, assura madame Jeanne, la patronne, que, comme d'habitude, tout avait été parfait et sortit.

C'est en roulant à petite vitesse, fenêtres ouvertes pour mieux profiter du grand air que distillait l'immense forêt traversée, qu'il parcourut les deux kilomètres qui le séparaient de chez son cousin Félix.

– Eh bien tu vois, le comble c'est que ce soit toi qui me donnes des nouvelles de mon fils ! dit Guy avec un brin d'amertume dans la voix.

– Oh ! tu ne vas pas en faire une montagne, non ? Allez, sers-toi, proposa Félix en poussant la poêle vers son cousin.

Guy se servit une solide part d'omelette aux girolles car, malgré le copieux repas servi à midi à l'auberge, son après-midi de marche au grand air lui avait creusé l'appétit.

– Je n'en fais pas une montagne, assura-t-il, mais, ne serait-ce que pour sa mère, il pourrait donner un peu plus souvent signe de vie ! Voilà plus d'un mois qu'on ne l'a pas vu ! Bon sang ! Il travaille à un quart d'heure à pied de chez nous, il loge à dix minutes en bus et c'est presque toi qui le rencontres le plus souvent !

– Mais non ! Il n'était pas venu depuis des mois. Il se trouve que son boulot l'a conduit dans le coin voici quinze jours, c'est tout ! temporisa Félix, soucieux de ne pas attiser le ressentiment de son cousin et qui se promit de ne surtout pas évoquer l'éventuel projet de départ pour la Nouvelle-Calédonie dont Jean lui avait parlé.

Il savait que Guy n'avait jamais vraiment admis ni compris que son fils aîné, devant qui toutes les portes étaient prêtes à s'ouvrir – il était brillant et travailleur –, ait choisi une voie qui, à ses yeux, était loin d'être la meilleure, la plus estimable. Certes, il reconnaissait que le bagage d'ingénieur agronome qu'il possédait et l'actuelle situation où son diplôme l'avait conduit étaient honorables. Mais il n'arrivait pas à se défaire de la déception qui l'habitait depuis que Jean, quatorze ans plus tôt, lui avait nettement fait comprendre qu'il ne mettrait en aucun cas ses pas dans les traces paternelles. Qu'il ne serait donc jamais avocat, pas plus que médecin et encore moins haut fonctionnaire ou politicien, mais tout simplement éleveur !

Par chance, cette ahurissante foucade lui avait passé au fil des ans, mais pas son goût de la terre. La preuve, il lui arrivait encore, lorsqu'il en trouvait le temps, de descendre à Saint-Libéral et, là, de n'avoir rien de plus pressé que d'aider son oncle Jacques à soigner les bêtes, à passer le gyrobroyeur ou le rotavator ! Et pour Guy qui, dans sa jeunesse, avait bataillé et travaillé dur pour s'élever très au-delà de sa condition d'origine – il ne la reniait pas du tout, mais avait d'autres ambitions ! – les goûts qui animaient toujours Jean étaient extravagants.

– Et Marc, ça va ? demanda Félix qui, connaissant les sentiments de son cousin envers son fils aîné, préférait ne pas envenimer les choses.

– Marc ? Pas de problème.

– Et son travail ?

– Impeccable ! Tu sais, il a su profiter de la situation de ses grands-parents maternels, pas idiot, lui...

Marc avait maintenant vingt-six ans et après avoir cru intelligent et original, pendant les quelques années de son adolescence, de jouer les révoltés antibourgeois, antitout, mais inconditionnel des prétendues doctrines salvatrices d'un Che ou d'un Castro, il s'était orienté vers l'école des Beaux-Arts. Cela fait, c'est sans se faire prier qu'il avait pris la succession que son grand-père – cossu antiquaire du VIe arrondissement – lui avait offerte sur un plateau, trop heureux, à soixante-dix-huit ans, de passer la main à un petit-fils qui, lui au moins, ne se sentait aucune attirance pour l'élevage, cette peu recommandable et malodorante lubie !

– Et Évelyne ?

– Oh ! celle-là..., fit Guy en se plongeant dans la contemplation de son assiette.

Il piqua une girolle au bout de sa fourchette, l'observa avec une attention que ne méritait pas le cryptogame.

– Bon, éludons, décida Félix, conscient d'avoir posé la question gênante.

– Mais non, dit Guy en croquant le champignon, grillé à point. Tu veux savoir ? Tu as raison, Évelyne nous emmerde, sa mère et moi ! Mais alors si tu savais à quel point elle nous emmerde ! Voilà !

– Ah !... murmura Félix en se souvenant qu'il y avait effectivement longtemps qu'il n'avait pas demandé de nouvelles de ses petits-cousins.

Mais comme il n'était pas homme à faire marche arrière et qu'il pressentait que Guy avait sans doute besoin de parler, il lança :

– Cause si tu en as envie, sinon passons tout de suite à Renaud !

Renaud était le dernier fils de Guy et Colette. Âgé de vingt ans, il s'était, depuis deux ans, orienté vers la carrière militaire et suivait très assidûment les cours de préparation à Saint-Cyr.

– Renaud ? Ça va. Je n'ai pas encore compris ce qui l'a poussé à choisir la vie militaire, mais après tout c'est son problème, il est majeur. Toi et moi, surtout toi, savons ce qu'il en est de l'armée ! Mais bon, chacun ses choix et celui-ci n'est pas plus infâme qu'un autre.

De la génération des quelques centaines de milliers de gamins que des gouvernements, aussi nullissimes qu'éphémères, avaient envoyés à l'âge de vingt ans et pour vingt-sept ou trente mois pacifier le territoire algérien, endeuillé chaque jour par de sournois massacres, Guy était revenu plus vieux et cynique qu'on ne l'est généralement à cet âge. Et surtout, il en était de plus en plus persuadé, animé par la certitude d'avoir été copieusement berné. La preuve, on l'avait expédié faire une guerre à laquelle il ne comprenait pas grand-chose – sauf qu'il importait de tirer mieux et plus vite que ceux d'en face – et, dès son retour, on s'était employé à lui expliquer qu'il s'agissait tout au plus d'une opération de maintien de l'ordre. Quelque chose, à en croire les politiciens, qui était à peu près comparable aux charges des agents de police dispersant, à coups de pèlerine, quelques étudiants boutonneux, en veine de chahut, un samedi soir au quartier Latin.

Guy était bien placé pour savoir qu'on était loin du compte ; il avait, comme beaucoup, comme presque tous, sinon tourné la page, du moins posé un hermétique étouffoir sur des souvenirs et des sentiments qu'il savait impartageables avec tous les béotiens de la métropole. Mais sa mémoire était intacte.

Aussi, connaissant bien la gent militaire, s'en défiait-il beaucoup. Malgré cela il n'avait rien fait pour dissuader son fils et l'empêcher de s'engager dans une voie qui semblait être la sienne.

Quant à Félix, ancien des Forces françaises libres qu'il avait servies de 1940 à 1945, point n'était besoin non plus de lui expliquer ce qu'était la vie militaire. Il ne regrettait nullement de l'avoir découverte en un temps donné et parce que dans le fond il n'y avait que ça à faire, de digne et d'efficace. Mais, hormis la guerre, mieux valait ne pas lui parler des porteurs d'uniforme...

– Bon, dit-il, alors Renaud est content, c'est l'essentiel, non ?

– Oui, oui, approuva Guy en essuyant méticuleusement son assiette avec une croûte de pain. C'est Évelyne qui nous emmerde ! redit-il soudain. Ben oui, poursuivit-il en voyant l'air étonné de son cousin, elle débloque !

– Mais encore ?

– Cette bécasse nous fait une crise d'humanitaire, du genre Mère Teresa laïque ! Du coup, elle a plaqué son école de droit et se prépare à partir dans je ne sais quel coin pourri de la Somalie, avec je ne sais quelle association à la gomme ! Non mais tu parles d'une connerie !

– Ça pourrait être pire, essaya de minimiser Félix. Après tout, ça relève d'un bon sentiment !

– Oui, oui, c'est ce qu'on dit ! Mais, bon sang, voilà une gamine qui avait tout en main, qui ne nous a jamais posé le moindre problème, qui a suivi toutes ses études sans histoires et qui, sans crier gare, abandonne tout et part à l'aventure au nom de je ne sais quel idéal à la con !

– Je te trouve bien injuste ! Tu aurais préféré qu'elle fasse comme la petite Jo dans les années soixante-dix ? Qu'elle parte découvrir le monde au bras du premier galopin venu ? Allons ! Là, au moins, quelle que soit la suite qu'elle donnera à cette histoire, elle en gardera toujours le sentiment d'avoir essayé de réaliser quelque chose qui sort de l'ordinaire !

– Je sais ! Je sais tout ça ! Mais pourquoi diable partir comme ça, sur un coup de tête ! Elle aurait pu au moins attendre d'avoir fini ses études ! C'est ce que j'ai essayé de lui faire comprendre. Mais penses-tu, elle est plus têtue qu'une bourrique et maintenant cette petite cruche se prépare à filer !

– Bah ! c'est bien naturel.

– Ah ! tu trouves ? Eh bien, pas moi ! Le naturel c'est d'abord et avant tout de gérer son avenir avec sérieux ! Ce n'est pas d'émigrer sur un coup de tête !

– Allons, ne sois pas aussi conformiste. Tout bouge, tout change, tout évolue. Même dans la nature ça remue sans arrêt et depuis que le monde est monde, tu le sais très bien !

– Qu'est-ce que tu racontes ?

– Il y a combien d'années que tu viens chasser dans le coin ?

– Quinze ans, mais je ne vois pas le rapport !

– Mais si ! Quinze ans ?... Tu te souviens des jean-le-blanc ?

– Bien sûr, les circaètes jean-le-blanc ! Avec toi j'ai été à bonne école du point de vue ornithologie, j'en ai encore vu un ce matin, magnifique, et alors ?

– *Circaetus gallicus*, sourit Félix, superbe rapace, presque un petit aigle blanc. Il en reste quelques couples, mais peu à côté de ce que j'ai observé entre les deux guerres. À l'époque nos landes et nos brandes en étaient pleines. Et puis on s'est mis à débroussailler un peu partout, à assécher les marais, à drainer, à cultiver, quoi ! Du coup, les circaètes ont décidé de changer d'air et d'aller voir ailleurs. Ta petite Évelyne fait pareil, c'est pas grave. Et puis tiens, c'est bien ce qu'a fait Dominique et c'est pas dramatique !

– Oh ! celui-là ! Il n'a eu de cesse d'orienter Jean sur la même voie que lui ! Mais ce n'est pas une raison pour que ma fille se lance à son tour dans ces mêmes fantaisies et décide de plaquer ses études et la maison !

– Que veux-tu, il faut te faire une raison, c'est de famille, s'amusa Félix, soucieux de dédramatiser, parce que, sans même parler de ta nièce, oui, Françoise, qui s'amourache d'un type qui pourrait être son père – et là, je t'accorde que ça pose problème –, pense à ma pauvre mère ! Elle aussi n'en a fait qu'à sa tête et a quitté la maison ! Tu me diras, c'était pour épouser mon père, mais quand même ! En ces temps-là, vers 1910, ça a fait du bruit à Saint-Libéral ! Ton père en parlait encore soixante ans plus tard ! Et ta tante Berthe, pas mal aussi dans son genre, non ? Alors partir en Afrique pour aider quelques pauvres bougres, pourquoi pas ? Allons, ne te mets pas martel en tête. Si ça se trouve, tu la verras vite revenir et au moins elle aura des souvenirs !

– Tu es sympa. D'accord, espérons. Mais, en attendant, sa mère n'en dort plus, dit Guy en regardant sa montre. Bon, cette fois, il faut que j'y aille, je ne serai pas à Paris avant minuit. Enfin, merci pour tout.

– Je te revois le mois prochain ?

– Sûrement. Tu sais, avec toutes ces histoires, plus un travail de dingue, j'ai vraiment besoin de venir me changer les idées ici. Ah ! au fait, si tu vois Jean, tu peux toujours lui dire de nous donner quelques nouvelles, ça fera plaisir à sa mère.

– Promis. Mais il est au courant pour sa sœur ?

– Je le présume. Je suppose même qu'elle l'a mis dans le coup avant nous et d'ici à ce qu'il l'ait encouragée ! Je te dis, moi, cette génération, je n'y comprends rien ! Je ne suis plus dans la course. Va être temps de passer la main !

– Allons, pas de défaitisme, tout s'arrangera, dit Félix en l'accompagnant jusqu'à sa voiture, une grosse Mercedes grise. N'oublie pas d'embrasser Colette de ma part et ne va pas te ronger les sangs à cause d'Évelyne. Pense à ce que je t'ai dit au sujet des filles Vialhe. Elles vont au bout de leurs idées et puis, un jour, elles reviennent. Même ta tante Berthe est revenue. Et Dieu sait pourtant si ses idées l'ont un jour conduite en enfer! Bonne route, et sois prudent, le brouillard s'épaissit.

5

– Tu es bien venu me voir pour que je te réponde franchement ? insista Jacques en devinant que ses premières réponses n'avaient pas convaincu son jeune visiteur. Alors je te répète que tu regretteras avant peu de t'être lancé dans cette histoire. Tout ça empeste la magouille. C'est un piège, un attrape-nigaud, et tu t'en mordras les doigts !

– Il faut pourtant que je trouve une solution, et vite, redit Jean-Claude Valade en refermant son livre de comptes.

Il l'avait ouvert une demi-heure plus tôt pour tenter de voir, avec Jacques, ce qu'il était possible de restreindre au niveau des dépenses et d'augmenter du point de vue des entrées.

– Tu me demandes carrément de résoudre la quadrature du cercle, lui avait dit Jacques après avoir consulté la comptabilité des onze derniers mois.

Elle n'était pas brillante ! En fait, comme il le lui avait dit, six ans plus tôt, lors de son installation et à la vue de son dossier : « Avec ce que tu empruntes, tu aurais presque de quoi t'acheter une pharmacie, jeune et accorte laborantine comprise ! L'ennui, c'est que pour rembourser de telles sommes tu ne vendras ni médicaments, ni brosses à dents, ni savonnettes, mais des produits qui, eux, se négocient de plus en plus mal, alors... »

Mais cet avertissement n'avait pas réussi à prouver au jeune homme qu'autant il était facile d'emprunter – surtout lorsque certains conseillers vous poussent à le faire ! –, autant il était difficile de rembourser. Et maintenant, étouffé par des annuités d'emprunts exorbitantes, il ne lui restait pour vivre que deux mille francs par mois. C'était dérisoire pour une famille de trois personnes – leur fils aîné avait maintenant trois ans –, qui, avant six mois, se serait agrandie d'un quatrième membre, comme venait de l'expliquer Jean-Claude.

Pourtant sa ferme était belle, bien tenue, et personne ne pouvait lui reprocher de ne pas travailler assez. Il devait, en moyenne, consacrer entre dix et onze heures par jour, dimanches et fêtes compris, aux soins des bêtes et à tous les travaux réclamés par les terres, les prairies et l'entretien des clôtures.

Grâce à quoi, ses quarante limousines avaient fière allure et les vingt-trois broutards qui attendaient les acheteurs étaient magnifiques. Malgré cela, parce que les cours stagnaient depuis des années alors que toutes les charges augmentaient et que rien ne laissait prévoir un redressement de la situation – n'assurait-on pas, en haut lieu, que les stocks européens de viande battaient des records et que les prix agricoles mondiaux n'avaient jamais été aussi bas – Jean-Claude était pris à la gorge.

– Vous êtes certain ? C'est un piège ? insista-t-il, car il avait beaucoup de mal à entendre Jacques réduire ses espoirs à néant.

– Oui, à peu près, assura Jacques qui garda pour lui la suite de sa méditation.

« Quand je pense que mon père nous a élevés, Paul, Mauricette, Guy et moi, en exploitant vingt-deux hectares ! Et mis à part celui de parrain Léon, notre troupeau, avec ses douze vaches, était le plus important de la commune ! Ensuite, avec Michèle, nous avons pris la relève et nous aussi nous avons pu élever Dominique et Françoise avec deux fois moins de bêtes et de surface que n'en possède ce pauvre Jean-Claude ! Car maintenant ce gosse, qui travaille à n'en plus pouvoir, n'arrive pas à joindre les deux bouts avec quarante vaches ! Tout ça est fou, dément. Mais il est vrai que, du temps de mon père, et même s'il en a fait quelques-uns, les emprunts étaient exceptionnels et toujours modérés. Alors Jean-Claude avec ses centaines de milliers de francs à rembourser en dix ou quinze ans n'est pas près de sortir du rouge... Au train où vont les choses, il ira toujours en s'enfonçant. Et son idée de vouloir se lancer dans l'élevage industriel de veaux ne pourra qu'accélérer sa chute. Il faudra d'abord qu'il emprunte encore pour mettre ses bâtiments aux normes. Cela fait, il se retrouvera, quatre fois par an, avec cent ou cent cinquante veaux de huit jours, à charge pour lui de les pousser à cent quatre-vingts kilos, grâce aux quelques tonnes de farine, bourrée d'antibiotiques, que lui fournira l'entreprise à laquelle il veut adhérer. Mais ces salauds, qui savent y faire, se sont sûrement bien gardés de lui dire que la totalité des pertes serait à sa charge ! À la moindre épidémie, son prétendu bénéfice fondra aussi vite que maigrit et crève un veau diarrhéique ! »

– Vous m'excuserez, dit Michèle en passant la tête par la porte de la salle de bains, mais je vais au lit. Vous avez ce qu'il faut ?

– Ça ira, à tout à l'heure, dit Jacques en versant un fond de prune dans sa tasse à café et dans celle de son visiteur.

– Bonne nuit, madame Vialhe, dit Jean-Claude en se levant.

– Reste assis, petit, et voyons un peu ton problème, dit Jacques distraitement car replongé dans sa méditation.

« Qu'est-ce que je vais pouvoir trouver pour le sortir de là, ce gosse ? » songea-t-il en regardant le fond de sa tasse. Et il regretta soudain que Dominique, ou même Jean, ne soit pas là pour lui venir en aide ; eux auraient peut-être trouvé, après tout c'était leur métier !

– Mais pourtant, ça fonctionne bien pour certains ! insista Jean-Claude pour rompre le mutisme dans lequel Jacques était plongé.

– Ça, je demande à le vérifier ! Oui, à vérifier le pourcentage de ceux qui gagnent un peu et celui des autres, ceux à qui il ne reste que leurs yeux pour pleurer ! Et encore heureux s'ils ne se retrouvent pas encore plus couverts de dettes qu'avant !

– Pourtant les techniciens que j'ai rencontrés...

– Oh ! ceux-là ! Ils ne prennent jamais aucun risque. Tout ce qu'ils cherchent, et ils sont d'ailleurs payés pour ça par les groupes qui les emploient, c'est te faire signer un contrat qui, mine de rien, te transforme en une sorte de salarié. Un salarié qui ne leur coûte pas un sou puisqu'il est censé se payer lui-même grâce au travail qu'ils te poussent à faire ! Mais si tu calcules bien, crois-moi, chaque fois que tu leur livreras un lot de ces bestiaux qui, de leur vie, n'auront jamais bu un litre de vrai lait, qu'ils te paieront au prix qu'ils voudront, après avoir déduit le prix de la farine qu'ils t'auront fournie, eh bien, tu t'apercevras que tu aurais mieux fait de rester couché ! Crois-moi, l'intégration, comme on appelle ce système, c'est surtout pour t'apprendre à t'intégrer dans la catégorie des pigeons et des exploités !

– Vous êtes sûr ? Pourtant on m'a dit que...

– Laisse-moi finir ! Oui, de plus, pour quelqu'un comme toi qui, jusque-là, a toujours produit de la bonne qualité, on va te demander de mettre sur le marché une viande médiocre, pleine de flotte et qui sentira davantage le poisson et la chimie que la bonne viande !

– Et vous croyez que ce sera pareil si j'essaie avec des porcs ? Pour ça aussi j'ai été contacté...

– Là, je t'arrête tout de suite. Placé comme tu l'es, non loin du bourg, un peu en surplomb du château et à côté de la source du Diamond, tu n'auras jamais l'autorisation administrative de monter une usine à cochons ! Jamais, et c'est heureux !

– Pourquoi ?

– Allons, mon petit, réfléchis ! Ça pue les cochons ! Je le sais, j'ai été jusqu'à en élever une centaine à la fois et, du point de vue de l'environnement, c'est une abomination. Alors toi, si tu voulais être dans les normes actuelles, ce sont plusieurs milliers de têtes que ceux qui te proposent ce contrat te contraindraient à élever ! Des milliers ! Je ne te fais pas de dessin pour la pollution due aux lisiers ! Et crois-moi, si tu ne veux pas te brouiller avec tout le monde, ne dis même pas que tu as envisagé d'installer une porcherie industrielle, les gens seraient capables de se fâcher avec toi juste pour te punir d'avoir caressé cette idée ! Allons, tu t'imagines avec les gosses qui viennent au château en colo pour profiter du bon air de chez nous ? Tu n'as pas cru qu'on te laisserait faire ça ? Même moi, je serais le premier à t'en empêcher !

– Vous êtes tous bien gentils, protesta Jean-Claude, mais bon Dieu de bon Dieu ! Il faut que je trouve un apport supplémentaire. J'ai promis de proposer un plan de redressement et...

– Tu as promis à qui ? Et quoi ?

– Ce matin, quand j'ai été au Crédit agricole... j'ai pu les convaincre de reporter deux annuités, et pas des petites, mais, en contrepartie, il faut que je lance une nouvelle production, ou du moins quelque chose qui me permettra d'augmenter un peu mon chiffre d'affaires et...

– Et de tomber d'un peu plus haut l'année prochaine !

– Alors, qu'est-ce que je dois faire ? murmura Jean-Claude.

Il semblait si dépité, si perdu, que Jacques regretta presque d'avoir été trop franc, trop lucide. Mais il ne se serait jamais pardonné d'avoir laissé son voisin s'engager sur une voie qu'il jugeait très dangereuse. Pour lui, fort de toutes les décennies qu'il avait passées au service de la terre, et qui n'oubliait pas que lui-même avait souvent cherché l'idée salvatrice, celle qui, pour un temps, permettait à l'exploitation de résister aux tempêtes, le chemin que voulait prendre Jean-Claude aboutissait dans un gouffre.

Pourtant, il fallait bien qu'il trouve le moyen de rendre un peu d'espoir à ce jeune. Il ne pouvait pas le laisser partir sans lui fournir au moins l'ébauche d'un projet auquel croire et s'accrocher.

– Tu vois, je te conseillerais bien de te lancer, toi aussi, dans la bête sélectionnée, dit-il enfin. C'est Dominique qui a eu cette idée-là pour moi, il y a... je ne sais plus, douze ans, je crois. Mais, vu ce que tu m'as dit et l'état de tes finances, ce serait trop long à mettre en place. Moi, il m'a fallu presque dix ans pour me reconvertir totalement ; et si j'avais eu tes frais d'exploitation et des remboursements comparables aux tiens, jamais je n'aurais réussi. De plus, contrairement à toi, mes enfants étaient largement tirés de là.

– Je sais, dit Jean-Claude. Alors j'aurais peut-être dû continuer avec les laitières. Là au moins ça faisait une rentrée d'argent régulière.

– Ne regrette pas. Les ânes bâtés qui nous imposent leurs lubies ne veulent plus de lait, ou beaucoup moins. Tu me diras, ce sont exactement les mêmes qui sont prêts à mettre sur le marché cette nouvelle molécule, made in USA. Tu as vu ça dans la presse ? La fameuse Bovine-Somatotropine, ou BST, qui augmente la production de lait de dix à vingt-cinq pour cent ! Cela étant, à cause de toutes ces bêtises à répétition, un jour, si ça se trouve, on manquera quand même de lait, mais ce n'est pas pour ça qu'on demandera des comptes à nos décideurs ! Non, oublie le lait, déjà que nous ne sommes pas dans une région à vocation laitière !

– Et les poulets ? En industriel aussi ? essaya Jean-Claude.

– Là encore des frais d'installation de hangars. Des charges d'électricité pour le chauffage, tout le cirque, quoi. Et tout ça pour finir par élever entre trente-trois et trente-cinq poulets au mètre carré qui, tous frais payés, te rapporteront quelques centimes pièce... Non, il faut chercher ailleurs. Tu as vingt-trois broutards en ce moment, c'est ça ? demanda Jacques en étouffant un bâillement, car l'heure tournait – Michèle devait déjà dormir et il avait hâte d'aller en faire autant.

– Oui. Et comme un âne, je ne les ai pas vendus assez tôt dans la saison. Si je le fais maintenant, je perds pas loin de six cents francs par tête ! Ces salauds de ritals ont cassé les prix et maintenant ils attendent qu'on les supplie.

– Classique, les Italiens, c'est voleur par tradition ! Tu sais bien ce qu'on raconte à leur sujet ? À la naissance, on jette les bébés au plafond, s'ils restent accrochés on en fait des peintres, s'ils retombent, des voleurs... Alors quand, en plus, ils sont marchands de bestiaux ! Mais vends quand même tes bêtes, ça t'économisera ton fourrage. Et tu as combien de vaches pleines ?

– Une trentaine, presque toutes pour le printemps.

– Tu n'as jamais essayé de produire du vrai veau de lait, celui de chez nous, le meilleur, le luxe ? Pas les veaux de farinades, d'antibiotiques et d'hormones, les vrais, quoi ! D'accord, c'est beaucoup plus de travail que les taurillons de plein air, mais c'est d'un autre rapport. Enfin, théoriquement, parce que tous les cours dégringolent si vite ! Et, en plus, comme on a habitué, depuis des années, les consommateurs à bouffer n'importe quelle saloperie, beaucoup ne font même plus la différence entre le bon et le mauvais ! Mais, enfin, espérons qu'il restera toujours des gens amateurs de la qualité !

– Vous croyez que ça peut être un plan valable ?

– Qui sait ! Toujours plus valable et moins dangereux que les autres. Et puis renseigne-toi : tu dois, là encore, avoir droit à des primes, alors autant en profiter..., dit Jacques en se levant.

« Chasseurs de primes ! Voilà à quoi les jeunes en sont réduits, quelle pitié ! » pensa-t-il. Mais il se tut. Il était maintenant très fatigué et souhaitait pouvoir aller s'allonger au plus vite.

– Excusez-moi, il est très tard, dit Jean-Claude en glissant son livre de comptes dans sa serviette. Enfin, merci pour vos conseils. Je vais réfléchir. Dans le fond, peut-être que les veaux de lait...

– Oui, et là au moins tu n'as rien à investir. Sauf ton travail, mais ça, c'est tellement banal qu'on n'en parle plus !

Moulu par plusieurs heures de cheval, Dominique, sa douche prise, savourait une bière, assis à l'ombre de la véranda. Sa journée avait commencé tôt. Malgré cela, l'été venant, la chaleur avait vite poussé de larges auréoles de sueur autant sur sa chemise que sur celles de ses compagnons de travail.

Habilement, car pour certains stockmen habitués depuis leur enfance à savoir tout aussi bien faire volter leur monture que manier leur long fouet – leur *stock-whip* –, Dominique et ses hommes, aidés par leurs chiens bleus d'Australie, aides indispensables et d'un savoir-faire stupéfiant, avaient d'abord regroupé un troupeau de deux cents bêtes.

Cela fait, et après avoir poussé les vaches vers les paddocks et les stockyards, il avait fallu les contraindre à plonger dans la piscine-couloir où, sur une quinzaine de mètres et après avoir perdu pied, elles nageaient dans une eau empuantie par des litres d'insecticide.

Cette opération avait été une des premières surprises de Dominique lors de son arrivée sur le territoire. Puis il avait appris que, faute de ces soins réguliers, les bovins parasités à longueur d'année par un ixode redoutable et tenace dépérissaient en quelques semaines et crevaient. La tique, importée par les mulets de bât que les Américains avaient fait venir dès 1942 et qui avaient parcouru le Caillou jusqu'au départ des GI, en 1945, avait investi la totalité de l'île et contraignait depuis les stockmen à une lutte permanente. Ainsi fallait-il tous les mois traiter les bovins.

– Ça va mieux ? sourit Béatrice assise au bord de la petite piscine gonflable où Pierre et Pauline chahutaient bruyamment.

– Ça va, sourit-il.

Elle s'était mise en maillot de bain pour surveiller les enfants et il apprécia une fois de plus que, pour ses trente-neuf ans révolus, elle soit restée aussi svelte et gracieuse, toujours désirable.

– Vous avez baigné tous les bestiaux ?

– Oui, ceux qui devaient l'être, mais si tu savais ce que j'ai mal aux reins ! Bon Dieu, je ne comprends pas comment font les gars, moi, je trouve que le cheval c'est bien sympathique et pratique, mais rudement inconfortable ! Mais comme ils ne veulent pas entendre parler de motos tout-terrain ! Pourtant, en Australie, il y a beau temps qu'ils les ont adoptées pour surveiller et regrouper les troupeaux !

Cela aussi avait été un de ses étonnements, lors de son installation. Ici, tout le monde était imprégné de traditions. Celles des Kanaks se perdaient dans la nuit des temps et celles des broussards, pourtant beaucoup plus récentes, étaient tout aussi ancrées et incontournables que celles des aborigènes.

C'était parfois très agaçant, mais les nouveaux

venus devaient s'y faire, faute de quoi ils avaient très peu de chances de s'intégrer. Dominique avait vite compris qu'il devait faire preuve de diplomatie et de patience s'il voulait être reconnu sans réserve comme le nouveau gérant, le patron, celui dont on ne discutait pas les décisions.

– Tiens, regarde qui vient ! dit soudain Béatrice en tendant l'index vers le nuage de poussière rouge qui s'élevait de la piste conduisant chez eux.

– Pour rouler à cette vitesse et en faisant un tel boucan ce ne peut être que ce brave Antoine ! Tu peux sortir la bouteille carrée ! plaisanta-t-il en employant volontairement le langage du cru pour désigner un flacon de whisky.

Antoine Garnier, Calédonien de la troisième génération, en semi-retraite depuis peu mais toujours attentif à ses cultures de légumes, de céréales et à son stock, vivait toujours sur ses terres, au lieu-dit « Petit Pavé », à cinq kilomètres de Cagou-Creek. Un siècle plus tôt, son grand-père, lassé de surveiller les « Chapeaux-de-paille » – appellation locale pour désigner les bagnards de l'île de Nou –, s'était un jour reconverti dans l'agriculture, après avoir épousé une Tahitienne.

– Superbe, paraît-il, un coup fabuleux ! assurait, goguenard, son petit-fils ; mais, à mon avis, il vaut mieux ignorer l'itinéraire et les étapes qui l'ont conduite jusqu'ici... Ce qui est sûr, c'est qu'elle n'est pas arrivée à la nage !

Le domaine, agrandi au cours des ans, avait un jour échu à Antoine, lequel, bon sang ne pouvait mentir, avait, lui, épousé une ravissante petite Chinoise qui, malheureusement, n'avait pu lui donner aucune descendance. Aussi, après lui, la station de deux cents hectares, bien entretenus et irrigués, bonne aux cultures, passerait en d'autres mains.

Dominique pensait qu'Antoine s'en était consolé puisqu'il ne faisait jamais allusion à cette extinction de son nom. Mais il n'était pas loin de croire que la réelle sympathie que leur avait portée le vieil homme, dès leur arrivée sur le territoire, pouvait se comprendre par cette absence de fils et de fille – et de petits-enfants – qui, peut-être, lui pesait beaucoup plus qu'il ne le laissait paraître.

Le fait est que Dominique lui devait beaucoup. C'était lui qui, dès les premières semaines, l'avait convaincu qu'il était indispensable de prendre patience et très important aussi de découvrir le pays, ses habitants et leurs habitudes. Primordial aussi de ne pas vouloir transformer trop vite les us et coutumes de tous les hommes qui travaillaient sur la station.

Souvent pourtant, Dominique avait été à deux doigts d'exploser. Par exemple, lorsque, pour la première opération de marquage des bêtes à laquelle il assistait, il avait compris que celle-ci s'effectuait au fer rouge : « Comme au Far West de Lucky Luke ! » avait-il dit, furieux, à Béatrice. C'est alors qu'il avait eu bien besoin des explications d'Antoine Garnier pour comprendre à quel point le système en vigueur relevait, lui aussi, de la tradition.

– D'accord, notre marquage au fer peut vous paraître un peu barbare. Mais ici, on a toujours pratiqué ainsi et on aime bien ça. Vous comprenez, c'est presque un rite. Il y a d'abord les bêtes à regrouper, ensuite il y a le feu à allumer et à bien entretenir pour que les fers, chauffés à blanc, creusent une belle et franche marque. Et puis il faut attraper les animaux et les maîtriser, c'est un travail d'homme, quoi ! Un cérémonial en quelque sorte...

– C'est ça, avait coupé Dominique, vous êtes en train de m'expliquer que cette forme on ne peut plus sommaire d'identification relève du folklore et qu'il ne faut pas y toucher !

– Si, mais pas trop brutalement, en douceur...

Le comble, pour Dominique, était que ce genre de pratique n'était pas la pire puisque, autre sujet de litige avec les stockmen chargés de l'opération, il avait dû ronger son frein pendant des années avant de leur faire adopter, à la place de leurs couteaux, la pince à castrer ; celle qui, proprement et surtout sans effusion de sang, fait d'un farouche taurillon un paisible bœuf.

De même s'était-il opposé à ce que, lors des tris des bestiaux, nul ne s'avise, comme le voulait la coutume, de trancher un morceau d'oreille de la génisse ou du bouvillon qu'on voulait reconnaître. Toutes ces réformes n'avaient pu se faire en un jour et Dominique admettait volontiers que, sans les conseils d'Antoine, il aurait échoué dans beaucoup de domaines. Aussi, lorsque leur voisin leur rendait visite, c'était toujours avec plaisir que les quatre membres de la famille Vialhe le recevaient.

Dominique se leva pour aller accueillir leur visiteur en se remémorant ce que disait toujours Antoine :

« Outre les tiques, qu'ils auraient bien pu garder, les Américains nous ont heureusement laissé autre chose : des hangars, des plaques somerfil et des véhicules ! D'accord, ici et là, ils ont aussi semé quelques gamins un peu trop blonds pour la région, mais ça... Enfin, ce n'est pas mon problème, moi j'ai eu ma Jeep et je ne la changerais pas pour une de ces saloperies japonaises plus chargées de chromes que de centimètres cubes ! »

Assertions parfaitement injustifiées de l'avis de Dominique mais dont Antoine ne démordait pas. Il conduisait toujours accélérateur au plancher : « Pour limiter l'effet de tôle ondulée des pistes ! » assurait-il. Aussi, ses courageux passagers pouvaient être certains que plus le terrain était mauvais, plus la vitesse serait grande. « Mais vous irez en chercher des touques pareilles ! » lançait-il en tapotant, presque amoureusement, le capot de son antique Jeep. Il était vrai que cette espèce de relique méritait d'être vue. Cumulant plusieurs centaines de milliers de kilomètres, avalant ses dix-huit à vingt litres aux cent, l'engin était cabossé de toutes parts et mangé par la rouille. Outre ses sièges aux ressorts apparents depuis longtemps, son pare-brise zébré de fissures et son tableau de bord aux cadrans crevés, la Jeep se distinguait aussi par un impressionnant pare-chocs avant, rouge sang, récupéré sur un camion.

« Grâce à ce truc, assurait-il fièrement, je ne crains ni les vaches, ni les cerfs, ni les cochons sauvages qui encombrent les pistes ! »

Autre coquetterie à laquelle il tenait beaucoup, la grande étoile blanche de l'armée américaine qui s'étalait sur le capot et que l'on devinait, suivant les saisons et les averses, sous la poussière rougeâtre des pistes.

– Bonsoir à vous tous ! lança Antoine après avoir stoppé juste devant la maison.

Il embrassa sans façon Béatrice et les enfants, serra la main de Dominique et se laissa tomber dans un fauteuil.

– Un verre ? proposa Dominique en débouchant le whisky.

– Bien sûr, avec beaucoup d'eau et de glace. Par cette chaleur il faut boire sans arrêt, sans pour autant rouler sous la table. Tout va bien ?

– Ça va, mais tout sèche méchamment, j'ai bien peur qu'on soit reparti pour la même sécheresse que l'an passé.

– Ah ! ça, c'est de saison, hein... Bon, dites-moi, ajouta Antoine, ça me gêne un peu de vous le dire, mais...

– Oui ? insista Dominique qui se doutait bien, en observant son voisin, que sa visite n'était pas de routine.

– Vous avez encore eu des problèmes avec les braconniers, n'est-ce pas ?

– Oui, le mois dernier. Je ne vous l'ai pas dit ?

– Non. Mais moi, j'ai vu Amédée Koutiat, ce matin à Nouméa. Il n'est pas content du tout ! D'après lui vous lui avez fait un affront ! Il paraît que vous lui avez crié dessus...

– Il est gonflé ! protesta Dominique. Et d'abord en quoi l'ai-je vexé ? Il ne s'imagine tout de même pas que je vais rester sans bouger lorsqu'on massacre mes bêtes !

– Je vous comprends. Mais vous savez, depuis les événements, nos amis kanaks sont un peu plus susceptibles que d'habitude, faut pas leur en vouloir.

– Bon Dieu ! je ne l'ai accusé de rien ! Je ne lui ai même pas dit que les voleurs étaient des gars de chez lui, et pourtant...

– Je sais, je sais. Mais ce n'est pas ce qu'il raconte. Vous ferez ce que vous voudrez, mais quelquefois, il vaut mieux agir comme si on n'avait rien vu...

– C'est ça ! Et laisser ces enfoirés tailler des steaks dans mes bêtes ! Eh bien, ce n'est pas demain la veille.

– Toujours aussi bouillant, le mec, hein ? plaisanta Antoine en usant d'un qualificatif très banal sur l'île et jamais péjoratif. Il est comme ça en permanence ? demanda-t-il en se tournant vers Béatrice qui surveillait les enfants, encore dans leur piscine, mais qui écoutait la conversation, assise sur le rebord.

– Oui, s'amusa-t-elle, il paraît que c'est de famille, mais qu'il est plutôt calme par rapport à ses ancêtres !

– Eh bien, je regrette de ne pas les avoir connus, on se serait bien entendu ! Comme on s'entend bien, nous, pas vrai ? Mais blague à part, reprit-il en redevenant sérieux, je vous l'ai déjà dit, je crois, si ça se reproduit, je veux dire une vache abattue ou tout autre problème qui vous fera pousser un gros coup de colère, venez d'abord me voir avant de bouger. J'essaierai d'arranger le coup, et tout le monde y gagnera. Avec ce qui se développe du point de vue politique et la façon dont la métropole, une fois de plus, ne comprend rien à rien à ce qui se passe ici, il faut faire attention, très attention. Un rien peut foutre le feu à tout le territoire. Vous savez bien, dans tous les clans il y a des jeunes mecs qui ne rêvent que d'en découdre, quitte à foutre un bordel monstre, excusez-moi, Béatrice... Il vida son verre, accepta une nouvelle rasade qu'il noya d'eau et reprit : Vous savez, j'ai soixante-dix ans passés, c'est dire si j'en ai vu des événements sur le territoire ! Des bagarres aussi, des empoignades, et même pire, dans le Nord... Mais entre nous, les natifs de la brousse de l'Ouest, on s'est toujours pas trop mal arrangé et on aimerait bien que ça dure.

– Ça veut dire que nous, les métropolitains, on ne

comprend rien ? Vous savez, je m'en étais aperçu, dit Dominique sans aucune acrimonie.

Il avait souvent entendu ce genre de propos et était de plus en plus persuadé de leur justesse. Malgré cela, il ne pouvait pas non plus rester passif devant une agression aussi caractérisée que le massacre d'une génisse.

– Bon, d'accord, dit-il enfin, tout compte fait, j'aurais peut-être mieux fait d'attendre avant d'aller voir Amédée. Il fallait quand même que je le prévienne, vous êtes d'accord ?

– Mais oui ! le prévenir, mais tranquillement. Attendre, patienter, et un jour, sous un autre prétexte, aller le voir. Ce n'est pas un méchant bougre, Amédée. D'accord, il est un peu agaçant quand il se prend au sérieux, il faut faire avec. Voilà, faire la coutume, boire un verre et puis, mine de rien, évoquer l'affaire. Ou alors, et ce serait mieux, venir me voir et aller ensemble régler l'histoire avec ceux que ça concerne, entre bons voisins, quoi. Et puis n'oubliez pas, et il vous l'a sûrement dit, il y a beaucoup, beaucoup de têtes de bétail sur la station. Ça peut tenter des jeunes d'en inviter une ou deux à dîner... Je vous ai déjà dit que c'est presque de tradition pendant les transports ?

Dominique acquiesça, se gardant bien de l'interrompre tant il prenait toujours plaisir à écouter s'égrener les souvenirs du vieil homme. Ils étaient palpitants, nostalgiques bien sûr, mais tellement savoureux.

– Eh oui, continua Antoine, j'ai été stockman de 1935 à 1938, chez un très bon ami dont le père avait une station du côté de Nandaï, tenez, là où ils élèvent des cerfs maintenant. À l'époque, je n'avais pas encore repris nos terres. Faut dire que mon père n'était pas très tendre. J'avais dix-huit, dix-neuf ans, l'âge où l'on piaffe. Alors je suis parti travailler chez mon ami. Ah ! c'était le bon temps, le vrai temps des stockmen ! Toute la brousse était à nous et on ne s'embarrassait pas trop avec les clôtures. Et puis les Yankees ne nous avaient pas encore infestés avec les tiques, pas besoin de baigner les bêtes tous les mois... Oui, la belle vie. Tous les ans, on regroupait, par centaines, les plus lourdes bêtes destinées à la boucherie. Et, un jour, on les poussait toutes plein sud, droit sur l'abattoir de Nouméa. On faisait ça par étapes de dix à quinze kilomètres par jour, pas plus, tranquilles, entre amis ; il ne fallait pas avancer trop vite pour ne pas fatiguer les bêtes, elles auraient maigri.

« Et tous les soirs, à l'étape prévue à côté d'un point d'eau, les femmes, parties le matin avant nous avec les chariots, les provisions et la cuisine roulante, nous attendaient et nous servaient le dîner. Après, les jeunes que nous étions faisaient un peu la fête ; on dansait, on chantait et pas mal de mariages se décidaient là... Quelle époque ! Et on descendait ainsi vers la ville, heureux, sans nous presser. Alors, bien sûr, de temps en temps, au cours du voyage, les braconniers venaient de nuit et se servaient en nous égorgeant une ou deux bêtes. C'était presque banal et, dans le fond, ça faisait plutôt moins de dégâts que la sécheresse ! Oui, c'était le bon temps, celui des vrais stockmen. Après, la guerre est venue et plus rien n'a été pareil... Enfin, tout ça pour dire qu'il ne faut pas déclencher une bataille pour une vache perdue, il s'en est toujours perdu, c'est mon point de vue. Alors c'est d'accord, si ça recommence, vous me préviendrez ?

– D'accord, décida Dominique. Dans le fond, vous avez raison, comme toujours. Mais voyez, ça va faire dix ans que je suis là et j'ai l'impression d'avoir encore tout à apprendre.

DEUXIÈME PARTIE

L'EMPRISE DE L'HIVER

6

– Cette place est libre ? demanda Jean en désignant le fauteuil du coin fenêtre du compartiment non-fumeurs où il venait d'entrer.

– Sans doute, dit un des quatre hommes déjà présents sans pour autant quitter des yeux l'épais dossier ouvert devant lui et dont il commentait les paragraphes aux trois autres voyageurs.

« C'est ça l'ennui dans ce fichu train, pensa Jean en s'installant, on se casse toujours le nez sur des hommes politiques, des syndicalistes agricoles, des journalistes et surtout sur les incontournables eurocrates de service ! Et il faut bien dire que ces quatre-là sont particulièrement gratinés, de vrais clichés, on les reconnaît entre mille ! s'amusa-t-il en observant ses voisins : figures de carême, costume trois-pièces, attaché-case, machine à calculer et stylo Montblanc ! Et je parie que, dans le tas, il y en a un ou deux qui meurent d'envie de sortir son petit ordinateur portatif tout neuf ! »

Venu à Bruxelles préparer une proche intervention de son ministre, Jean, une fois de plus, repartait vers Paris avec un sentiment mitigé quant à l'utilité de sa mission.

« Parce que, bon sang, qu'est-ce qu'on use comme salive pour des broutilles ! N'importe quel imbécile ferait aussi bien que moi et au moins, lui, il croirait agir dans le bon sens ! »

Car c'était bien cela son problème, cette impression d'user son énergie pour une cause en laquelle il croyait peu. Ou du moins pas suffisamment pour s'y donner à fond. Personne ne pouvait lui reprocher de mal faire son travail et, à plus forte raison, de le saboter. Mais il savait, en son for intérieur, qu'il était capable de faire beaucoup mieux pour peu que le but à atteindre le passionne.

Or la mise en place d'une Europe agricole qui ne tenait compte que des chiffres et des projections financières et non des hommes ne pouvait lui plaire, tant s'en fallait. De plus, l'espèce de fuite en avant dans laquelle se lançait la majorité des responsables lui paraissait, sinon suicidaire, du moins génératrice, à plus ou moins long terme, de catastrophes inéluctables.

« Parce que, partis comme ils le sont, tous ces fanatiques adeptes d'une Europe désincarnée et babélisée dont les minus qui nous gouvernent rêvent avant tout d'être un jour les chefs suprêmes nous conduisent au casse-pipe. Et tout ce que nous feront gagner ces Washington d'opérette, ces mégalomanes patentés, ce seront les deux tiers de la France transformés en désert ; ou des couillonnades style parcs d'attractions en tout genre un peu partout et des réserves d'indigènes en sabots et chapeau de paille à qui on demandera d'apprendre à labourer avec un araire, à faucher à la faucille et à battre au fléau, histoire de distraire les petits citadins qui seront de bonne foi persuadés que bœuf et hamburger sont synonymes ! Et plus je pense à ce sinistre avenir, moins j'ai envie de collaborer avec les gens qui nous préparent ces horreurs et qui en sont fiers ! »

– Cette place est disponible ?

Surpris dans sa morose méditation, Jean sursauta, regarda la nouvelle venue et sourit :

– Bien sûr, dit-il en enlevant les magazines qu'il avait posés à côté de lui.

« Où diable ai-je vu cette fille ? » pensa-t-il en se levant, galant, pour l'aider à glisser son sac de voyage dans le porte-bagages.

Jeune, grande, les cheveux courts d'un brun clair et le regard noir, elle le remercia d'un sourire et s'assit.

« Eau de Lancôme, pensa-t-il en reniflant discrètement, et en plus elle s'habille avec goût. »

Il nota aussi qu'elle avait les mains soignées et que son discret maquillage était bien étudié.

« Le comble, c'est que j'ai déjà vu cette petite, j'en suis certain, mais où ? calcula-t-il. Bien sûr si j'attaque comme ça elle va croire à l'embuscade classique du dragueur moyen... »

– Vous allez bien depuis l'autre jour ? demanda-t-elle en sortant un paquet de Camel de son sac.

« Merde ! Elle me connaît, j'ai l'air de quoi, moi ? » pensa-t-il, surpris par la question. Puis il se ressaisit, fit voir le panneau interdisant de fumer, se pencha vers sa voisine et chuchota :

– Et, en plus, les messieurs qui sont là ne sont pas du tout drôles. Vous savez ce qu'ils étudient ?

– Pas la moindre idée, dit-elle à haute voix.

Il apprécia la provocation et, puisque les quatre graves passagers n'étaient pas censés savoir qu'on plaisantait sur leur compte, il inventa, mais à peine :

– De l'obligation, sous peine d'amendes, de cultiver désormais des endives dont la longueur, le diamètre, la pâleur, le poids et le nombre de feuilles seront conformes aux directives de Bruxelles. Il va donc falloir au plus vite créer une commission de surveillance, donc engager de nouveaux agents de contrôle...

– Ah ! je me disais bien aussi, approuva-t-elle très sérieusement.

Elle regarda son paquet de cigarettes avec regret, le remit dans son sac.

– Si on allait fumer dans le couloir ? proposa-t-il.

– Parce que vous fumez, vous aussi ?

– Jamais, j'ai horreur de ça, avoua-t-il. Ah ! ça y est, soupira-t-il soudain, je me souviens où je vous ai vue. Ouf ! ça va mieux !

– Parce que vous l'aviez oublié ?

– Oui, totalement.

– Sympa...

– Eh ! vous étiez combien à cette conférence de presse des ministres de l'Agriculture, il y a trois semaines, à Bruxelles ? D'accord, vous pourriez répondre que je suis impardonnable car il y avait peu de femmes. Il est également vrai que beaucoup étaient plutôt tartes et amorties. Mais, tout à l'heure, je me suis dit : Je connais cette demoiselle. Enfin, pour être franc, je me suis demandé : Où ai-je vu ce beau petit lot ? Bon, mais je n'allais pas vous faire le coup du : « La dernière fois que nous nous sommes vus je n'ai pas eu le temps de vous dire tout le bien que je pense de vous et de vos articles ! », vous ne m'auriez pas cru. Et puis, pour tout vous avouer, j'ignore complètement votre nom et même celui de votre journal...

– Si je comprends bien, vous avez tout faux ?

– Oui.

– Allons fumer dans le couloir puisque vous êtes manifestement en manque, plaisanta-t-elle en se levant.

Il l'imita et la suivit mais dut se faire violence pour ne pas rire tant étaient choqués, sévères et réprobateurs les regards que leur lançaient les quatre autres passagers.

– Marianne Masson, du journal *Agricola 2001*, le seul qui prépare l'agriculture du XXIe siècle, annonça la jeune femme après avoir allumé une cigarette.

– Oui, oui, ça me revient, dit Jean, et c'est vous qui avez demandé au ministre belge ce qu'il pensait de l'usage des anabolisants dans la production bouchère de son pays ! Oui, c'était bien joué ! s'amusa-t-il en se souvenant de l'air offusqué du monsieur interpellé sur un sujet aussi gênant.

– Je vois que la mémoire vous revient enfin, apprécia-t-elle. Et vous, toujours rue de Varenne ?

– Oui, d'où ma présence dans ce train.

– Effectivement, mais ça ne me donne pas votre nom... Que voulez-vous ? moi aussi je vois beaucoup de messieurs qui gravitent dans les cabinets ministériels...

– Vialhe, Jean Vialhe, membre du cabinet du ministre de l'Agriculture, enfin, pour l'instant.

– Pourquoi, vous êtes en passe de vous faire vider ? Pour fautes professionnelles, ou pour amnésie ? plaisanta-t-elle.

« Elle a un sourire magnifique cette fille, nota-t-il, et, ce qui est rare chez les fumeurs, elle a aussi de très belles dents. »

– Non, non, dit-il enfin, je rajoute « pour l'instant » parce que vous savez ce que c'est, les ministres ! C'est interchangeable et d'une utilité relative, alors ça dégage vite parfois ! Et vous, le boulot, ça va ?

– Pas de problèmes. Sauf que mon article au sujet des hormones en Belgique m'a valu une avalanche de lettres d'insultes assez gratinées, de la part de quelques éleveurs belges. Mais ce sont les risques du métier. À propos de métier, vous n'avez pas un scoop pour moi ? Je ne sais pas, quelque chose d'inattendu, d'imprévu.

– Vous ne perdez pas le nord, vous ! Non, je n'ai rien.

– Et si vous aviez, vous ne diriez rien, c'est ça ?

– Tout juste, il faut un brin de déontologie, même dans les ministères ! Il l'observa, lui sourit et, sans trop savoir pourquoi, lança soudain : Vous êtes mariée ?

– Et vous ? dit-elle du tac au tac et en s'efforçant de sourire.

Il nota que son regard avait changé, s'était un peu assombri.

– Non, dit-il. Vous savez, rien ne vous oblige à me répondre, oubliez ce que je vous ai demandé et parlons d'autre chose.

Elle réfléchit, hésita, puis haussa les épaules et lança :

– Mariée ? Je l'ai été, trois ans. Mon divorce a été prononcé il y a juste un an.

– Si je comprends bien, j'aurais gagné à me taire, s'excusa-t-il.

– Pourquoi ? Mon histoire est on ne peut plus banale ! Tout le monde divorce de nos jours !

Il faillit acquiescer puis se souvint soudain de ses grands-parents, Pierre-Édouard et Mathilde que la mort avait séparés un an avant leurs noces de diamant : « Cinquante-neuf ans de vie commune, et quelle vie ! » Il se rappela aussi tous ceux qui, dans sa famille, ses parents compris, avaient au minimum trente ans de mariage et plus de quarante pour son oncle Jacques et sa tante Michèle, ainsi que pour ses oncle et tante Jean-Pierre et Mauricette : « Bien sûr, à la génération suivante ça débloque un peu, songea-t-il, mais il ne faut pas généraliser quand même, ou alors c'est à désespérer. »

– Non, dit-il, tout le monde ne divorce pas, enfin chez nous, ajouta-t-il comme pour s'excuser.

– Oui, oui, on croit ça et puis un jour on se fait avoir, on se retrouve devant le maire et, peu après, on s'aperçoit qu'on a épousé un sale con ou une petite garce, tout dépend où on se place. Et le résultat est toujours le même !

– Vu comme ça...

Il se demanda un instant si elle avait des enfants mais jugea prudent de ne pas s'avancer davantage. Il regrettait déjà un peu d'avoir, par une question idiote, brisé le fil d'une aimable conversation, d'un dialogue dont le ton badin était reposant et qui, surtout, ne tirait pas à conséquence.

– Rassurez-vous, dit-elle, je n'ai pas d'enfants.

– Je n'ai pas à me rassurer, tout ça ne me concerne pas, je n'ai donc pas à être inquiet ! assura-t-il pour bien reprendre ses distances.

– C'est exact. Non, crut-elle bon d'expliquer, mon ex, Dieu soit loué, ne voulait pas d'enfants tant que sa situation n'était pas au niveau qu'il souhaitait, alors comme il s'est retrouvé au chômage... Moi, je n'étais pas contre, mais il faut bien dire que j'étais un peu oie blanche !

– Ah bon ?

– Vous savez, il faut être folle pour se marier à vingt et un ans !

– Ça dépend avec qui, s'entendit-il répondre car, là encore, lui venait en mémoire l'image de sa grand-mère Mathilde, jeune épouse de dix-huit ans !

Puis il calcula que sa voisine n'avait sans doute pas plus de vingt-six ans – compte tenu de ses trois ans de mariage et de la durée de la procédure de divorce. Il s'en étonna car il l'avait crue un peu plus âgée. Il se garda bien de formuler de telles réflexions.

– Enfin, c'est comme ça, conclut-elle.

– Vous serez à la prochaine réunion, début janvier ? demanda-t-il.

– Non. Je groupe un reportage avec les congés de Noël. Oui, je vais faire une enquête sur les fermiers américains. Je pars dans huit jours, via Montréal pour y passer Noël chez des amis. Et après je planche.

– Votre journal est sympa de vous envoyer si loin, c'est un beau voyage.

– Oui. Mais je ne travaille pas que pour *Agricola 2001*, je fais aussi des papiers et des reportages gastronomiques pour d'autres hebdos, qui ne sont pas agricoles d'ailleurs.

– Gastronomiques ? Et vous allez aux États-Unis ? Eh bien, si vous arrivez à sortir un seul article vantant la qualité de la cuisine américaine, vous êtes forte !

– Bah, en cherchant bien...

– Oui, du côté des restaurants chinois ou français ! plaisanta-t-il. Maintenant, vous m'excuserez, il faut absolument que je mette le nez dans quelques dossiers. Et comme je ne tiens pas à y passer la nuit...

– Je comprends. Mais soyez gentil de me passer

mon bagage, je vais aller prendre un thé au wagon-bar et j'y resterai pour fumer tranquillement, je ne peux pas écrire autrement et moi aussi j'ai du travail, un article...

Il entra dans le compartiment, attrapa le sac de voyage et revint.

– Alors, sans rancune pour mon amnésie et mes questions indiscrètes ? demanda-t-il.

– Je n'étais pas obligée d'y répondre, alors sans rancune.

– À tout à l'heure, peut-être, à l'arrivée ? Ou à un de ces jours, à Bruxelles, dans le train ou au ministère ? Et bon reportage aux States !

Il lui fit un petit signe de la main et rentra dans son compartiment.

Aidée par Pierre et Pauline, de plus en plus excités par l'approche de la fête, Béatrice dressa l'escabeau contre le pin colonnaire qui croissait devant le porche, au milieu d'un énorme buisson d'hibiscus où sifflaient les perruches et les inséparables. L'arbre, encore jeune et de taille modeste, était idéal pour recevoir les guirlandes scintillantes, garnies de boules multicolores, qui allaient le transformer en un sapin de Noël digne de ses frères européens. Pour parfaire le tout, Béatrice avait même acheté une bombe de neige artificielle que les enfants avaient hâte de voir en action.

– Dis, maman, quand c'est qu'on met la neige ? demanda Pauline, le nez levé vers l'arbre. Et puis d'abord, c'est quoi la neige ? ajouta-t-elle sans attendre la réponse à sa première question.

« C'est vrai qu'elle n'en a jamais vu, pensa Béatrice

en déroulant une deuxième garniture, et Pierre non plus, sauf peut-être dans un reportage ou un film à la télé. »

– La neige, c'est de l'eau blanche et froide, dit doctement Pierre, et ça tombe en France, papa te l'a déjà dit, tu écoutes rien, toi !

Sa sœur haussa les épaules :

– Ben si, j'écoute ! Mais de l'eau blanche, ça veut pas rien dire ! Et puis même quand même, je sais pas à quoi ça ressemble !

– À ça, dit Béatrice en pulvérisant le produit sur les branches du pin.

– C'est beau, concéda la petite fille, mais j'aimerais mieux qu'elle soit vraie.

– Idiote ! Elle fondrait ! trancha son frère.

– Bon, vous arrêtez tous les deux ! lança Béatrice qui sentait monter la querelle. Un jour, quand on reviendra en métropole on ira aux sports d'hiver, dans les montagnes. Et vous verrez, ce sera plein de neige, de la vraie. Et de glace aussi, assura-t-elle en redescendant de l'escabeau.

Elle recula, apprécia son travail.

« Et ils n'ont jamais connu de vrais hivers, non plus, pensa-t-elle en regardant les enfants, béats devant le pin. Bah ! ils se rattraperont plus tard. Mais bien sûr, Noël par trente degrés à l'ombre, ça détonne un peu avec le père Noël ! D'autre part, profiter de la plage et se baigner à cette époque, et nous ne nous en privons pas, n'est pas donné à tout le monde ! Certains même paient très cher pour avoir ce privilège ! »

Depuis que Dominique et elle vivaient sur le territoire, jamais Béatrice n'avait regretté leur choix. D'abord parce que, ici, Dominique, malgré quelques coups de mauvaise humeur dus à des habitudes locales auxquelles il fallait se plier, n'avait jamais eu à se plaindre de son travail. Il aimait ce qu'il faisait, gérait le domaine du mieux qu'il le pouvait et, de surcroît, non content de se savoir utile et apprécié, il était très bien rémunéré.

Ensuite, lui qui était passionné par l'agriculture estimait que les trois mille hectares du domaine étaient toujours loin d'avoir donné toutes leurs possibilités. Il était encore plein de projets à leur sujet et Béatrice ne doutait pas qu'il ferait tout pour en réaliser le maximum. Et elle qui l'avait connu bougon, révolté et souvent agacé par son travail – et surtout par ses employeurs ! – lorsqu'ils vivaient en Tunisie, aux ordres de la multinationale Mondiagri, ne pouvait que se réjouir de le voir aussi détendu, pour tout dire heureux. Même les récentes manifestations et le climat politique tendu qui régnait sur l'île depuis des années ne parvenaient pas à étouffer son enthousiasme, ni à modérer sa foi en l'avenir.

Elle-même ne s'ennuyait jamais. Grâce à son diplôme de puéricultrice et son expérience acquise en Afrique dans les années soixante-dix, elle n'avait eu aucun mal à trouver du travail bénévole à l'antenne médicale de Bouloupari. Grâce à quoi, elle s'était liée d'amitié avec nombre de Calédoniens et de Kanaks et ne regrettait pas du tout, elle non plus, d'être aussi loin de la métropole. De plus, quasiment brouillée avec ses parents qui n'avaient pas du tout apprécié son mariage, elle n'avait pas de soucis à se faire à leur sujet.

Il n'en allait pas de même pour Dominique avec les siens. Car, pour autant que le téléphone avec Saint-Libéral fonctionne lorsque besoin était et que la correspondance échangée soit abondante et régulière, Béatrice savait bien que son époux était parfois inquiet pour ceux de sa famille qui vivaient là-bas.

– Tu comprends, disait-il, même s'il n'a pas trop mal réussi sa reconversion, papa prend de l'âge ; dans ce métier, à soixante-sept ans on commence salement à faiblir. Et pareil pour maman, même si elle est moins âgée. Parce que tu vois le cirque si, par malheur, il arrive quoi que ce soit à papa ? Comme lorsqu'il s'est retourné avec son tracteur, il y a douze ans, et qu'il a fallu l'opérer. À l'époque, nous n'étions qu'à trois ou quatre heures d'avion, on a pu intervenir un peu. Mais d'ici, ce serait autre chose, enfin, croisons les doigts !

– Dis, m'man, on la fait quand la crèche ? demanda Pauline en tirant sa mère par le bas de son short.

– On y va tout de suite, sourit-elle en entraînant les enfants vers la maison.

Sur ce point précis, ce n'était pas le seul mais elle avait décidé d'accepter tout ça avec humour, elle s'était retrouvée prise, quatre ans plus tôt, dans ce qu'elle appelait une embuscade Vialhe. Sans aller jusqu'à penser que tout avait été finement calculé, elle se demandait quand même parfois si le hasard n'avait pas reçu une petite impulsion d'une vieille dame qui vivait à vingt mille kilomètres de là. Une arrière-grand-mère, malicieuse à souhait, qui savait très bien ce qu'elle faisait et qui pesait ses mots. Dans une de ses longues lettres – elle avait une magnifique écriture, élégant symbole d'une époque où l'on écrivait à la plume, en s'appliquant – destinée à son premier arrière-petit-fils, Pierre, et à sa sœur, pour leur souhaiter joyeux Noël, Mathilde leur avait demandé si leur crèche était belle et si elle avait beaucoup de santons.

Car, expliquait-elle, elle se préparait à installer celle qui, tous les ans, ornait l'église de Saint-Libéral.

Harcelée de questions par Pierre et Pauline qui voulaient absolument savoir ce qu'étaient une crèche et des santons, Béatrice avait un peu perdu pied. Indifférente à la religion, elle n'avait jamais pris la peine d'expliquer quoi que ce soit sur ce point à ses enfants. Aussi avait-elle tenté d'éluder, arguant, entre autres, que c'était une vieille coutume propre à l'Europe et qui ne se concevait que dans un paysage de neige !

Peine perdue. Et cause perdue d'avance car, le soir même, Pierre et Pauline avaient assailli leur père, lequel, avec un aplomb sans pareil, avait reconnu qu'effectivement une crèche s'imposait dans la maison, qu'elle manquait beaucoup et qu'il était urgent d'en installer une !

Béatrice en était restée un peu pantoise mais avait acquis chez un artisan local, dès le lendemain, une dizaine de statuettes. Tout au plus, pour marquer le coup, avait-elle choisi des figurines typiquement kanakes, beaucoup plus proches du totem que du berger provençal ! Les enfants avaient sauté de joie et, depuis, tous les ans, trois jours avant Noël, se répétait le cérémonial de la crèche. Et, tout en l'installant, Béatrice était certaine que là-bas, dans son coin de Corrèze, Mamithilde, comme l'avait baptisée Pierre, souriait en regardant la photo de cette crèche kanake devant laquelle s'extasiaient deux petits Vialhe.

« C'est pas Dieu possible, il le fait exprès ! » pensa Jacques en voyant son beau-frère faire exactement le contraire de ce que le bon sens dictait. Le bon sens mais aussi, et surtout, l'instinct de la chasse ; cette sorte d'intuition qui permet de deviner d'où va jaillir le gibier traqué et la direction qu'il va prendre.

Et là, dans ce cas précis, vu l'emplacement de la petite épagneule à l'arrêt depuis une minute et dont la truffe et le regard pointaient vers le pied du genévrier, il était évident que la bécasse ne s'envolerait pas à découvert, face au chasseur. Évident aussi que, placé comme il l'était, Jean-Pierre ne la verrait même pas partir !

« Elle va se défausser vers le taillis, bien cachée par le buisson, et ce pauvre Jean-Pierre se fera avoir, une fois de plus ! Et si encore il me laissait le temps de contourner la remise ! » pensa Jacques en allongeant le pas. Mais il lui restait encore une dizaine de mètres à parcourir pour être en bonne position de tir lorsque Jean-Pierre, encourageant la chienne à aller de l'avant, provoqua l'envol de la bécasse. Celle-ci, comme prévu, virevolta à l'abri des branches et plongea vers la pente, couverte d'acacias, qui surplombait le château.

– C'est pas vrai ! lança Jacques. Faut toujours que tu sois pressé comme un lavement ! Bon Dieu ! Tu ne pouvais pas attendre un peu ? Moi j'aurais pu l'allumer !

– J'ai cru que...

– Tiens pardi ! Qu'elle allait t'arriver en pleine figure et peut-être même s'enfourner dans ton carnier ! Bon, allez, rideau pour aujourd'hui, il va être midi, il faut que je rentre. Maman et tante Yvette déjeunent à la maison. Et puis fais pas cette tête, s'amusa-t-il, on la retrouvera un autre jour ta bécasse, elle ou une autre, peut-être...

Il garda pour lui la suite de ses peu charitables pensées. À savoir que, s'il voulait conserver une chance de relever une bécasse et de la tirer, il ne faudrait surtout pas qu'il aille la traquer avec son beau-frère. Depuis plus de trente ans qu'il chassait avec lui, il savait que Jean-Pierre, honnête tireur mais sans plus, était surtout un pitoyable chasseur ; pourtant, il ne pouvait pas toujours, pour éviter une partie de chasse vouée à l'échec, invoquer un emploi du temps surchargé, notamment un dimanche !

Jean-Pierre ne comprenait rien aux ruses et autres feintes du gibier ; il méconnaissait totalement l'importance de la météo et du terrain et, arrivé à son âge, n'avait plus aucune chance d'être un jour un honorable disciple de saint Hubert, il resterait toujours un cancre. Même Anouck, sa chienne épagneule, pour excellente et futée qu'elle soit ne pouvait rien pour lui. À tel point que Jacques était certain d'avoir lu, bien souvent, dans son regard tendrement velouté une douloureuse et définitive réprobation.

Mais parce que Jean-Pierre était un homme très sympathique, solide et sur lequel on pouvait compter, quoi qu'il arrive, Jacques se devait de l'accompagner quelquefois à la chasse.

– Tu passes par le plateau ou tu vas au bourg et je te remonterai en voiture ? On prendra l'apéro à la maison, proposa Jean-Pierre lorsqu'ils arrivèrent au chemin qui descendait vers Saint-Libéral.

– Non, non, merci, je traverse tout droit, je n'en ai pas pour cinquante ans. Et puis ça me permettra de voir les terres. Allez, à un de ces quatre !

Il salua son beau-frère de la main et piqua droit sur Coste-Roche qu'il devinait au loin, tout au bout du plateau, très au-delà des terres de Chez Mathilde et de celles dites Aux lettres de Léon. Des terres qui, pour certaines, appartenaient aux Vialhe depuis près de deux siècles. Des hectares acquis par cinq générations d'ancêtres.

« Et moi je suis de la sixième et je suis le dernier représentant des Vialhe », pensa-t-il, une fois de plus, en s'engageant dans la terre des Malides. Une belle pièce, riche, généreuse qui, jadis, portait en trois ans son lot de betteraves, de blé et d'orge ; avec, en culture dérobée, nombre de tombereaux de raves et de navets.

« Oui, on appelait tout ça des terres, dans le temps. Et aujourd'hui, ce ne sont plus que des prairies avec, en alternance, quelques cultures de maïs-fourrage, rien de noble, quoi, mais qu'il faut cultiver pour être dans les normes actuelles ! Quelle connerie ! Quand je pense que là-bas, dans la Pièce Longue, là où sont toujours les derniers noyers plantés par grand-père et ceux qu'ajouta papa, là où la terre est sans doute la meilleure de toute la commune, j'en suis réduit à ne cultiver qu'une artificielle, de l'herbe quoi ! »

Il soupira, s'efforça de penser à autre chose. Mais c'était impossible car, devant lui, s'étalaient des hectares qu'il avait vus entretenus comme des jardins, où il avait lui-même transpiré, travaillé et qui, aujourd'hui, semblaient abandonnés.

Même les noyers, pour somptueux et généreux qu'ils soient, étaient voués à disparaître. Ceux qui les avaient jadis plantés ne pouvaient deviner qu'un jour viendrait où leurs produits, pourtant magnifiques et d'une saveur incomparable, ne seraient plus – ou très mal – vendables, car non conformes aux règles de la commercialisation édictées par Bruxelles.

« Quelle connerie ! » redit-il en accélérant le pas car, à travers le léger brouillard qui montait de la vallée et nimbait le village, lui parvenait le tintement de la cloche annonçant l'angélus.

« Maman et tante Yvette doivent être arrivées. Bah ! Michèle leur donnera des nouvelles des Calédoniens, elle sortira les photos et tout le monde sera aux anges ! »

La veille de Noël, trois jours plus tôt, alors que Michèle revenait de gaver ses oies et que lui-même rentrait de l'étable, Dominique avait téléphoné. Eux, là-bas, avec dix heures de décalage en étaient presque au réveillon. Michèle et lui, tout attendris, avaient entendu les deux petits-enfants Vialhe, follement excités à l'idée d'aller déposer leurs souliers devant la crèche car, chez eux, il n'y avait pas de cheminée dans la maison.

« Oui, les femmes doivent encore se raconter tout ça et je suis certain qu'une partie du repas tournera autour du même sujet. Espérons simplement que maman ne demandera pas de nouvelles de Françoise, parce que, là, il faudra encore éluder et mentir, et ça m'épuise... »

Surpris par un courant d'air froid, il frissonna, resserra le col de sa veste autour de son cou et allongea le pas en direction de Coste-Roche.

7

Depuis que Chantal, dix ans plus tôt, avait sans l'avoir du tout prémédité favorisé le mariage de Josyane avec Christian Leyrac, il ne se passait pas de mois sans que les deux sœurs se rencontrent. Le plus souvent, parce que la garde des enfants était un problème, Josyane invitait sa sœur à dîner. C'était alors, pour l'une et l'autre, l'occasion d'échanger des nouvelles et de donner leur opinion sur tel ou tel événement familial. Grâce à leurs cousines, Françoise et Évelyne, et à leur sœur aînée, leurs conversations roulaient bon train, depuis quelque temps.

– On dira ce qu'on voudra, mais Françoise va quand même faire une sacrée bêtise si elle l'épouse ! dit Jo en revenant de prévenir les jumeaux qu'ils allaient recevoir la fessée de leur vie s'ils ne s'endormaient pas au plus vite et en silence.

Mais, excités par la présence de leur tante Chantal – elle les gâtait au-delà de la décence ! – et surtout par l'absence de leur père, parti en reportage en province, Sébastien et Adrien n'avaient aucune envie de se calmer. Et seule la certitude de ramasser force claques les retenait d'aller sauter sur le ventre de leur frère aîné qui, lui, dormait depuis vingt minutes. L'un et l'autre savaient que David avait des réveils hargneux et la main leste !

– Non mais c'est vrai quoi, elle est malade cette pauvre Françoise, insista Jo. Et tu dis qu'elle te l'a amené ?

– Pourquoi pas ? s'amusa Chantal. Il voulait l'habiller pour je ne sais quelle soirée un peu huppée. Alors autant qu'il vienne chez nous ! Je n'allais quand même pas l'expédier chez les concurrents sous prétexte qu'il s'envoie notre cousine germaine ! C'est pas mes oignons tout ça. Le seul problème c'est qu'il fait vraiment vieux.

– Plus vieux que papa ? Plus vieux qu'oncle Jacques ? insista Jo.

– Pas le même genre. Lui, c'est plutôt le type qui se croit encore jeune mais qui se fera bientôt lifter et qui, déjà, se fait teindre. Et, en plus, il s'habille comme un minet. Moi, je le trouve plutôt tarte et assez décati. Mais du genre friqué, c'est bien pour ça qu'il veut se reconvertir dans la jeunesse !

– Jeunesse, jeunesse ! À d'autres ! Françoise a mon âge, protesta Jo, trente-sept ans ! C'est quand même plus la gamine qui sort de l'école, en socquettes blanches et culotte Petit Bateau !

– Bien sûr, approuva Chantal, mais après tout c'est son problème à elle. Et le gars en question, dont je ne voudrais pas pour un empire dans mes draps – il a la tête d'un type qui ronfle ! –, ce n'est ni toi ni moi qui l'userons, comme disait toujours tante Berthe. Alors que la cousine se débrouille. Nous n'y pouvons rien et je ne vois pas au nom de quoi on s'en mêlerait !

– Pas de risque que je m'en occupe non plus,

approuva Jo. Mais c'est pour dire, je demeure persuadée que c'est une bêtise et je suis polie... Et Marie, son divorce ?

– C'est fait, terminé. Je l'ai eue au téléphone avant-hier.

– Les parents le savent, tu les as prévenus ?

– Eh ! c'est pas mon job ! protesta Chantal. Que la frangine se débrouille. De toute façon, souviens-toi, quand elle a épousé Philippe, toi et moi savions que ça n'irait pas plus loin qu'avec son premier mari ! Vrai, elle a le chic pour toujours ramasser des crétins ! Enfin, tout ça me prouve qu'il ne faut surtout pas épouser, tu le sais bien !

– Parle pour toi ! dit Jo en haussant les épaules. Tu as de la chance que Christian ne soit pas là, il te claquerait le museau et il aurait raison !

– Ça reste à prouver, s'amusa Chantal qui aimait beaucoup faire enrager sa sœur.

C'était facile, sa cadette sortait ses griffes dès qu'elle s'estimait attaquée sur un plan aussi précis que son mariage.

– J'ai téléphoné aux parents le 31 au soir, tu les as eus depuis ? demanda Chantal.

– Oui. Tu as pu voir qu'ils étaient un peu dépités qu'aucune de nous ne soit là-bas pour les fêtes, mais bon, c'est comme ça. Et puis, Saint-Libéral en plein hiver et avec le sale temps que nous avons, ce doit être plutôt déprimant... Enfin, le 1er j'ai aussi eu Bonne-maman au téléphone, pour lui souhaiter son anniversaire, tu y as pensé, j'espère ?

– Zut ! J'ai complètement oublié ! Oh ! là ! là ! il faut que je rattrape ça dès demain, il n'est pas trop tard, dit Chantal agacée par ce trou de mémoire. À propos, tu as appris qu'Évelyne est partie en début de semaine ?

– Oui, et je trouve ça plutôt farce, et sympa aussi, s'amusa Jo.

Elle n'avait jamais eu beaucoup d'atomes crochus avec son oncle Guy et encore moins avec sa tante Colette. Elle les trouvait tous les deux trop pincés et trop bourgeois du VIIe pour être fréquentables. Aussi, Jean mis à part, connaissait-elle peu leurs enfants qui, pourtant, étaient ses cousins germains.

– Il paraît qu'oncle Guy n'arrive pas à digérer cette histoire. Quant à tante Colette, je ne te raconte pas ! plaisanta Chantal.

– Ce n'est pourtant pas un drame ! dit Jo prise soudain par une crise de fou rire. Ce qui serait drôle, hoqueta-t-elle, ce serait qu'elle revienne de là-bas avec un beau Noir ! Ce qui s'appelle vraiment noir ! Ah ! dis donc ! Tu vois la tête de tante Colette, surtout si, en prime, il y avait un petit négrillon !

Elles riaient encore toutes les deux lorsque le téléphone les interrompit. Étonnée car Christian l'avait déjà appelée dans la soirée, Jo décrocha, fronça les sourcils :

– Qui ? papa ? Qu'est-ce qui se passe ? Quoi ? Oh non ! C'est pas possible... Oui, oui, je rappelle demain matin, très tôt.

Elle raccrocha et déjà de grosses larmes glissaient sur ses joues :

– C'était papa. Bonne-maman a eu une syncope. Elle est tombée en montant les marches de l'église et s'est cassé le col du fémur. Ils l'ont emmenée à l'hôpital de Brive. Mais sa tension est tellement basse qu'ils hésitent à l'opérer.

– Et vous, ça va ? Je parle du physique naturellement, parce que, au moral, vous avez plusieurs raisons d'être inquiet, dit le docteur Peyrissac en raccompagnant Jacques jusqu'au parking de l'hôpital où il avait, lui aussi, garé sa voiture.

C'était une vieille Ami 8, sorte d'épave à roulettes, au moteur plus bruyant qu'un diesel fatigué, à la caisse bosselée de toutes parts et à la suspension agonisante grâce à laquelle cependant il empruntait sans hésitation les chemins les plus défoncés de sa tournée de médecin de campagne. Comparé à cette relique, le break R 18 de Jacques, pourtant lui aussi à bout de souffle, semblait presque neuf !

– Vous êtes gentil, mais ce n'est pas de ma santé qu'il faut vous occuper, c'est de celle de ma mère, dit Jacques.

– Je sais, mais l'un n'empêche pas l'autre ! Et, pour ne rien vous cacher, je n'ai pas besoin que deux membres de la famille Vialhe tombent malades en même temps ! Alors, cette douleur dont vous m'avez parlé il y a bientôt quinze jours ?

– Ça va, dit Jacques, vos pilules sont efficaces. Dites-moi plutôt ce qu'il en est de ma mère ?

– Vous avez pris rendez-vous avec mon confrère ? insista le docteur en s'acharnant sur la portière gauche de son Ami 8 qui refusait de s'ouvrir.

Il envoya un coup de pied dans l'aile et débloqua ainsi les charnières grippées.

– Non, je n'ai pas pris rendez-vous, je n'ai pas eu le temps. Alors, ma mère, qu'est-ce que vous allez faire ?

– Ce n'est plus de mon ressort. Je ne suis pas chirurgien ! Il faut d'abord qu'elle reprenne des forces ; peut-être sera-t-il possible plus tard de l'opérer et de lui mettre une broche, peut-être...

– Elle pourra remarcher ?

– Vous allez vite ! Attendez au moins qu'elle ait été opérée, après on verra... Mais vous, sérieusement, ça va ?

– Mais oui ! La preuve, je suis là.

– Ce n'est pas une preuve. J'ai hélas enterré nombre de clients qui allaient bien une minute avant leur mort, comme disait l'autre ! Enfin, c'est votre problème, hein ? Moi, ce que j'en dis...

– Promis, je vous préviendrai si ça va mal, assura Jacques. Seulement, en contrepartie, tenez-moi au courant au sujet de ma mère. Je n'ai pas grande confiance en vos collègues, ils ont trop de cas à gérer. Je ne dis pas qu'ils le font mal, mais ça devient de la routine, ou du travail à la chaîne, c'est logique !

– Ne croyez pas ça, ils font vraiment ce qu'ils peuvent. Votre mère a quatre-vingt-huit ans et il y a longtemps qu'elle traînaille, alors pour la sortir de là..., dit le docteur en s'installant dans son véhicule qui grinça de toute sa carcasse.

– Bien sûr, murmura Jacques en l'aidant à refermer sa portière toujours aussi récalcitrante.

– Je vous tiendrai au courant, dit le docteur en tournant sa clé de contact, mais, de votre côté, soignez-vous ! Je vais vous le dire franchement, vous n'avez pas bonne mine !

– Merci de me prévenir, j'aime ça, sourit Jacques. Je suis comme votre voiture, c'est une épave, mais elle roule toujours, non ?

– Oui, jusqu'à ce que la culasse pète, ou que les bielles coulent, et tout ça sans prévenir... Enfin, à très bientôt, fit le docteur en passant la première dans un épouvantable bruit de pignons et d'embrayage torturés, mais surtout prenez soin de vous ! lança-t-il en démarrant dans un puant nuage de fumée bleue.

« Soignez-vous, qu'il dit, comme si c'était simple ! soupira Jacques en s'installant à son tour dans sa voiture. Enfin, ça part d'un bon sentiment. Et, avec lui au moins, je saurai toujours ce qu'il en est vraiment de l'état de maman. »

Depuis maintenant huit ans qu'il avait remplacé le docteur Martel, parti à la retraite chez son fils, en Bourgogne, le docteur Peyrissac avait su se faire aimer de la majorité de sa clientèle. Installé à Perpezac-le-Blanc, Gérard Peyrissac n'avait pas caché que sa vocation avait toujours été d'être médecin de campagne. Par malchance pour lui, les villages se vidant beaucoup plus vite qu'ils ne se remplissaient, il devait plus souvent assister des agonisants que des parturientes – d'ailleurs celles-ci, depuis longtemps, partaient accoucher à Brive. Aussi ses patients étaient-ils surtout des personnes âgées, de vieux agriculteurs perclus de rhumatismes et aux scolioses professionnelles accentuées, des vieillards cassés en deux par l'arthrose ou, comme Mathilde Vialhe, aussi fragiles que du verre car minés par l'ostéoporose.

Son arrivée dans la région, à l'automne 1980, avait soulevé beaucoup de commentaires peu enthousiastes. D'abord parce que, vu son jeune âge, il ne pouvait être qu'inexpérimenté ; et de là à être dangereux il n'y avait qu'un pas, vite franchi par les sceptiques. Ensuite parce qu'il était bel homme, mais célibataire, et qu'on lui prêtait donc toutes les aventures, même les plus invraisemblables. Enfin parce que les gens du cru ne comprenaient pas qu'un aussi jeune praticien ait choisi de s'enterrer à la campagne sans y avoir été contraint par quelques obscures et suspectes raisons.

Il lui avait donc fallu près de trois ans pour convaincre la population qu'il n'était professionnellement pas plus mauvais que la majorité de ses confrères et plutôt même moins dangereux que quelques-uns. Que son célibat ne concernait que lui et, accessoirement, l'amie briviste qui venait passer les week-ends avec lui. Enfin, que sa passion pour la campagne n'était pas feinte ; il s'intéressait beaucoup à ce que faisaient ses derniers clients agriculteurs et n'était pas le dernier à se désoler lorsque périclitait puis disparaissait une exploitation.

Comme, de plus, il était toujours prêt, quelle que soit l'heure, à répondre à l'appel d'un malade, qu'il ne comptait pas son temps et que, de toute évidence, son travail lui permettait juste de vivre, il était désormais aimé par tout le monde.

Jacques avait fait sa connaissance et apprécié ses compétences et son humanité sept ans plus tôt, un soir d'hiver. Il avait fait appel à lui car l'état de Michèle devenait inquiétant. Atteinte d'une bronchite mal soignée qui avait dégénéré, elle était assommée par une fièvre élevée que ne faisaient baisser ni les cachets d'aspirine ni les tisanes miracles. Aussi, voyant son état, Jacques avait-il téléphoné au jeune médecin ; c'était la première fois depuis que celui-ci officiait dans la région.

À cette époque, Gérard Peyrissac tâtonnait encore sur l'itinéraire à suivre lorsqu'il devait se rendre dans les coins les plus reculés de sa tournée. Il n'était jamais monté à Coste-Roche et si le chemin à prendre pour atteindre la ferme paraissait évident pour les natifs de Saint-Libéral, il n'en allait pas de même pour les étrangers à la commune.

Ne le voyant pas arriver dans des temps décents, Jacques, après avoir allumé les ampoules extérieures qui éclairaient la cour et l'étable, ne savait plus que faire pour calmer son impatience :

« Bon sang de bois, avait-il calculé, si jamais il a tourné trop tôt à droite et pris le chemin qui grimpe vers le plateau, il va y passer la nuit ! Sûr qu'il s'embourbe dès qu'il sera à la hauteur de la Pièce Longue ! »

C'est alors qu'il avait enfin aperçu les phares de la 2 CV qui venait vers la ferme.

Après avoir sérieusement ausculté Michèle, tout en s'étonnant qu'on ne l'ait pas appelé plus tôt, et lui avoir prescrit et aussitôt fait commencer un traitement de choc, le jeune médecin s'était laissé aller à quelques confidences. Jacques avait ainsi appris que, loin d'être surpris par les chemins qu'il devait emprunter, il les trouvait très carrossables, pour ne pas dire luxueux !

– Vous savez, j'ai fait deux ans de remplacements avant de décider de m'installer à Perpezac. Un an en Ardèche, un autre dans les Alpes. Alors quand on a connu les hivers là-bas, on trouve que vos sentiers eux-mêmes ont des allures d'autoroutes !

Ce soir-là, de fil en aiguille et parce qu'il avait fini sa tournée, le docteur s'était attardé, heureux de faire plus ample connaissance avec Jacques. Il l'avait déjà rencontré en tant que maire, mais jamais comme simple citoyen.

– Et pourtant vous êtes très connu dans le pays ! Pas trop en mal, rassurez-vous, avait-il ajouté en riant.

Puis, à la proposition de Jacques d'accepter un apéritif, il n'avait hésité qu'un instant avant d'avouer en désignant la soupière qui chauffait au coin de l'âtre :

– Sauf si ça vous choque, je préférerais une grande assiette de soupe... Il va être dix heures et je n'ai rien mangé depuis ce matin, alors...

– Alors ça tombe bien, moi non plus je n'ai pas encore dîné ! avait souri Jacques en sortant les assiettes.

Après la soupe était venu le jambon maison, puis une omelette suivie d'un fromage blanc fabriqué par Michèle. C'était ainsi, entre deux bouchées, que Jacques et lui avaient sympathisé. Depuis ce jour, le docteur Peyrissac était le médecin de la famille Vialhe et tout le monde en était satisfait.

« Oui, il en a de bonnes ! repensa Jacques en augmentant le chauffage de sa voiture pour essayer de chasser le froid insidieux qui lui mordait les jambes. D'abord je n'ai pas que ça à faire d'aller courir les spécialistes. Et puis j'ai déjà donné avec ces gens-là... », se dit-il en se remémorant son opération à la colonne vertébrale.

Sans nier qu'elle était indispensable et qu'elle lui avait transformé l'existence, il n'avait aucune envie de retomber dans le cycle qui, de spécialiste en spécialiste, vous pousse peu à peu vers un nouveau séjour à l'hôpital. Car autant il était prêt à écouter et à suivre les ordonnances que pouvait lui prescrire le docteur Peyrissac – il avait toute confiance en lui –, autant il doutait des diagnostics et des traitements d'un inconnu.

« On verra quand on saura ce qu'il en est vraiment de maman, chaque chose en son temps... », songea-t-il en s'assombrissant. Car là, oui, étaient les vrais problèmes, les soucis et toutes les complications levés par les visites que la famille allait devoir faire à sa mère.

« Il faut qu'on lui soutienne le moral, au maximum. Et on n'y parviendra qu'en étant près d'elle. Mis à part ses baisses de tension elle n'a jamais été malade et jamais elle n'a quitté la maison pour un séjour à l'hôpital. Alors on va se relayer pour la sortir de là, ou du moins pour l'aider à y passer quelque temps. Et c'est bien le diable si, entre tante Yvette, Mauricette, Jean-Pierre, Michèle et moi, on ne parvient pas à aller la voir tous les jours. Pour l'instant, c'est ça l'essentiel ; pour le reste, je verrai après... »

Le reste, c'était cette mauvaise douleur dans la poitrine qui l'avait empoigné le soir même de sa chasse ratée avec son beau-frère. Une douleur oppressante qui, partant du sternum, s'insinuait entre les côtes, grimpait vers les épaules et rendait la respiration difficile et haletante.

« J'ai pris un coup de froid ce matin », avait-il pensé en faisant dissoudre deux aspirines dans un demi-verre d'eau. La douleur ne s'était pas éloignée pour autant. Tout au plus s'était-elle un peu estompée lorsqu'il s'était mis au lit pour la nuit. Mais il avait mal dormi, gêné par cette poigne invisible qui, par moments, lui serrait les côtes comme dans un étau. Au matin, parce que ça allait plutôt mieux et qu'il ne voulait surtout pas inquiéter Michèle et ajouter à son travail de gavage celui des soins aux vaches, il était parti à l'étable. Là, veillant à économiser ses forces et à éviter les gestes trop brusques – ceux-là lui rappelaient aussitôt que la douleur n'était qu'apaisée, mais toujours prête à lui bondir dans la poitrine –, il avait nourri ses bêtes, mis en marche l'évacuateur à fumier, surveillé les veaux qui tétaient. Ce travail accompli, il avait noté, avec satisfaction, que la pointe d'acier qui semblait parfois lui forer la région de l'épigastre s'était évanouie.

« C'était donc bien un méchant coup de froid, ou une crise de rhumatismes », avait-il conclu jusqu'à ce que, le soir même, se réinstallent en lui ces élancements brûlants.

Dès le lendemain, après une très mauvaise nuit, il avait été à Perpezac, à l'heure des consultations du docteur Peyrissac.

– De quoi est mort votre père ? lui avait demandé le docteur après l'avoir examiné.

– Je dirais de vieillesse et de trop de boulot. Il avait... attendez, eh bien, l'âge de ma mère maintenant, quatre-vingt-huit ans. Et, d'après ce qu'il m'avait dit, il avait bien failli y passer en 1916, ou 17, je ne sais plus.

– D'accord, mais de quoi est-il vraiment parti ?

– D'après le docteur Martel, votre prédécesseur, il avait le cœur un peu fatigué et...

– Et voilà, avait coupé Peyrissac. Eh bien, vous aussi, et salement même ! Ça souffle là-dedans, ça frotte, ça s'épuise. Je vais vous donner de quoi calmer un peu tout ce cirque, mais il faut que vous alliez voir un cardiologue, et rapidement.

– Holà ! doucement ! avait dit Jacques en se rhabillant. D'abord j'aimerais savoir, ensuite on verra. Vous diagnostiquez quoi au juste ?

– Sans doute de l'angine de poitrine, mais seuls un électrocardiogramme, des tests et des analyses nous diront ce qu'il en est vraiment.

– Oui, c'est bien tout ce cirque qui m'inquiète,

avait soupiré Jacques avant d'ajouter, après quelques instants de réflexion : Non, franchement, je n'ai pas envie d'entrer dans cette galère.

– Ça, c'est votre choix. J'estime que c'est une grosse bêtise mais... votre vie est à vous ! Moi, je vous dis ce que j'ai à vous dire, libre à vous d'en tenir compte, ou pas...

– Allons, essayons de voir les choses au calme. Je risque quoi, d'avoir de plus en plus mal ?

– Ça ce n'est rien, c'est juste la manifestation de votre carcasse qui proteste et annonce une déficience cardiaque. Ce que vous risquez, c'est un bon infarctus ; et ça, c'est souvent du genre qui ne pardonne pas !

– Ah bon..., avait murmuré Jacques à qui étaient soudain apparus tous les problèmes que soulevait son état de santé.

Car, sans même envisager le pire, qu'allait devenir la ferme si, comme il le devinait, Peyrissac, ou un de ses collègues, le contraignait au repos, à l'inaction. Qui s'occuperait des bêtes, des terres, de tout ? Qui ? Michèle ? Impossible, elle y laisserait la santé. Les voisins ? Lesquels ? Ils étaient presque tous de son âge et sans doute pas en meilleur état que lui.

Il n'était que d'écouter tousser Delpeyroux, bronchiteux chronique, ou voir se déplacer Coste, entre deux sciatiques, pour comprendre que ce n'était pas de ce côté qu'il fallait chercher de l'aide ! Alors qui ? Jean-Pierre, son beau-frère, et Mauricette ? Oui, peut-être, pour un jour ou deux, pas plus. L'un et l'autre étaient prêts à se dévouer, là n'était pas le problème ! Il était dans le fait que leur métier d'instituteur pratiqué jusqu'à leur retraite ne les avait pas du tout préparés à soigner les bêtes et encore moins à travailler les terres !

D'ailleurs, eux aussi n'étaient plus de première jeunesse !

– Alors qui ? avait murmuré Jacques sous l'œil étonné de Peyrissac.

– Vous dites ?

– Oh, rien, je projette, c'est tout. Car, si j'ai bien vu, vous allez me dire de ne pas faire trop d'efforts, ou même pas d'efforts du tout, de me nourrir de courants d'air, ce qui finira par m'achever, bref, de prendre une retraite bien méritée.

– N'exagérons rien. Mais il est vrai qu'il va falloir lâcher du lest et en faire un peu moins que vous n'en faites !

– C'est bien ce que j'avais compris. Mais la ferme ? Vous croyez qu'elle va tourner toute seule ?

– Ah ! ça...

– Alors vous voyez pourquoi je n'ai pas envie d'entendre ce que va me dire votre confrère cardiologue, vous le comprenez ?

– Beaucoup plus que vous ne le pensez, avait dit le docteur dont le timbre de voix avait soudain changé. Oui, je comprends, mes parents étaient agriculteurs, dans le Cantal, près de Salers.

– Ils étaient éleveurs ?

– Oui, soixante vaches, pour le lait et le fromage...

– Vous m'en direz tant ! C'est pour ça que vous avez choisi d'être médecin de campagne ?

– Peut-être.

– Mais puisque c'est la première fois que vous m'en parlez, c'est sans doute que ça n'a pas fini au mieux. Je me trompe ?

– Non. Un jour, je venais juste de terminer ma médecine, on a appris que mon père avait un cancer du côlon ; il est mort six mois plus tard. Alors pour la ferme, je ne vous fais pas de dessin...

– Vendue ?

– Bien sûr. Ce n'était pas moi qui allais la reprendre, ni ma sœur, elle était déjà fonctionnaire à Paris. Quant à ma mère, elle a rejoint mon père moins d'un an après son départ... Mais je vous dis ça et ça ne doit pas vous empêcher d'aller voir un cardiologue. Si ça se trouve, ce n'est pas très grave.

– Vous m'avez dit l'inverse tout à l'heure ! Enfin d'accord, j'irai, un de ces jours. Le temps de me faire à l'idée que j'arrive en bout de piste.

Puis une semaine avait passé et comme la douleur n'était pas revenue, Jacques n'avait pas donné suite à cette promesse.

Deux jours plus tard et alors que ses enfants venaient de lui souhaiter ses quatre-vingt-huit ans, c'était sa mère qu'il avait fallu hospitaliser.

8

Après onze ans de mariage, Christian était bien placé pour connaître la solidité des sentiments qui unissaient Jo à sa grand-mère Mathilde.

Il avait découvert cet indéfectible attachement la première fois où, encore fiancé, il avait accompagné Jo à Saint-Libéral et ainsi rencontré celle que, depuis, ses petits-enfants appelaient Mamithilde.

Déjà, à l'époque, il avait été stupéfait par la totale complicité qui régnait entre ces deux femmes que séparaient pourtant deux guerres, deux générations et cinquante ans ! Car, à les voir, à les entendre, il sautait immédiatement aux yeux qu'elles étaient de connivence, de caractère identique. Évident aussi que la même volonté les animait lorsqu'elles décidaient d'aller au bout de leurs idées, de leurs convictions. Et comme, de plus, elles partageaient une énergie capable de déplacer les montagnes et qu'elles étaient, au physique, d'une troublante ressemblance – compte tenu du demi-siècle supplémentaire qui marquait l'ancêtre –, Christian, troublé, avait eu la projection de ce que serait un jour sa femme. Comme à tout cela s'était ajoutée pour lui, fils unique et orphelin de père, la révélation de ce qu'était une vraie famille, c'est sans aucune réserve qu'il avait partagé toute l'affection que Jo portait à son aïeule.

Aussi avait-il été touché, retour de reportage, en voyant à quel point son épouse était marquée par l'accident et l'état de santé de sa grand-mère. Pourtant, elle cachait bien son jeu et il était persuadé que leurs trois fils qui, comme tous les enfants, percevaient le trouble des adultes, n'étaient pas encore très gênés par l'inquiétude de leur mère ; attentifs, comme toujours, mais encore sereins car persuadés qu'elle saurait, une fois de plus, gérer au mieux ce qui, pour eux, n'était qu'une péripétie. Leur arrière-grand-mère habitait loin, ils la voyaient peu et, pour gentille qu'elle soit, elle n'en restait pas moins une très, très vieille dame qu'il ne fallait pas bousculer. Aussi, quoi qu'il lui arrive, son avenir était, à leurs yeux, pour le moins très compromis ; sa survie leur semblait déjà exceptionnelle !

Mais telle n'était pas l'opinion de Jo que Christian voyait malheureuse, tendue et beaucoup plus inquiète qu'elle ne le laissait paraître. Aussi, devinant cela, c'est sans hésiter qu'il l'encouragea à descendre à Brive, l'espace d'un week-end.

– Et les enfants ? demanda Jo qui connaissait déjà la réponse.

– Je suis capable d'aller les chercher à l'école et de les occuper jusqu'à dimanche soir ! Allez, téléphone pour prévenir tes parents de ton arrivée samedi après-midi, que ton père soit au moins là pour te cueillir au train, te conduire à l'hôpital et ensuite à Saint-Libéral.

– Ça ne t'ennuie pas ?

– Ce qui m'ennuie c'est de te voir dans cet état. Je sais ce qui te manque, une opinion personnelle. Tu as besoin de voir, de juger. Ensuite, quel que soit ton point de vue, ça ira mieux, même si ta grand-mère va plus mal ; tu le sauras, tu feras avec et tu réagiras. Mais là, les coups de téléphone de tes parents t'agacent plutôt qu'autre chose. Je me trompe ?

– Pas du tout. Tu as raison, il faut que j'aille voir Bonne-maman. Je suis sûre que ça lui fera plaisir. Et puis, tu sais, je me suis toujours beaucoup mieux entendue avec elle qu'avec maman. C'est comme ça, je n'ai rien à reprocher à maman, rien. Mais je dois tout à Bonne-maman, elle m'a toujours comprise, toujours aidée. Et on n'avait même pas besoin de se parler, ni de s'écrire, ni de se voir. Je savais qu'elle était là, avec moi, toujours. Il faut que j'aille le lui dire, tu comprends ?

– Bien sûr, pourquoi voudrais-tu que je t'envoie en Corrèze si je ne le comprenais pas ?

– Et comment vont tes petits ? Et ton mari ? demanda Mathilde en ébauchant un sourire.

– Très bien, Bonne-maman, très bien, assura Jo surprise par la question et surtout par la rapidité avec laquelle sa grand-mère, qui venait juste de s'éveiller, l'avait aussitôt identifiée. Et surtout sans paraître étonnée, exactement comme si elles s'étaient vues huit jours plus tôt et comme si sa présence à son chevet était on ne peut plus normale.

– Ils sont là ?

– Qui ?

– David et les jumeaux ?

– Non, ils avaient classe ce matin.

– Ah oui..., murmura Mathilde après un instant de réflexion, oui, l'école, ils ne sont pas en vacances... Mais alors, toi ?

– Je suis venue te voir, je voulais être sûre que tu étais bien soignée.

– Ah ! ça c'est gentil, c'est gentil, dit Mathilde en tendant la main vers le visage de sa petite-fille, penchée vers elle.

Elle lui caressa doucement la joue, ferma les yeux et Jo comprit, à la crispation de ses lèvres, qu'elle prenait sur elle pour ne pas faiblir, pour rester ce qu'elle avait toujours été et en toutes circonstances, digne.

– Où en sommes-nous ? demanda-t-elle enfin.

– Tu parles de toi ? fit Jo en se penchant un peu plus vers elle.

– Oui, souffla Mathilde, dis-moi, toi, où j'en suis. Parce que ta mère, et aussi ton oncle, je crois qu'ils me racontent des histoires. Mais toi, tu vas me dire, promis ?

– Bien sûr, je suis là pour ça.

– Alors ?

– Alors tu vas aussi bien que possible. Tu te souviens qu'on t'a opérée hier ? Je n'étais pas encore là, mais maman était avec toi pour ton réveil, tu te souviens ?

– Oui, oui, dit Mathilde après avoir réfléchi. Ah oui ! Et alors ?

– L'opération s'est très bien passée. On t'a mis une belle broche et, si tout va bien, tu marcheras bientôt. Enfin, il faut quand même que tu sois un peu patiente...

– Un peu patiente, répéta Mathilde sans cesser de

lui caresser la joue. Oui, c'est toujours ce qu'on dit aux malades... Oui, mais... Ma mère en est morte, elle. Oh ! elle a été patiente, la pauvre, mais elle en est morte, elle... Je me souviens, elle est tombée, comme moi et jamais...

– Arrête, Bonne-maman ! Tu te rends compte de ce que tu dis ? Même maman, qui a plus de soixante ans, ne se souvient pas de ta mère, alors ! Tu sais, on a fait beaucoup de progrès depuis, d'énormes progrès !

– Peut-être, dit Mathilde, peu convaincue.

– Il faut me croire ! insista Jo. Tu entends, me croire ! On ne s'est jamais caché la vérité toutes les deux, jamais, tu le sais ? Et c'est pour ça qu'on s'est toujours aussi bien entendues ! Alors il faut me croire, Bonne-maman. Et il faut surtout que tu décides que tu remarcheras bientôt, mieux qu'avant !

– Non, non, là tu exagères, pas mieux, sourit Mathilde ; pas plus mal ce serait déjà très bien... Et maintenant, il faut que je me repose, dit-elle en fermant les yeux. Tu reviendras ?

– Demain, avant de prendre le train, promit Jo en l'embrassant et en lui relevant doucement quelques mèches blanches tombées sur son front. Et tu verras, Bonne-maman, demain tu iras encore mieux qu'aujourd'hui !

– Puisque tu le dis, c'est sûrement vrai, chuchota Mathilde.

Déjà, dans sa jeunesse à Saint-Libéral, dès l'école et les devoirs finis, Dominique prenait toujours plaisir à aller aider son père. Plus tard, lorsqu'il travaillait pour

Mondiagri, en Guyane ou en Tunisie et qu'il avait sous ses ordres nombre de salariés pour cultiver les stations d'essais et les champs d'expérimentation, il avait toujours fallu qu'un jour ou l'autre il grimpe sur un tracteur pour labourer, arracher une souche ou herser. De même, à chaque occasion, ne résistait-il pas à la tentation de maîtriser une vache pour la vacciner ou pour l'aider à mettre bas ; c'était à cause de tout cela qu'il était pleinement heureux sur l'immense station de Cagou-Creek. Ici, dès son arrivée, il avait reçu carte blanche des actionnaires pour moderniser l'exploitation sur laquelle, par bien des points, était pratiquée une agriculture trop extensive et empirique pour être pleinement rentable.

Ainsi, pour important qu'il soit, le troupeau de l'époque était composé d'un hétéroclite mélange de vaches australiennes, néo-zélandaises et aussi limousines, au milieu desquelles, parfois, se devinaient les taches blanches de quelques charolaises peu adaptées au climat, donc souffreteuses. Plutôt mal nourries sur des prairies où l'herbe locale – fourrage ligneux baptisé buffalo – avait tendance à étouffer toutes les autres implantations de meilleure qualité, les bêtes étaient d'un rendement médiocre. Il était vrai qu'il fallait compter un bon hectare de parcours pour entretenir, à peine, une demi-bête adulte !

Quant aux terres, où croissaient dans une indescriptible anarchie des centaines de niaoulis – ces arbres étranges, proches de l'eucalyptus mais surtout presque ininflammables –, elles étaient difficiles à cultiver, rebelles à la charrue et sujettes à la sécheresse dès fin novembre venu.

Partant du principe que chaque chose doit être à sa

place, Dominique avait d'abord déclaré la guerre aux niaoulis qui rendaient ardu un efficace travail des terres. Cela fait, malgré la mauvaise volonté évidente de quelques employés pour qui un arbre, quel qu'il soit et où qu'il se trouve, était digne de respect car symbole de vie, il avait pu mettre en culture des immenses champs tracés au carré où, là au moins, les tracteurs pouvaient travailler sans avoir à slalomer entre les souches et les troncs de niaoulis !

Puis, peu à peu, profitant du proche lit de la rivière, il avait installé partout où cela était possible un système d'irrigation grâce auquel les prairies artificielles, le maïs, le sorgho et la luzerne poussaient dans de bonnes conditions.

Enfin, au cours des ans, il avait totalement renouvelé le cheptel en éliminant les bêtes de race douteuse pour les remplacer par de solides limousines que ne gênaient ni le climat ni la nourriture et qui étaient d'un rendement très supérieur aux australiennes.

Cela étant, malgré toutes ces réalisations, il savait avoir encore à s'attaquer à bien d'autres chantiers pour faire rendre son maximum à la station de Cagou-Creeck. Tout en n'ignorant pas que, quoi qu'il fasse, la terre, même soignée au mieux, ne serait jamais ni très riche ni très généreuse. Du moins avait-il décidé que, de médiocre, elle deviendrait un jour moyenne, grâce à lui, c'était son but.

Outre cette somme de travail – et c'était bien là que la lettre à son cousin Jean n'était pas superflue ! – les propriétaires de la station voisine, le Grand Kaori (du nom d'un très beau résineux local), celle dont Maurice Perrin, le gérant, était sur le départ, faisaient régulièrement appel à lui pour régler tous les problèmes de gestion.

Aussi, souvent, Dominique trouvait que les journées étaient trop courtes pour lui permettre de venir à bout des tâches qu'il entendait mener à bien. Mais il ne lui serait pas venu à l'idée de se plaindre. Tout au plus, quand la fatigue se faisait lourde, se laissait-il aller à dire que, vraiment, il n'en pouvait plus et que les soucis lui rongeaient la tête. C'est alors que Béatrice, qui savait à quel point son métier lui plaisait, se moquait gentiment de lui et lançait :

– Tu n'avais qu'à rester à Mondiagri ! Aujourd'hui, avec ton ancienneté, tu serais dans un bureau confortable, à Paris ou à Chicago, tranquille comme un fonctionnaire, avec des heures fixes, des congés en veux-tu en voilà et des petites secrétaires pour te cajoler ! Tu as mal choisi, mon pauvre, ne t'en prends qu'à toi si tu as trop de travail !

Il la menaçait alors des pires représailles, exigeait qu'elle lui serve une bière bien fraîche pour se faire pardonner, en attendant mieux, et lui parlait de ses projets pour le lendemain !

Mais, depuis quinze jours, il avait beaucoup de mal à plaisanter. D'abord l'annonce de l'accident de sa grand-mère l'avait attristé, et ce, d'autant plus que les coups de téléphone de son père étaient peu optimistes. Il savait, depuis, que l'opération s'était bien passée et que sa grand-mère se remettait bien. Mais il savait surtout qu'elle avait quatre-vingt-huit ans, que son séjour à l'hôpital lui pesait de plus en plus, que sa rééducation serait longue et que tout cela préoccupait beaucoup ses parents.

Autre point plus grave, car, sans faire preuve du moindre cynisme et tout en cultivant un solide optimisme, il se savait prêt à apprendre qu'il ne reverrait plus sa grand-mère, l'avait très troublé la dernière lettre de sa mère. Une missive qui de toute évidence n'avait pas été lue par son père. Quelques lignes dont chaque mot était pesé, sans doute pour ne pas trop l'inquiéter, mais qu'il remâchait depuis. En fait, au dire de sa mère – et, la connaissant bien, il savait qu'elle n'exagérait pas –, la santé de son époux n'était pas bonne du tout. Et le comble, pour elle, était qu'il éludait toujours lorsqu'elle tentait d'aborder ce sujet avec lui. À l'en croire, disait-elle, il a des rhumatismes ; elle tenait cette affirmation pour un mensonge éhonté et craignait donc le pire.

– Mais pourquoi il ne dit rien ? Pourquoi il ne se soigne pas ? avait demandé Béatrice à la lecture de la lettre.

– Ah ! tu ne le connais pas ! D'abord il doit avoir ses raisons et, même si elles sont mauvaises, maman aura du mal à le faire changer d'avis ! Et puis, va savoir ce qu'il a ! Je te l'ai toujours dit, il a tellement bossé, ce pauvre vieux, qu'il a bien le droit d'être fatigué, alors, c'est peut-être simplement ça. Comme il veut encore s'accrocher, il n'avouera jamais qu'il n'en peut physiquement plus. Ou alors, c'est plus grave ; il le sait et n'en dira rien s'il l'a décidé !

– Que peut-on faire ?

– Rien, surtout d'ici ! Tu sais bien ce qu'il attend, le pauvre homme, sans d'ailleurs y croire une seconde... Que je rentre prendre la ferme. Mais il a compris que je ne le ferai pas avant des années. Je le lui ai dit et il l'a bien admis. Alors maintenant, son rêve, c'est de tenir cahin-caha, encore douze ou quinze ans, jusqu'à notre retour quoi, quand on décidera qu'on a assez bourlingué et que les terres de Saint-Libéral seront parfaites pour occuper notre retraite, quand les enfants seront tirés d'affaire ! Mais d'ici là...

– Il faut quand même trouver une solution ! Et avant tout savoir ce qu'il en est vraiment de sa santé et lui dire de se soigner ! avait insisté Béatrice.

– Oui, mais comment ? Comment savoir ce qu'il a s'il n'a même rien dit à maman ?

C'est après avoir tourné et retourné le problème pendant quelques jours qu'il trouva. Et il s'en voulut aussitôt de ne pas avoir pensé plus tôt à faire intervenir le seul à qui, sans doute, son père se confierait.

– Je deviens complètement idiot, dit-il à Béatrice en rentrant ce soir-là. J'ai trouvé pour papa ! Quelle heure est-il en France ?

Elle regarda la pendule, calcula rapidement :

– Sept heures.

– Du matin ? insista-t-il en consultant son répertoire.

– Évidemment ! À qui veux-tu téléphoner à cette heure ?

– À Félix pardi ! C'est le seul que mon père n'enverra pas se faire cuire deux œufs ! Le seul ! Et si lui n'y arrive pas, personne n'en viendra à bout !

La nuit était complète lorsque Jo sortit de la vieille maison Vialhe où elle s'était rendue pour saluer sa grand-tante Yvette, désormais seule dans la bâtisse.

Aussitôt frappée par le vide et le silence qui paralysaient le village, elle réalisa qu'elle n'était pas revenue seule à Saint-Libéral en cette époque depuis le 4 décembre 1976, date de son mariage avec Christian. Car s'ils séjournaient tous les ans, et à la belle saison, plusieurs semaines dans leur maison de vacances des Fonts-Perdus, jamais elle n'avait eu l'occasion de ressentir à quel point le village était entré en agonie. Aussi, en ce soir du 16 janvier et alors qu'elle suivait la grand-rue en direction de la maison de ses parents, à l'opposé de celle des Vialhe, l'oppressait la sinistre vacuité qu'elle pressentait derrière les façades de toutes les maisons aux volets clos d'où ne filtrait nul rai de lumière. Et les quelques lampadaires, dont la pisseuse clarté tremblotait dans le froid brouillard, ne faisaient qu'accentuer l'angoissante impression que dégageait ce village fantôme, nimbé dans un silence mortel que ne rompait même pas l'aboiement d'un chien.

« C'est quand même terrifiant un bled aussi désert, se surprit-elle à dire presque à haute voix, comme pour casser la pesante chape qui l'écrasait. Dans le temps, se souvint-elle, il y a trente ans, même s'il n'y avait déjà plus beaucoup d'agriculteurs, à cette heure on entendait au moins les gens dans les étables, le bruit du travail, du lait giclant dans les seaux et les vaches qui appelaient leur veau, mais là... »

Là, c'était, seul écho claquant dans la nuit, le son de ses pas frappant l'asphalte. Elle arriva place de l'église, sinistre depuis que l'auberge était fermée, et sursauta lorsque, tombant du clocher, elle entendit l'impressionnant chuintement d'une chouette effraie partant en chasse.

Elle eut un petit rire nerveux et accéléra le pas, pressée d'être enfin en vue de chez elle. Et presque honteuse d'avoir hâte d'être au lendemain, dans le train pour Paris. Car si elle était heureuse d'avoir vu sa grand-mère et à peu près rassurée quant à son état, l'atmosphère familiale l'avait démoralisée. Et sa marche solitaire, dans cette rue déserte, était loin de pouvoir la rasséréner : tout était à l'image de ce village moribond sur lequel, à cette heure, ne régnaient plus que les oiseaux de nuit.

Elle avait d'abord trouvé ses parents vieillis, désabusés et surtout très perturbés dans leur calme existence de retraités par les aller et retour jusqu'à l'hôpital de Brive et tous les soucis que leur donnait la santé de Mathilde.

Outre cela, elle était certaine que le nouveau divorce de Marie les avait marqués plus qu'ils ne voulaient le dire. Et comme Chantal, que rien n'attirait à Saint-Libéral, n'était pas venue depuis l'enterrement de sa tante Berthe, son attitude aussi participait à cette sorte de désenchantement qui émanait autant de son père que de sa mère.

Et puis elle était montée à Coste-Roche saluer son oncle et sa tante. Ils lui avaient paru amers, fatigués, et elle se doutait que la conduite de Françoise et ses amours n'étaient pas les seuls responsables de cette sorte d'atonie dont ils semblaient frappés l'un et l'autre. Ils l'avaient pourtant reçue avec leur gentillesse habituelle, mais l'acuité de son intuition la confortait dans l'idée que tout n'allait pas au mieux à Coste-Roche.

Aussi s'était-elle promis de téléphoner à Félix dès son retour à Paris, lui au moins saurait que faire. Et elle était certaine que Christian l'approuverait. Il tenait Félix pour un homme solide, de très bon conseil, et avait reporté sur lui une partie de l'affection qu'il n'avait pu avoir pour son père, trop tôt disparu dans la fumée d'un crématoire de Dachau, quarante ans plus tôt.

– Dites, les enfants, vous vous êtes donné le mot, ou quoi ? demanda Félix après avoir reconnu la voix de sa correspondante.

Comme tous les matins, il se préparait à aller faire sa marche en forêt, avec détour par l'étang du Souchet, quand le téléphone l'avait surpris alors qu'il enfilait ses bottes.

– Non, je ne plaisante pas, c'est important, assura Jo, heureuse d'entendre la voix chaleureuse de Félix.

– Je le sais que c'est important, qu'est-ce que tu crois, petite ? Mais si vous vous téléphoniez un peu plus souvent entre vous, tu te serais évité une communication. Enfin, ça fait plaisir d'avoir de tes nouvelles. Les enfants vont ? Et Christian ? Et vous deux, toujours aussi amoureux ?

– Oui, oui, mais ce n'est pas pour ça que...

– Je sais. Ton oncle Guy m'a parlé hier, oui, il est venu chasser avec sa bande de ploucs, comme dit ton cousin Jean, qu'entre parenthèses j'ai eu hier soir au téléphone ! Et puisque tu veux tout savoir, j'avais eu Dominique avant-hier !

– Il est en France ?

– Pas du tout ! Mais tu sais, on n'en est plus au temps des bouteilles à la mer ou des pigeons voyageurs, il sait téléphoner, lui aussi !

– Alors ils t'ont dit, tous, pour oncle Jacques ?

– Évidemment ! Ta tante avait prévenu Dominique que ça n'allait pas fort et il m'a appelé le premier, samedi matin. Ta mère, elle, a alerté Guy pour lui dire la même chose ; lui, après m'en avoir parlé, il a prévenu Jean qui, à son tour, m'a téléphoné hier soir ! Et maintenant, c'est toi. Oh ! ce n'est pas un reproche, bien au contraire ! Mais enfin, dis à tes sœurs que je suis au courant...

– Ah, bon, murmura Jo, un peu surprise, qui enchaîna : Alors, qu'est-ce qu'on peut faire ? Tu sais, j'étais hier encore à Saint-Libéral, eh bien, c'est pas fameux, pour personne !

– Et ta grand-mère ?

– Elle ? Ça va, enfin je crois, j'espère, mais...

– Oui, je sais, c'est ton oncle qui vous inquiète tous maintenant.

– C'est ça. Et si tu dis que Dominique a téléphoné de là-bas, c'est qu'il s'inquiète encore plus que nous. Tu sais quelque chose, toi, à part l'histoire de Françoise ?

– Non, mais je vais savoir, très vite.

– Tu vas y descendre ?

– Oui, j'y serai ce soir. J'ai expliqué à ton oncle que je venais un peu tenir la vieille maison Vialhe. Ben oui, ta tante Yvette est seule, et à son âge... Et puis je lui ai aussi dit que ça me permettrait de voir Mathilde, de soigner ses poules et ses lapins et de préparer son retour. Cela étant, il n'a pas dû croire un mot de mes alibis et, dans le fond, c'est mieux comme ça. Voilà, tu es rassurée ?

– Oui. Tu me tiendras au courant pour tout ? Je veux dire pour Bonne-maman aussi.

– Naturellement mon petit. Allez, fais la bise à ton époux et aux enfants. Et si vous voulez venir ici un dimanche, ne vous gênez pas, vous connaissez le chemin.

– Merci, peut-être au printemps. Dis, tu m'excuses de t'avoir appelé ?

– Penses-tu, je suis furieux, ça ne s'entend pas ? dit-il en riant.

Il entendit claquer un baiser dans l'écouteur et raccrocha :

« Faut quand même croire que ça ne va pas fort à Saint-Libéral, murmura-t-il, enfin, je serai vite fixé ! »

9

Félix s'installa dans la vieille maison Vialhe dès le soir de son arrivée et avant même de monter à Coste-Roche.

– Vous savez, Yvette, plaisanta-t-il, nous n'aurions pas pu faire ça il y a quarante ans, ça aurait fait scandale dans tout le pays ! Pensez, un monsieur qui vient tenir compagnie à la belle-sœur de sa tante, qui a presque son âge ! J'entends d'ici les voisins !

– Oh ! les voisins... Maintenant, ils sont loin et presque aussi âgés que nous, alors ils ne se font plus d'illusions, sourit Yvette.

Elle était heureuse de ne plus être seule, pour un temps, dans la grande demeure où, dès le soir venu, elle se barricadait, un peu angoissée par son isolement. Malgré cela et pour prouver qu'elle savait se débrouiller – ce dont personne ne doutait – elle ajouta :

– Mais si vous préférez aller chez vous, ne vous gênez surtout pas pour moi !

De sa mère, Félix avait hérité d'une coquette maison, sise au lieu-dit : Les Combes-Nègres. Il y passait parfois quelques jours à la belle saison. Mais, le plus souvent, c'était son fils Pierre, sa femme Jeannette et leurs deux enfants qui l'occupaient pendant les vacances.

– Non, elle est trop loin du village, dit-il. Ici, j'ai les poules et les lapins de Mathilde sous la main. Et puis la maison n'a pas été chauffée depuis des mois. Mais si je vous dérange...

– Taisez-vous. Et Pierre, et Jeannette ?

– Ça va, merci.

– Et les petits ?

– Les petits ? Façon de parler ! Luc dépasse le mètre quatre-vingts et vient de partir au service militaire, quant à Hélène elle est en première année de droit !

– Mon Dieu, comme le temps passe, murmura-t-elle, soudain songeuse. C'est vrai, mon pauvre Léon aurait eu cent ans l'an passé...

– Eh oui, ça tourne, coupa-t-il, soucieux de ne pas se laisser entraîner dans l'évocation toujours un peu dangereuse, vite larmoyante, du passé et il enchaîna : Et Mathilde ?

– Elle reprend bien, elle a le moral, Jo est venue la voir et ça lui a fait beaucoup de bien. Mais vous la connaissez, elle n'a qu'une hâte, sortir de l'hôpital, il faut pourtant ce qu'il faut. De toute façon, elle est ravie de savoir que vous êtes là.

– J'irai la voir demain.

– Vous êtes là pour longtemps ?

Il crut déceler comme un espoir dans la question et comprit que sa présence soulageait beaucoup Yvette, même si elle ne l'avouait pas.

– Sans doute, on verra, éluda-t-il, l'avantage des gens à la retraite c'est qu'ils sont libres de leur emploi du temps, ajouta-t-il d'un ton badin.

Il ignorait si Yvette était au courant de toutes les péripéties familiales. Aussi, prudent, se garda-t-il de lui demander ce qu'elle pensait de la santé de Jacques. Vu l'âge de la vieille dame, il était inutile de lui donner des soucis en lui posant des questions qui risquaient de lui mettre la puce à l'oreille.

« Il sera bien toujours temps de la prévenir, pensa-t-il. Et puis, peut-être qu'ils se sont tous monté la tête, il n'est pas interdit d'espérer ! »

– J'ai une certaine Masson, d'*Agricola 2001*, au téléphone, vous la prenez ? demanda Nicole, la secrétaire de Jean en masquant le microphone avec la paume.

– Masson ? Inconnue au bataillon ! dit-il en fronçant les sourcils. Qu'est-ce qu'elle veut ? Oh si, je vois qui c'est, passez-la-moi, décida-t-il en décrochant le combiné. Oui ! dit-il d'un ton enjoué.

– Marianne Masson, vous vous souvenez ? Dans le train de Bruxelles-Paris ?

– Si je m'en souviens ? Naturellement voyons !

– Alors vous êtes en progrès !

« Elle est gonflée, pensa-t-il, de plus en plus amusé, c'est ça les filles de maintenant, ça vous a un culot ! »

– Je vous croyais aux States, dit-il pour bien prouver qu'il n'avait rien oublié de leur conversation.

– Je suis revenue, avant-hier.

– Tout s'est bien passé ?

– Oui, oui, quoique...

– Des problèmes ?

– Pas là-bas, maintenant. Enfin, pas de vrais problèmes, pas graves, quoi, mais...

« À quoi elle joue, elle cherche quoi ? Elle ne veut quand même pas me draguer ! » pensa-t-il avant de lancer :

– Écoutez, j'ai pas mal de boulot ces temps-ci, et je vous dispense d'en douter et de ricaner ! Alors dites-moi pourquoi vous m'avez appelé et voyons ce qu'on peut faire !

– J'aurais besoin d'un conseil...

– Mais c'est pas ma spécialité, les conseils !

– Si, si, c'est professionnel.

– Ça a un rapport avec votre enquête chez les Yankees ?

– Oui.

– Bon, je n'ai vraiment pas le temps tout de suite, dit-il en compulsant son agenda, mais... disons demain. Demain soir, vingt heures trente, pour dîner si vous voulez, on aura ainsi un peu plus de loisir pour parler de votre problème. Ça vous va ?

Il comprit qu'elle pesait le pour et le contre car elle attendit quelques instants avant de répondre :

– D'accord, dit-elle enfin, vingt heures trente, où ?

– Chez Francis, rue de Bourgogne, vous situez ?

– Bien entendu ! C'est à côté de votre ministère.

– Exactement. Bon, désolé, il faut qu'on se quitte, on m'appelle sur une autre ligne, dit-il avec un culot qui fit lever les yeux au ciel de sa secrétaire.

Il raccrocha et lui lança :

– Vous feriez ça, Nicole ?

– Quoi ?

– Appeler un quasi-inconnu sous le fallacieux prétexte de lui demander conseil ?

– Ça dépendrait de l'inconnu, s'amusa-t-elle, et aussi du conseil dont j'aurais besoin !

Ce fut sans doute parce qu'il s'était préparé à lui trouver une mine épouvantable que Félix fut plutôt agréablement surpris en voyant Jacques. Certes, son cousin germain avait maigri, ses traits étaient tirés et ses yeux fatigués ; mais tout cela pouvait passer pour un excès de travail, peu compatible avec son âge.

En revanche, peut-être parce qu'elle cachait moins bien son jeu, Michèle lui parut abattue, inquiète et surtout épuisée.

« Il est vrai qu'avec toutes ses oies à gaver si, en plus, Jacques lui donne des soucis permanents, elle a de quoi être à bout », pensa-t-il.

Cependant, parce qu'il savait qu'il ne fallait rien brusquer, il se garda bien de leur poser, à l'un comme à l'autre, la question qui lui brûlait les lèvres : « Bon, cartes sur table, tout le monde s'inquiète à votre sujet, qu'est-ce qui se passe ici ? » Ce fut donc avec prudence qu'il s'installa dans le rôle de celui qui ne sait rien. Rien sauf que Mathilde avait eu un grave problème de santé. Et il comprit vite que, malgré ses ruses et ses circonlocutions, Jacques n'était pas dupe.

Malgré cela, convaincu que son cousin ne dirait rien devant sa femme, il attendit d'être seul avec lui. La chance l'aida car, en ce lundi matin de fin janvier, le temps était superbe. Trop beau et chaud pour être honnête, mais tellement agréable qu'il eût été stupide de ne pas en profiter pour flâner sur les puys après avoir accompagné les bêtes au pacage.

– Quel fameux point de vue vous avez ! constata une fois de plus Félix en contemplant le paysage, vallonné à perte de vue, engourdi par l'hiver, net, propre car lavé par les pluies et les coups de gel. Et on aperçoit même les Monédières, dit-il en observant l'horizon, ton père aurait dit que c'était signe de changement de temps !

– Et il aurait eu raison, approuva distraitement Jacques, bien décidé à ne pas attaquer le premier, et dans l'attente des questions qui ne pouvaient manquer de venir.

La première ne tarda pas.

– Bon, maintenant que je sais que ta mère s'en tirera mieux que prévu, si tout continue à bien aller, naturellement, tu peux me dire ce qui cloche ?

– Oh ! Vaste programme, comme aurait dit ton ami de Gaulle, soupira Jacques. Mais je pourrais te retourner la question, qu'est-ce qui t'a poussé à descendre chez nous aussi brusquement ? Et ne dis pas que c'est l'état de maman ; il y a trois semaines qu'elle est tombée, alors tu aurais dû venir avant si tu n'étais là que pour elle !

– D'accord, je fais d'une pierre deux coups, avoua Félix qui, sans détour, évoqua la série de coups de téléphone qui l'avait poussé à prendre la route sans plus attendre. Alors, dit-il, maintenant que tu sais, quel est le problème ? C'est l'histoire de Françoise qui vous tracasse ?

– Oh ! Françoise ! qu'elle se débrouille ! Après tout, si ça l'amuse de s'occuper d'un vieux... D'accord, c'est emmerdant, et Michèle a beaucoup de mal à l'admettre, mais bon, elle est majeure Françoise, et depuis longtemps !

– Alors ils ne se sont pas trompés, tous, c'est ta santé ? Qu'est-ce que tu as ?

– Ça..., dit Jacques avec un petit sourire amer et en se tapotant la région du cœur avec le pouce.

– Ça quoi ?

– Le palpitant, comme disent les jeunes.
– Tu as le cœur malade, c'est ça ?
– Il paraît. Mais rassure-toi, en ce moment, ça va.
– Et pourquoi tu ne l'as pas dit à Michèle ? Et d'abord, c'est quoi au juste ?
– De l'angine de poitrine, d'après mon toubib.
– Comme ton père alors ?
– Oui, et ça ne l'a pas empêché de vivre jusqu'à près de quatre-vingt-dix ans !
– Tu as vu un spécialiste ?
– Non, justement. Et je n'ai pas envie d'aller en voir un. C'est pourquoi je ne dis rien à personne, sauf à toi, mais je sais que tu garderas tout ça pour toi, pas la peine d'inquiéter Michèle.
– C'est quand même idiot ton système. Tu risques gros. Et puis pourquoi ne pas mieux te soigner ?
– Parce que je n'ai pas envie d'entendre ce que ne manquera pas de me dire le foutu spécialiste que mon toubib veut que j'aille voir, voilà ! Et je te fais la même réponse qu'à lui, j'ai pas envie d'entendre ce que je sais déjà, c'est quand même mon droit, oui ou merde ?
– T'excite pas, c'est pas bon pour ce que tu as, dit Félix en cueillant avec précaution quelques baies de genièvre. Il les écrasa entre ses doigts, les sentit avant de poursuivre : C'est bien beau tout ça, mais si tu casses ta pipe, là, d'un coup, tu vois le cirque pour Michèle ?
– N'en rajoute pas, tu veux ? Bien sûr que je le vois. Mais je le vois également si, tout en étant à peu près vivant, comme un légume, je ne peux plus gérer la ferme. Qui le fera à ma place ?
– Eh bien, tu prendras ta retraite ! Bon Dieu ! Ça arrive à des gens très bien ! C'est pas déshonorant et je sais de quoi je parle !

– D'accord. Mais, vois-tu, il faut me laisser un peu le temps de me faire à cette idée, de m'y habituer et de la préparer cette retraite, dit Jacques.

Il se tut, imita son cousin et cueillit quelques baies de genièvre. Au lieu de les écraser, il en croqua une avant de poursuivre :

– Tu vois, pour être franc, ce n'est pas l'idée de sauter le pas qui me dérange. Ça a failli m'arriver quand j'étais sous mon tracteur et crois-moi, là-dessous, j'ai eu le temps d'y penser. Non, ce qui me gêne vraiment, c'est de rater ma sortie. Tu vois ce que je veux dire ? Le genre petit vieux à canne, qui emmerde tout le monde avec ses radotages mille fois entendus, ses interdits, beaucoup d'interdits, son stupide train-train journalier, ses manies idiotes, ses petits plaisirs, bien petits, tout petits, tout ça pour aller, en se traînant, à coups de pilules, de piqûres et de potions vers le cimetière ! Et en se répétant bêtement chaque soir : Encore un jour de gagné ! Tu parles d'une vie de con ! Alors je me dis que si mon moteur explose, là au moins ce sera une sortie propre, franche, et surtout rapide ! Tu comprends ?

– Si je te dis oui, tu croiras que je t'approuve. Or je pense que tu te trompes, même si je partage certains de tes arguments. Mais je trouve surtout que tout le monde y gagnerait si tu décidais de te soigner un peu mieux que tu ne le fais. Sans blague, ça n'engage à rien ! Va voir qui il faut, écoute, réfléchis et après, mais après seulement, choisis comme tu l'entends ta marche vers le cimetière. Et ne me dis pas non ! Je vais avoir trop de comptes à rendre à tous ceux qui s'inquiètent pour toi. Ils ne me pardonneront jamais si je leur dis que je n'ai pas été foutu d'expédier la vieille mule que tu es chez le vétérinaire !

– D'accord, dis-leur que j'irai, un de ces jours...

– C'est vague !

– Oui, mais c'est à prendre ou à laisser. Et maintenant, parlons d'autre chose, mille dieux ! il y a quand même plus intéressant que ma petite santé ! Alors comme ça, Jean t'a appelé ? Que devient-il ce suppôt de Bruxelles ?

Jean avait horreur de l'inexactitude. Il se défiait beaucoup de ceux ou de celles qui, par manque d'organisation ou, ce qu'il jugeait pire, d'éducation, ne prenaient pas la peine d'arriver à l'heure donnée.

Il tenait donc les adeptes du retard systématique pour des rustres incurables et des individus peu fiables, incapables de gérer leur emploi du temps et sans respect pour celui des autres.

Aussi fut-il très agréablement surpris lorsque, arrivant à vingt heures trente devant chez Francis, il vit Marianne Masson qui remontait la rue de Bourgogne en direction du restaurant.

« Un bon point pour elle », pensa-t-il en s'avançant à sa rencontre. Il nota qu'elle avait changé de coiffure et que celle-ci, un peu plus bouffante et mieux taillée que la précédente, lui donnait l'air moins sévère, et surtout plus jeune.

– Merci d'être à l'heure, dit-il en l'entraînant.

– Sauf accident, je le suis toujours, ça simplifie la vie, assura-t-elle en lançant sa cigarette dans le caniveau.

– Exact.

Habitué du restaurant, Jean avait toujours une petite table au fond de la salle, dans un angle, au calme et suffisamment loin des autres clients pour pouvoir discuter sans avoir à hurler.

– Alors, ce voyage ? demanda-t-il tout en consultant le menu.

– Passionnant. Et surtout plein d'enseignements.

– Si vous aimez le foie gras, il n'est pas mal ici. D'accord, il ne vaut pas celui que je ramène de Corrèze, mais il est correct.

– De Corrèze ? C'est pas encore le Périgord ça !

– Non et alors ? C'est quand même une région où l'on sait ce qu'est un vrai foie gras !

– Si l'on veut..., s'amusa-t-elle.

– Un peu que je veux ! Sans blague ! lança-t-il en entrant dans le jeu. Et puis, mis à part vos prétendues chroniques gastronomiques écrites aux États-Unis, qu'est-ce que vous y connaissez en la matière ?

Elle eut une petite moue qui lui creusa deux mignonnes fossettes dans les joues, feignit la confusion avant de lancer :

– Moi je n'y connais peut-être pas grand-chose, mais j'ai des cousins producteurs de foie gras, en Alsace, c'est tout !

– Un à zéro, reconnut-il, ça vous donne le droit d'avoir un avis compétent et, dans le doute, de choisir une autre entrée.

Ce qu'ils firent l'un et l'autre.

– Alors, quel est votre problème ? demanda-t-il en attaquant une salade de gésiers.

– Je me suis sans doute mal expliquée au téléphone, reconnut-elle en chipotant ses magrets à la laitue, je n'ai pas de problème, j'ai juste besoin d'un point de vue.

– Du mien spécialement ?

– Non, mais de quelqu'un proche des sommités qui décident de l'avenir de notre agriculture.

– Moi, vous savez, je suis très loin des sommités en question ! Je ne suis qu'un membre, et pas des plus importants, du cabinet du ministre actuellement en place ! Ça ne va pas plus loin ! Et puis, si je peux poser une question, l'agriculture vous intéresse en tant que telle ou uniquement parce que vous travaillez dans un canard agricole ?

– Les deux. Je vous ai dit, j'ai de la famille que tout cela touche de très près.

– Amusant...

– Amusant ! releva-t-elle vivement. On voit que vous ne sortez de votre ministère que pour aller à Bruxelles ! Amusant ! Si vous connaissiez les difficultés que mes cousins agriculteurs rencontrent, vous changeriez de vocabulaire !

– Je sais, dit-il en souriant, mais pas du tout décidé à parler de ses grands-parents de Saint-Libéral, ni de son oncle Jacques, il n'était pas là pour ça.

– Alors si vous savez, dit-elle d'un ton presque agressif, expliquez-moi pourquoi on cache la vérité à tous ces gens-là !

– Quelle vérité ?

– Que, quoi qu'ils fassent, quoi qu'ils disent, leur sort est déjà réglé !

– Il a fallu que vous alliez en Amérique pour vous en apercevoir ? se moqua-t-il gentiment. Chapeau pour une spécialiste de la presse agricole ! Et puis quelle vérité ? Que les deux tiers des pauvres bougres qui s'échinent sur le sol sont appelés à disparaître dans les vingt ans qui viennent ? Mais c'est un secret de Polichinelle ça ! Tout le monde le sait, les politiques, les syndicalistes, les journalistes, sauf peut-être vous, et même les agriculteurs le savent, ils ne sont pas idiots, ils voient bien ce qui se passe autour d'eux et leurs villages qui meurent !

– Admettons, dit-elle, mais ce qui me met le plus hors de moi, et mon enquête aux États-Unis n'a pas arrangé les choses, c'est qu'on condamne ces pauvres bougres sous le fallacieux prétexte qu'ils coûtent cher à la communauté ! Et il se trouve tout un tas de mes confrères, et des plus connus, qui abondent dans ce sens et qui citent en exemple l'agriculture américaine ! Et on trouve aussi beaucoup de nos parlementaires, de tout poil et de tout bord, qui pensent la même chose, ce qui leur permet de ne pas lever le petit doigt pour sauver ce qui peut encore l'être. Tout ça, je l'ai parfaitement ressenti et compris dans mon périple chez les fermiers du Middle West et d'ailleurs ! Je m'en doutais avant, maintenant j'en ai la preuve.

Il hocha la tête, regarda sa voisine, sourit et lui tendit la main, comme s'il se préparait à partir.

– Serrez-moi la main, dit-il enfin, nous partageons exactement le même avis ! Et ça me fait bougrement plaisir d'apprendre que je ne suis pas le seul, dans cette foutue galère qui prend l'eau de toutes parts qu'est l'Europe agricole, à penser que nous allons droit dans le mur ! Et à croire, parce que tout m'y pousse, que tout cela est finement concocté par quelques sinistres faux culs qui savent parfaitement ce qu'ils font, et depuis longtemps ! Oui, nous avons affaire à des saboteurs de haut vol, mais ils sont intouchables !

– Pourquoi ?

Il haussa les épaules, caressa du bout de l'index la main de Marianne, posée devant lui ; elle ne bougea pas, attentive à sa réponse.

– Pourquoi ? Dites-moi qui prendrait le risque d'oser seulement dire qu'il doute, non pas de l'Europe, mais de la façon imbécile dont on nous la fabrique ? Pas un seul homme politique soucieux de son avenir et de sa place au soleil ne s'y hasardera, même s'il est secrètement persuadé qu'on va au casse-pipe ! Ils ont tous trop la trouille de ne plus avoir droit à une part du gâteau ! Le seul qui ait eu le culot de crier au casse-cou, ça a été de Gaulle, et lui, on l'a foutu dehors, vite fait ! Voilà, mais tout ça ne me dit pas ce que vous attendez de moi, fit-il en se remettant à manger.

– J'attendais juste ce que vous venez de dire. Ou plutôt non, se reprit-elle, confuse et en rougissant un peu, je m'étais préparée à ce que vous vous fassiez l'avocat du diable, le défenseur de ce que vous venez de dénoncer ; histoire, pour moi, d'affûter mes arguments, de me faire les dents avant de me mettre à écrire ce que je veux écrire ! Et je suis très contente que nous soyons d'accord, sur ce sujet du moins.

Elle lui sourit et il nota, une nouvelle fois, à quel point elle était gracieuse.

– Merci de m'avoir choisi comme os à ronger, c'est valorisant, plaisanta-t-il. Mais, blague à part, qu'allez-vous mettre dans votre article ? insista-t-il.

– Je vais écrire que les agriculteurs français coûtent peut-être cher, mais qu'ils sont trois ou quatre fois moins subventionnés que les fermiers américains ! Que ceux-ci le sont d'une façon parfaitement hypocrite puisque tout est fait par le jeu du dumping pratiqué par Washington et par les aides à l'exportation ! Je vais écrire qu'on nous rebat les oreilles avec des prétendus cours mondiaux qui n'existent pas puisqu'ils sont arbitrairement et unilatéralement fixés à la Bourse de Chicago ! Je vais écrire que...

– D'accord, coupa-t-il en s'amusant franchement, je vois que votre voyage n'a pas été inutile. Mais si vous sortez tout ça, et sur ce ton, vous n'allez pas vous faire d'amis !

– Et alors ?

– Alors rien, vous avez raison.

– Vous pensez que ça ne servira à rien que j'écrive tout ça ? dit-elle après l'avoir observé. Dites-le, quoi ! Ça ne servira à rien, c'est ça ?

– Il faut toujours dire ce qu'on a sur le cœur, ça soulage ! Mais... partis comme nous le sommes, je crains qu'un, dix, cent articles soient insuffisants pour renverser le cours des choses. Il y a trop de bons apôtres aux ordres de l'oncle Sam, ce n'est pas nouveau ! Il y a trop de gens qui collaborent et qui aiment ça avec ceux qui rêvent d'éradiquer la quasi-totalité des agriculteurs d'Europe, et plus spécialement de France puisqu'ils sont les meilleurs et que ce sont surtout eux qui font de l'ombre aux fermiers américains. Oui, je crois qu'il y a trop de gens dont on pourrait penser qu'ils émargent discrètement au budget américain, trop d'inconditionnels d'une Europe agricole, dressée à faire le trottoir pour le compte d'un marchand de cacahuètes, ou d'un cow-boy de western, série B ! Mais il ne faut pas que ça vous empêche de pousser un grand coup de gueule. D'ailleurs, pour ne rien vous cacher, je trouve que la colère vous va très bien ; alors allez-y, foncez !

– C'est bien ce que je compte faire, assura-t-elle. Mais là, maintenant, je peux poser une autre question ?

– Si je suis libre ce soir ? C'est oui ! dit-il en servant le vin.

– Je suis sérieuse, insista-t-elle, bien décidée à ne pas sortir du cadre professionnel qu'elle s'était fixé. Après tout ce que vous venez de me dire, comment pouvez-vous rester au poste que vous occupez ? Parce que, quand même, vous participez, plus ou moins, à mettre en place, et même à développer, tout ce que vous venez de dénoncer !

– Ah ! vous vous en êtes aperçue ! dit-il d'un ton soudain sérieux. Oui, moi aussi, je me demande de plus en plus souvent ce que je fais dans ce cirque ! Notez bien que mon travail ne tire pas beaucoup plus à conséquence que celui d'un obscur et pléthorique gratte-papier du ministère. Mais enfin, c'est vrai, ma position est assez inconfortable. La seule chose qui me console un peu, c'est que celle de mon ministre l'est encore plus ! D'ailleurs, si ça peut vous rassurer, j'envisage de plus en plus de tirer un trait sur tout ça et de faire enfin quelque chose de solide, de concret, de passionnant.

– Et ce serait ? Enfin, je suis peut-être indiscrète...

– Non, c'est moi qui ne suis pas tout à fait décidé, alors à quoi bon parler d'un projet encore un peu flou, ça risquerait de le déflorer. Et vous, votre avenir, c'est quoi ? Finir rédactrice en chef ?

– Ça ne serait déjà pas mal. En attendant, j'aimerais bien continuer les reportages sur l'agriculture à travers le monde. C'est quand même plus intéressant que la recension des interminables bavardages des eurocrates !

– Ah ! ça, pour faire plus ennuyeux, je ne vois que les cours de la Bourse ! Mais votre parcours, c'est quoi, si ce n'est pas indiscret ?

– Classique. Le bac, une école de journalisme, quelques stages et *Agricola 2001*.

– Je vois. Mais pourquoi le journalisme agricole plutôt qu'un autre ?

– Parce que la terre et la nature m'ont toujours intéressée.

Il eut un petit rire et ne résista pas au plaisir de lancer :

– Je comprends ! Le rêve écolo de la petite Parisienne en manque de verdure et de petits oiseaux ! Dans le temps c'était le Larzac, maintenant le journalisme vert ! C'est effectivement très classique comme parcours !

Elle lui jeta un coup d'œil furieux, faillit lui rétorquer qu'il n'était qu'un crétin prétentieux mais comprit, à temps, qu'il la taquinait sans méchanceté et jeta :

– D'abord je ne suis pas parisienne, mais sparnacienne depuis des générations ! Ensuite, si vous faisiez mieux votre boulot et lisiez la presse agricole et mes articles en particulier, plutôt que *Playboy*, vous sauriez ce que je pense des écolos ! Je les tiens pour aussi malfaisants et nuls que les petits minets prétentieux qui friment dans le train entre Bruxelles et Paris !

– Je me répète, mais c'est un vrai bonheur de vous voir en colère. Si, si, c'est un régal, on en redemande ! Cela dit, j'ignore totalement où habitent les Sparnaciens !

– On ne vous a pas appris ça à l'ENA ? Je croyais que vous saviez tout en sortant de ce moule !

– Pas d'insultes, s'il vous plaît ! Moi, c'est agro, faut pas confondre utile et parasite, on apprend aussi ça en agronomie, par exemple, la coccinelle est indispensable, le doryphore catastrophique ! Cela dit, ne vous croyez pas obligée de rajouter que j'ai le look de l'énarque, je le prendrais mal !

– C'est tout à votre honneur, sourit-elle. Bon, on fait la paix ? Les Sparnaciens sont les habitants d'Épernay !

– J'espère que vos parents sont dans le champagne ?

– Pas du tout, ils sont quincailliers. Mais pour le champagne, si vous voulez, j'ai de bonnes adresses, comme pour le foie gras !

– Et vous avez aussi réponse à tout ! dit-il en lui tendant le menu. Un dessert ?

– Non, merci.

– Un café ?

– Non plus.

– Un dernier verre chez moi ? J'habite à dix minutes à pied.

Elle hésita un bref instant, regarda sa montre.

– Non, finit-elle par dire, ce soir il faut vraiment que je travaille. Et ce n'est pas un alibi. Mais merci pour le dîner.

– Alors à une autre fois, peut-être ?

– Qui sait... ?

10

Huit jours de présence, partagés entre Coste-Roche et Saint-Libéral, suffirent à Félix pour se faire une opinion sur l'état de santé de Jacques. Il comprit surtout pourquoi son entourage avait de bonnes raisons de s'inquiéter.

Car le comble était que Jacques pouvait effectivement se targuer de n'être point vraiment malade ; pas suffisamment en fait pour aller voir le spécialiste recommandé par le docteur Peyrissac. Il ne geignait jamais, ne se plaignait d'aucune douleur et feignait même de travailler comme si de rien n'était. Mais Félix, qui l'accompagnait soir et matin lors des soins aux bêtes, avait vite noté que, sous couvert de prendre son temps, de se proclamer peu pressé dans son travail, son cousin veillait surtout à n'effectuer, en force, aucun des travaux qu'il entreprenait.

Ainsi, lui qui, naguère, soulevait à bout de fourche et sans efforts apparents une botte de luzerne de dix-huit à vingt kilos, prenait maintenant grand soin, après en avoir coupé les ficelles, de répartir l'ensemble en petites fourchées qu'un enfant de dix ans aurait trouvées légères ! De même ne tentait-il pas de retenir les veaux lorsque, détachés à l'heure de la tétée, ils bondissaient vers leur mère. Et c'était à petits pas, et plus par persuasion que par la force qu'il les ramenait dans leurs boxes lorsque, repus, ils commençaient à gambader entre les vaches.

Mais parce qu'il savait que Jacques, au sujet de sa santé, ne l'écouterait pas plus que lors de leur première discussion, Félix patientait, attendant le moment où, pris en flagrant délit de fatigue, il se déciderait à agir dans le bon sens.

Ce matin-là, et alors qu'ils venaient de conduire les bêtes au pacage du puy Caput, ce fut Jacques qui aperçut Pierre Coste, non loin d'eux : il chassait dans les taillis d'acacias et de chênes, à la lisière du plateau.

– S'il s'imagine lever une bécasse dans ce coin, il peut toujours attendre, dit Jacques. S'il y en a, avec ce vent froid du nord, elles sont de l'autre côté, plein sud, vers les Malides. Et puis, sans chien...

– Ah ! c'est vous ! dit Coste en remarquant leur présence et en venant à leur rencontre.

Il mit son douze à l'épaule, serra la main des deux hommes.

– Salut, Pierrot, ça donne ? demanda Jacques.

– Penses-tu, rien ! C'est Delmond qui m'a dit qu'il avait vu des grives, hier, des grosses tia-tia. Mais il a dû rêver ! Ou alors il a confondu avec des étourneaux, il n'y a plus que ces saloperies maintenant !

– Ah ! ça. Si c'était comestible, il n'y en aurait pas autant ! dit Jacques en s'engageant dans le chemin qui descendait vers le village.

Depuis que Félix était là, il avait laissé passer quatre jours sans aller à Saint-Libéral, donc sans voir sa tante Yvette. Quant à sa sœur et à son beau-frère, il ne les avait pas rencontrés depuis une bonne semaine ; ce matin, il avait le temps d'aller les saluer.

– Alors, tu te prépares ? lui demanda Coste.

– À quoi ?

– Ben, pour le Salon de l'Agriculture, c'est bien le mois prochain ? Tu vas encore nous ramener une médaille !

– Non, pas cette année.

– Sans blague ? Tu n'y vas pas ? Et pourquoi ?

Attentif, Félix croisa le regard de son cousin, comprit et porta les yeux ailleurs.

– Pourquoi ? Bah ! je n'ai pas de bêtes assez en forme, assura Jacques. Celle que je pourrais présenter doit vêler d'ici trois semaines, alors je ne vais pas la traîner là-haut avec son veau. Et puis surtout, il faut bien dire, ça coûte cher ces déplacements, très cher.

« Et c'est surtout très fatigant... », pensa Félix, mais il garda le silence.

– Alors si je comprends bien, tu fais comme moi, tu arrêtes ?

– Qu'est-ce que tu parles d'arrêter ? dit Jacques. Moi je n'arrête rien.

– Ben moi, si, avoua Coste.

– Tu arrêtes quoi ? insista Jacques, inquiet car il pressentait déjà la réponse.

Depuis plus de dix ans, suite à la venue des colonies de vacances au château, Pierre Coste avait monté une sorte de petit ranch : douze chevaux, dix poneys, quelques ânes, un parcours agréable dans les chemins communaux. L'ensemble permettait aux moniteurs qui accompagnaient les enfants de les occuper pendant des après-midi entiers. De plus, pour Coste, c'était une rentrée d'argent non négligeable et garantie.

– Tu arrêtes quoi ? redemanda Jacques.

– Les chevaux, le ranch, tout...

– Mais, miladiou ! Pourquoi ? T'as pas l'âge de la retraite, toi ?

– Un rêve ! J'aurai soixante-cinq ans en avril, mon vieux. Et surtout une putain de sciatique, t'as pas idée !

– Mais... mais où vont aller les gosses pour monter ? Tu te rends compte !

– Ah ! ça, c'est pas mon problème ! Moi, j'arrête. Faut dire, j'en ai marre de ces bestiaux. Je les ai jamais bien compris et tiens, regarde, dit-il en relevant son pantalon sur sa jambe gauche, tu vois ça ?

– Effectivement, dirent Jacques et Félix en observant l'énorme hématome bleu-noir qui marquait le mollet blanc.

– C'est un de ces salauds ! Tu sais, le petit marron, nerveux, une teigne, cette bête ! Moi, j'étais tranquille l'autre jour à leur faire la litière. Je ne sais pas trop ce qu'il lui a pris, à cette carne, mais il m'en a foutu une de ces abradassées, je te dis pas ! Une tonnée, terrible ! Heureusement qu'en cette saison ils sont pas ferrés, il m'aurait cassé la jambe, ce con ! Alors ça a fini de me décider.

– Bon, d'accord, dit Jacques, vends celui-là, mais garde au moins les autres ! Bon Dieu, après l'auberge qui a fermé, maintenant c'est toi ! Mais c'est la mort du village que vous voulez tous ! Tu en as parlé au maire ?

– À Martin ? J'en ai rien à foutre de Martin. Tu sais que je ne l'aime pas, ce petit prétentieux ! Et puis c'est pas ses bestiaux et c'est pas lui qui ramasse les coups de sabot !

– Quand même, dit Jacques, quelle sale affaire pour les gosses de la colonie. Je suis sûr qu'il y en a beaucoup qui ne venaient que pour ça ! Et toi tu arrêtes ! Tu n'as encore rien vendu, j'espère ? demanda-t-il, soudain inquiet.

– Non, pourquoi, tu veux les acheter ? plaisanta Coste. Je te fais un prix !

– Dis pas de sottises ! Déjà que j'ai du mal à tenir mes vaches ! Ah ! quelle tuile pour le village ! Bon, promets-moi au moins de ne pas vendre tes haridelles sans m'en parler, promis ?

– Oui. Mais toi, tu as une idée derrière la tête. Si c'est celle de me convaincre de continuer, tu perds ton temps !

– Je sais, mais promets !

– Je t'ai dit oui ! De toute façon, en cette saison, ils ne sont pas en forme pour être bien vendus, j'y perdrais. Mais toi, je suis sûr que tu mijotes un coup, s'entêta Coste.

– Je ne mijote rien du tout ! J'essaie juste de réfléchir au moyen qui permettrait à quelqu'un de te remplacer, histoire de conserver, pour quelques années de plus, un semblant de vie à Saint-Libéral.

Si la lettre de Félix, que reçut Dominique, ne le rassura pas pleinement, du moins lui permit-elle de ne plus remâcher les hypothèses les plus sombres.

Maintenant qu'il savait ce dont souffrait son père – et il ne s'en cachait pas la gravité –, le tout n'était plus d'imaginer le pire mais de trouver les arguments qui le convaincraient de se soigner.

– D'un autre côté, dit-il à Béatrice, si Félix, qui est sur place, n'y arrive pas, que veux-tu que je fasse d'ici ?

– Bien sûr, dit-elle après avoir réfléchi, mais peut-être accepterait-il de faire le nécessaire s'il savait, d'ores et déjà, que faire de Coste-Roche. Enfin, c'est ce que je déduis de tout ce que tu m'as dit à son sujet.

– Et tu as raison. Mais si je lui recommande de tout arrêter sur la ferme – ce qui serait le plus sage –, ça risque de le tuer aussi sûrement que l'infarctus qui le menace, alors...

– Alors ! Alors ! Cherche ! Il me souvient que tu as très bien su trouver, il y a douze ans, quelle orientation prendre pour sauver les terres Vialhe ! Tu as trouvé, tu le lui as expliqué et il t'a écouté. Il fera pareil si tu lui proposes un plan valable, insista-t-elle.

– Oui, bien sûr. Je te rappelle pourtant qu'à l'époque dont tu parles le plan en question je l'ai monté avec ma sœur et que, pendant des années, nous l'avons en partie financé tous les deux.

– Je m'en souviens très bien. Vous avez fait ce qu'il fallait, à vous de recommencer.

Il médita un instant, lui sourit pour bien lui prouver à quel point il appréciait qu'elle intervienne et cherche, elle aussi, la solution.

– Recommencer ? Oui. Mais il n'est pas certain que Françoise fonctionne cette fois-ci. Et même si elle est d'accord, encore moins certain que papa accepte quoi que ce soit venant d'elle. Il aurait trop peur que ce soit pris comme l'absolution de la situation sentimentale de la frangine !

– Personne ne t'oblige à lui dire qu'elle est dans le coup ! De toute façon, il serait bon de lui demander aussi son avis, à elle ! Après tout, ça la concerne autant que toi !

– C'est vrai, reconnut-il, et on pourrait même en profiter pour faire l'arrangement de famille. Papa espère bien que je reprendrai un jour les terres, mais encore faudrait-il qu'elles m'appartiennent. Pour l'instant, celles qui viennent des Vialhe sont toujours à lui et, en cas de coup dur, en indivision entre Françoise et moi.

– Donc tu vois, tout cela me confirme bel et bien que c'est à toi de trouver la solution. Celle qui évitera à ton père de laisser sa peau au travail et de prendre, sinon une totale retraite, du moins de s'y préparer. Et s'il sait que tout peut se régler ainsi, je ne vois pas ce qui l'empêchera de se soigner.

– Toujours le même éternel problème pour un éleveur, toutes les bêtes dont il a la charge. Un troupeau sélectionné que je l'ai moi-même poussé à développer. Je me vois très mal maintenant en train de lui dire qu'il faut tout vendre. Je te le répète, pour lui, ça vaudra un infarctus...

Jean regarda Nicole qui, avec application, tapait le rapport qu'il venait de lui confier. Travail d'équipe d'une quinzaine de pages auquel il avait mis la dernière touche. Quinze pages dont il était impossible de dire quelle était la plus absconse et surtout la plus inutile !

Car il ne se faisait aucune illusion, le rapport n'influencerait pas d'un iota les décisions qui, selon toute vraisemblance, étaient déjà arrêtées en haut lieu, du côté du ministère des Finances. D'ailleurs, mis à part les intéressés – à qui personne ne demandait jamais leur avis ! –, qui pouvait trouver un quelconque intérêt à « l'analyse du calcul de l'assiette des cotisations relatives à la maladie et à la retraite des salariés agricoles dans les exploitations de cultures maraîchères de plein champ » !

« Tout le monde s'en fout, pensa-t-il, y compris le vicieux qui a commandé cette étude. Ou alors, on trouve derrière tout ça une quelconque commission de soi-disant experts qui se doivent de faire croire qu'ils ne sont pas payés pour rien ! Et moi, comme un veau, je marche dans cette combine foireuse car moi aussi il faut que je justifie mes fins de mois ! Mais une chose est certaine, si je continue comme ça je suis foutu, bouffé par le système, et j'en crèverai très vite... »

– Nicole, demanda-t-il soudain, vous y comprenez quelque chose ?

– À quoi ?

– À ce que vous tapez ? C'est nul à pleurer ? Allez, dites-le, c'est nul, hein ?

Elle eut une petite moue dubitative mais se garda bien de donner son avis.

– Je vois, dit-il, vous allez me répondre que vous n'êtes pas là pour comprendre mais pour pianoter sur votre clavier. Vous avez raison, continuez !

« Et puis, pensa-t-il, elle n'est pour rien dans toute cette folie paperassière ! Et surtout, et je la comprends, elle n'a pas envie de se poser de question sur l'utilité de son travail, elle connaît la réponse ! Mais elle est comme moi, elle profite des aberrations d'un système qui a réussi ce tour de force d'augmenter d'année en année le nombre des fonctionnaires de l'agriculture alors que celui des agriculteurs diminue ! C'est ubuesque tout ça ! »

– Au fait, dit-il soudain, toujours pas de nouvelles de la petite Masson ?

– Non.

– Vous avez réessayé au téléphone ?
– Oui, oui.
– Quand ?
– Comme vous me l'aviez demandé, tout à l'heure avant votre arrivée.
– Alors ?
– Elle est de retour, depuis deux jours.
– Et elle n'a pas donné signe de vie... Bon, laissez tomber !

Il était de plus en plus agacé par le silence de la journaliste. Il ne l'avait pas revue depuis trois semaines et leur dîner commun. Et lorsqu'il avait voulu la féliciter par téléphone, au sujet de son article, il avait appris qu'elle était en reportage dans le midi de la France. C'était donc par un petit mot qu'il lui avait dit tout le bien qu'il pensait de son papier.

Comme il l'avait compris lors de leurs rencontres, la jeune femme ne manquait ni d'énergie ni d'audace. C'est sans aucune fioriture qu'elle avait laissé sa plume exprimer tout ce qu'elle avait sur le cœur. N'hésitant pas à appeler un chat un chat et à écrire que l'hégémonie américaine était une forme à peine déguisée de terrorisme économique, elle avait renvoyé dos à dos les experts patentés, les politiques et les eurocrates, à ses yeux tous disciples de Ponce Pilate et donc coupables de l'assassinat de l'agriculture familiale française.

Jean avait beaucoup apprécié le courage de l'auteur car il n'était point besoin d'être grand clerc pour deviner que ses prises de position et ses attaques allaient lui attirer quelques solides et définitifs ennemis.

« Mais elle doit aimer ça, cette petite pétroleuse », avait-il pensé en se promettant de le lui dire de vive voix. Car, depuis leur dîner en tête à tête, il espérait bien que l'occasion se présenterait de poursuivre leur conversation. Malheureusement, Marianne n'avait donné nul signe de vie et même pas accusé réception de sa lettre. Cet agaçant silence, qu'il ne s'expliquait pas, auquel s'ajoutait un travail qu'il trouvait de plus en plus fastidieux, n'était pas pour rien dans l'humeur assez massacrante qui l'animait depuis quelques jours.

Il s'en voulait d'autant plus de son acrimonie que les nouvelles en provenance de Saint-Libéral auraient dû lui mettre un peu de baume au cœur. D'abord parce que sa grand-mère, déjà en convalescence, avait quitté l'hôpital pour rejoindre une maison de repos où elle avait commencé des séances de rééducation. Grâce à quoi, il était à peu près certain qu'elle pourrait bientôt rejoindre Saint-Libéral et y reprendre, prudemment, ses petites promenades journalières.

Ensuite parce que, d'après Félix, toujours en place, si l'état de Jacques ne s'était pas spécialement amélioré, du moins n'avait-il pas empiré et tout laissait maintenant supposer qu'il se faisait peu à peu à l'idée de se soigner sérieusement.

Or ces informations, somme toute réconfortantes, ne parvenaient pas à le sortir de sa morosité. Car lorsque, comme c'était de plus en plus souvent le cas, lui revenait en mémoire la petite phrase de Marianne : « Après ce que vous venez de me dire, comment pouvez-vous rester au poste que vous occupez ? », force lui était de s'avouer que la jeune femme avait raison.

« Avec son petit air de ne pas y toucher, elle a tout compris ! Mais au point où j'en suis de ruminer tout ça, j'aurais bien besoin, pour y voir clair, de l'entendre me poser d'autres questions de ce genre ! »

Trente-huit ans de travail municipal, en tant que conseiller puis maire, avaient trop marqué Jacques pour qu'il puisse rester inactif, même s'il n'avait plus de mandat, quand il estimait que le village était menacé. Et s'il ne s'était pas donné la peine de tenter quoi que ce soit quand il avait appris la fermeture de l'auberge – les jeux étaient déjà faits –, il n'en fut pas de même lorsque Coste lui eut fait part de sa décision d'arrêter le ranch.

– Parce que tu comprends, dit-il à Félix, là, on peut encore se battre. Si les promenades à cheval arrêtent, demain ce sera l'expo photo estivale qui fermera et après-demain la défection de ceux qui louent le château, la fin des séminaires et des colonies de vacances et la mort de la commune ! Mon grand-père Jean-Édouard fut maire de 1914 à 1925, mon oncle et parrain, Léon, de 1925 à 1953, quant à moi, je l'ai été pendant vingt-six ans. Ce qui veut dire que la famille a géré, et bien géré, je n'ai pas peur de le dire, la municipalité pendant soixante-cinq ans ! Sur un siècle qui en a déjà quatre-vingt-huit, c'est quand même pas mal ! Alors, aujourd'hui, je refuse que tout notre travail ait été inutile et il va très vite le devenir si on ne fait rien !

– Tu n'aurais peut-être pas dû démissionner, dit Félix.

– Ça n'aurait rien changé. Quand je suis parti, ce n'était déjà plus tenable, toute la majorité était contre moi. Pouvais plus rien faire de valable, rien !

– Et maintenant ?

– Je vais aller demander au maire ce qu'il compte faire pour limiter les dégâts. Après tout, il a peut-être des idées un peu moins idiotes que la construction de la salle polyvalente. Et il sait peut-être où trouver des sous pour encourager quelqu'un à remplacer cette andouille de Coste ! C'est vrai, les notables du conseil général sont là pour ça, distribuer l'argent du contribuable, je le sais, je l'ai été ! D'ailleurs, quand il s'agit de nous fabriquer un peu partout des ronds-points à la con, avec de fausses ruines au milieu ou des prétendues œuvres d'art, l'ensemble entouré d'un gazon synthétique, ils en ont des sous, et ça coule à flots ! Alors pourquoi pas quelques subsides pour sauver un ranch semi-municipal ?

– Ce que j'aime bien chez toi, dit Félix, c'est qu'il faut vraiment te mettre KO pour que tu baisses les bras. Mais vous êtes tous pareils dans cette famille, faut s'y habituer ! Bon, on va le voir, ce maire ?

– Et que voulez-vous que je fasse, mon pauvre monsieur Vialhe ? Ce n'est pas à vous que j'apprendrai que notre commune est pauvre ! Vous nous l'avez toujours seriné quand vous étiez à ma place et que vous refusiez toute entorse au budget ! Ça n'a pas changé, hélas !

– Je sais, dit Jacques qui faillit lancer dans la conversation le coût de la salle polyvalente mais qui se retint car c'eût été la fin du dialogue. Quand même, insista-t-il, il faut sauver cette animation, elle est vitale et d'intérêt collectif, vous le savez !

– Je ne peux quand même pas contraindre Coste à continuer !

– Pas contraindre, mais convaincre, rectifia Jacques. Je ne sais pas, moi, dénichez une quelconque subvention et ça le fera peut-être réfléchir, le temps de lui trouver un remplaçant !

– Vous plaisantez, j'espère ? dit Martin. Je ne peux en aucun cas donner des fonds d'intérêt général à un particulier ! Et vous le savez parfaitement !

– Mais oui ! Et je le savais avant que vous soyez né ! Mais je sais aussi qu'il y a toujours moyen, pour un maire intelligent, d'arrondir un peu les angles lorsque les intérêts communaux sont en jeu ! dit Jacques qui déjà avait compris que Martin ne lèverait pas le petit doigt. Mais c'est quoi, ce truc ? demanda-t-il soudain en désignant ce qu'il prenait pour un poste de télévision et qui trônait au milieu d'un bureau, dans un angle de la pièce.

– Ça ? C'est notre ordinateur ! se rengorgea Martin, fier comme un dindon.

– Un ordinateur ? Et vous vous en servez ? intervint Félix, lui aussi quelque peu surpris.

– Naturellement ! Vous n'ignorez pas, messieurs, qu'avant peu toute commune devra être reliée au terminal de la préfecture ! Alors pourquoi ne pas s'entraîner tout de suite ? Il faut vivre avec son temps, c'est indispensable !

– Sans aucun doute, soupira Jacques qui, là encore, faillit demander avec quelles subventions avait été acquis l'engin, mais il estima que c'était perdre son temps et ses forces.

Il avait devant lui un homme, encore jeune – l'âge de Dominique –, probablement compétent et pas plus mauvais administrateur qu'un autre. Mais tout les séparait car ils n'étaient pas du tout animés par la même notion du service public. Lui, Jacques Vialhe, il s'était battu pour que survive sa commune, pour que s'arrête l'hémorragie qui la vidait. Aidé par quelques amis, il l'avait même portée à bout de bras, pendant des années. Martin aussi se battait, peut-être, mais il était manifeste que, sans doute au nom du changement et de la modernité, il avait tiré un trait sur tout ce que son prédécesseur, en son temps, avait mis sur pied.

– Viens, dit-il à Félix, ce n'est pas cet ordinateur qui résoudra notre problème. À mon avis, il risque même de le compliquer un peu plus...

– Et si on allait se faire offrir l'apéro chez ta sœur ? suggéra Félix dès qu'ils furent sortis de la mairie.

Il n'avait pas soif, mais la fatigue et le découragement qui creusaient les traits de Jacques l'inquiétaient.

– Un peu tôt pour l'apéro, non ? dit Jacques après avoir regardé sa montre. En revanche, on a le temps de faire un saut aux Borderies. Et comme Félix ne comprenait pas, il précisa : Oui, chez Jean-Claude Valade. Tu ne le connais peut-être pas, mais il mérite le détour, c'est le dernier jeune agriculteur de la commune, et peut-être même du canton !

Il soupira et ajouta, d'un ton qui se voulait ironique mais qui était surtout désabusé :

– Si ça se trouve, bientôt, ce sera fléché pour aller chez lui. Je vois d'ici le panneau que cet abruti de Martin fera mettre, si toutefois son ordinateur est d'accord : « Ferme des Borderies. Dans cette réserve, reconstituée à l'ancienne, est conservé le dernier agriculteur de Saint-Libéral. Pour l'encourager, on peut lui lancer quelques piécettes... »

TROISIÈME PARTIE

L'HEURE DU DÉPART

11

Jacques avait souvent revu Jean-Claude Valade depuis que celui-ci était venu lui demander conseil, trois mois plus tôt. Il savait que Jean-Claude était en passe de l'écouter et que, si ses problèmes de trésorerie étaient loin d'être réglés, du moins étaient-ils stabilisés. Il voyait donc l'avenir avec un peu moins d'appréhension et, après avoir vendu ses broutards – plutôt moins mal que prévu –, il réorganisait son étable de façon à y aménager des loges confortables pour les futurs veaux de lait.

À leur sujet, comme pour le reste, Jacques lui avait promis de lui enseigner quelques ficelles du métier. Car si le jeune homme se révélait être un bon éleveur pour bêtes de plein air, il s'avouait plutôt ignare dans l'art de conduire à bon terme, c'est-à-dire à près de deux cents kilos et en moins de quatre mois, la croissance d'un veau de lait ; d'un animal qui allait devoir grossir de plus d'un kilo par jour tout en élaborant une viande la plus pâle possible. Grâce à quoi, si certains consommateurs continuaient à avoir du goût et étaient prêts à payer assez cher pour le satisfaire, les veaux qui sortiraient de chez Jean-Claude seraient classés en catégorie de luxe et réglés comme tels par les bons bouchers.

Aussi, ayant toute confiance en Jacques, Jean-Claude fut heureux de l'accueillir en cette fin de matinée de février.

Il faisait beau, encore froid car un coupant vent d'est, soufflant sur le plateau, s'engouffrait dans la cour de ferme et ne poussait pas à s'y éterniser.

– Finissez d'entrer, invita Jean-Claude après avoir salué les deux hommes. Vous m'excuserez, dit-il en débarrassant prestement la table où traînaient encore les bols du petit déjeuner, quelques tartines et un pot de confiture ouvert. Ma femme ne rentre pas à midi..., expliqua-t-il, un peu confus, en passant un coup d'éponge sur la toile cirée.

– Porte pas peine pour ça, dit Jacques en s'asseyant.

– Vous prendrez bien l'apéritif, c'est l'heure. Je n'ai pas grand-chose... un verre de vin, peut-être ? proposa le jeune homme.

– Si tu veux, dit Jacques, mais écoute d'abord ce que je vais te dire. Voilà, tu sais que Pierrot Coste arrête son ranch, tu le sais ?

– Oui, comme tout le monde, dit Jean-Claude en remplissant les verres.

– Alors voilà ce qu'il faut que tu fasses, dit Jacques.

Et il exposa son plan.

– Mais... vous n'y pensez pas ! dit Jean-Claude lorsque Jacques eut fini. C'est... c'est impossible, infaisable !

– Tu vas quand même le faire, parce que tu es le seul qui puisse réussir, quoi que tu en penses !

– Non, non, non ! s'entêta Jean-Claude en regardant son verre.

Il avala une gorgée, fit un signe de dénégation avec la main :

– C'est impossible ! redit-il.

– Et pourquoi ?

– D'abord je ne connais rien aux chevaux. Ensuite mes vaches me donnent déjà suffisamment de travail et m'en donneront encore plus quand je ferai du veau de lait. Et enfin parce que je n'ai pas de quoi payer Coste !

– Allons, voyons tout ça calmement, dit Jacques. Pour ce qui est de ta première objection, je te répondrai que tu t'y connais sûrement plus que Coste en la matière. Quand il a commencé, il était tellement ignare que mon père avait réussi à lui faire croire qu'il ne fallait jamais laisser les juments se baigner parce qu'elles prenaient l'eau, et tu devines par où ! C'est te dire ! Pour le deuxième argument, n'oublie pas que tout ce qu'il faut à des chevaux, pendant la morte-saison, c'est un abri et de la nourriture. Dès que les enfants viennent en colonie, ils ont leurs moniteurs et ce sont eux qui organisent les balades, s'occupent de la sellerie et du pansage. Tu penses bien que Coste, avec sa trouille et sa sciatique, n'a jamais mis les fesses sur une de ses montures ! Mais c'est quand même lui qui encaissait le prix des promenades et je sais que le total n'était pas négligeable. Quant à ta troisième objection, je te concède que c'est sûrement la plus valable...

– Ben oui, approuva Jean-Claude, c'est cher des chevaux et des poneys, et les selles aussi. Et moi, moi, vous connaissez mes comptes... Je ne me vois pas revenant au Crédit agricole pour un autre emprunt, j'en ai plus que mon aise et pour encore quinze ans !

– J'entends bien, dit Jacques qui savait, depuis le

début de la conversation, que l'écueil serait là, mais tu vas quand même en faire un ! Laisse-moi parler avant de dire non ! Tu vas en faire un qui te permettra de faire patienter Coste, un modeste, avec lequel tu achèteras quelques chevaux et poneys qui prouveront que tu prends officiellement la relève. Bien sûr, l'idéal serait que tu ramasses tout le lot, mais je comprends que tu hésites. Enfin l'essentiel, c'est que tu en aies quelques-uns...

– Et moi je ne comprends rien du tout, dit Jean-Claude, un peu désemparé.

– Moi, je crois avoir deviné, intervint Félix, mon cousin manœuvre comme l'aurait fait son oncle, Léon Dupeuch, le plus redoutable marchand de bestiaux de la Corrèze, si ce n'est du Limousin !

– Je sais, dit Jean-Claude, je n'avais qu'une quinzaine d'années quand il est mort, mais on en parlait encore dans le pays, et, pourtant, il était à la retraite depuis longtemps !

– Oui, approuva Jacques, j'aurais pu avoir plus mauvais maître. Mais vas-y, toi, dit-il à Félix, explique, puisque tu crois avoir compris.

– Je pense, s'amusa le vieil homme. Voilà, Jean-Claude, vous achetez quelques montures. Vous les installez ici et, lorsque les gamins arrivent en colo, vous prévenez les responsables que c'est désormais vous qui tenez le ranch et que vous faites les mêmes prix que Coste. Tout paraît sans problème, tout le monde est content, à un détail près, dit Félix en riant doucement.

– Quel détail ? demanda Jean-Claude, de plus en plus perdu.

– Les gosses sont ravis à l'idée de faire des promenades, et les moniteurs aussi. Manque de chance, quand ils arrivent, il n'y a pas assez de montures pour tout le monde... Il est là le détail et, à mon avis, c'est à ce moment que mon cousin intervient, je me trompe ?

– Non, dit Jacques, mais toi aussi tu aurais fait un sacré mercanti !

– Vous intervenez dans quoi ? s'enquit Jean-Claude qui perdait pied.

– N'oublie pas que c'est moi qui ai fait venir l'entreprise Lierson et Meulen au château. Je ne suis plus le maire, donc plus administrateur de ce bien communal. Mais je connais toujours très bien les responsables et je suis en bons termes avec eux.

– Ah ! Et alors ? insista Jean-Claude.

– Alors ? C'est simple ! Je contacte ces messieurs, je leur explique toute la situation, les gosses qui pleurent, les moniteurs de mauvaise humeur parce qu'ils ne savent plus comment occuper les gamins, tout quoi ! Je leur dis aussi que tu as pris la relève et que tu es, de loin, bien meilleur que ce pauvre Coste et je leur fais acheter les chevaux que tu n'as pas pu acquérir et qu'il possède toujours. L'entreprise en devient donc propriétaire et elle te les confie aussitôt puisque tu as déjà organisé ton ranch et tes randonnées ! Et, en plus, ils te paieront la pension des bourrins ! D'accord, sur ceux-là, tu n'auras pas le prix des randonnées, mais tu devrais quand même t'y retrouver et ça ne peut pas faire de mal à ta comptabilité.

– Faut quand même que je réfléchisse, murmura Jean-Claude en resservant à chacun une rasade de vin, parce que, dites donc, c'est sacrément tiré par les cheveux, votre montage ! Supposez que Coste décide de tout vendre d'un coup ? Ou encore que les autres ne veuillent pas acheter les chevaux restants, je me retrouve comme un pigeon dans une casserole de petits pois !

– Coste, j'en fais mon affaire, c'est pas un méchant chien, il patientera les quelques mois nécessaires. Quant aux autres, s'ils ne veulent pas marcher, eh bien, il faudra que les enfants se contentent des quelques montures que tu auras. Mais l'important, vois-tu, c'est qu'il n'y ait pas de rupture dans l'existence de ce ranch. Même s'il est modeste, l'essentiel c'est qu'il continue à exister. Et puis qui n'essaie rien... Tu connais la suite !

– Il faut que je réfléchisse, décida Jean-Claude, que j'en parle à ma femme, que je voie avec le crédit aussi, que... Oh, quel boulot en perspective ! soupira-t-il.

– D'accord, réfléchis et viens me prévenir quand tu auras pesé le pour et le contre. Et n'attends pas trop. On est en février, il faut que tu te sois décidé d'ici avril, parce que, après, j'aurai du mal à tenir Coste. Et si on laisse filer, c'est foutu, définitivement, plus personne ne possédera de chevaux sur la commune. Il faut que je rentre maintenant, je suis un peu fatigué.

Jean était d'humeur sombre depuis qu'il avait été chargé de préparer l'émission télévisée qui devait se dérouler pendant le Salon de l'Agriculture, trois semaines plus tard.

Le principal invité étant son ministre, il importait que tous les dossiers, pense-bêtes et autres antisèches, soient peaufinés dans les moindres détails. En panne d'inspiration, mais surtout atteint d'un total dégoût pour le travail à effectuer, c'est en bougonnant qu'il relut le dernier paragraphe de son texte. Il consulta ensuite les précédents feuillets, raya trois lignes ici, cinq là, posa son stylo et lança en direction de sa secrétaire :

– C'est un vrai boulot de plouc que je fais là ! Vous entendez, Nicole, de plouc ! Et je suis poli !

La jeune femme eut son habituelle moue évasive et, connaissant son caractère, attendit la suite.

– Non mais c'est vrai, quoi ! Qu'est-ce que j'en ai à cirer de tout ce fatras ! Je suis là à bosser comme un mulet sur des sujets que j'exècre ! Les excédents, les subventions, les primes, l'abattage des vaches laitières, les zones de montagne, sans oublier les diktats de tous les abrutis de Bruxelles et tous leurs foutus plans ! Merde ! Ras le bol de ces foutaises, ce n'est pas de l'agriculture ça, c'est de la paperasserie ! Mais dites quelque chose, Nicole !

– Oh ! moi, vous savez..., éluda-t-elle.

– Oui, je sais, vous vous en foutez ! Mais si, ne dites pas le contraire ! Vous vous en foutez et vous avez raison ! Il y a combien de temps que vous travaillez ici, au ministère ?

– Huit ans.

– C'est bien ce que je disais ! Si toutes ces couillonnades qui me sortent par les yeux devaient vous... interpeller, selon la formule, ridicule au demeurant mais à la mode, il y a longtemps que vous auriez fait une dépression. Ou que vous auriez démissionné, ou les deux ! Eh bien, moi, j'y vais tout droit !

– À la dépression ? Ça m'étonnerait, ce n'est pas votre genre, dit-elle.

– Ça, vous n'en savez rien ! Mais vous avez raison sur un point, je démissionnerai avant ! Bon, dit-il en lui tendant le dossier, mettez ça au propre d'ici ce soir et je le porterai au patron. Comme ça, il aura tout son week-end pour réviser ses cours. Et puis, qu'il se débrouille. De toute façon, il ne peinera pas à briller, il n'aura que des journalistes en face de lui !

– Pourquoi dites-vous ça, la petite Masson d'*Agricola 2001* y sera ? ne put s'empêcher d'ironiser Nicole.

– Je vous dispense de vos allusions oiseuses, s'amusa-t-il.

Puis il réfléchit quelques secondes et lança :

– Eh bien, puisque vous en parlez, appelez donc son canard, tâchez de la joindre et passez-la-moi, j'ai deux mots à lui dire.

Jean apprécia beaucoup que Marianne fasse preuve de la même ponctualité que lors de leurs précédents rendez-vous chez Francis. Ce fut donc avec beaucoup de plaisir et alors qu'il venait juste de s'asseoir à sa table habituelle qu'il vit entrer la jeune femme. Il se leva, alla à sa rencontre et avec naturel, et sans tenir compte de son air un peu surpris, l'embrassa sur les joues. « En bons copains ! » précisa-t-il.

– C'est gentil d'avoir répondu à mon invitation, assura-t-il dès qu'ils furent assis.

Il était encore un peu étonné, mais ravi, de la rapidité avec laquelle la jeune journaliste, contactée en fin de matinée au téléphone par Nicole, avait aussitôt accepté de dîner avec lui. En revanche, l'étonnait toujours le long silence qu'elle avait entretenu depuis plus d'un mois.

– Pas de foie gras, donc ? s'amusa-t-il en lui présentant la carte.

– Bah ! on peut toujours essayer.

– Avec un verre de sauternes ?

– Pourquoi pas ?

– Alors à Dieu vat, dit-il au garçon, et prévenez le patron qu'il a affaire à une grande spécialiste de la gastronomie... américaine, autant dire des hamburgers ! Blague à part, dit-il, soudain sérieux et en se penchant un peu vers elle, pourquoi ce mutisme si longtemps ? Et mon mot, vous l'avez reçu au moins ?

Elle acquiesça d'un sourire mais garda le silence.

– Vous ne vous en tirerez pas comme ça, prévint-il, je vous rappelle, pour mémoire, que c'est vous qui, en janvier, m'avez relancé, si, si, relancé !

Il comprit qu'elle n'était pas disposée à aborder le sujet et enchaîna :

– Comme je vous l'ai écrit, j'ai beaucoup apprécié votre article. Et je sais qu'il a fait du bruit dans Landerneau, du vacarme même !

– Ah ! ça..., dit-elle en examinant la tranche de foie gras que le garçon venait de poser devant elle.

– C'était un excellent papier, insista-t-il, bien construit, franc, courageux, et je suis sincère.

– Je n'en doute pas, murmura-t-elle en goûtant le foie. Pas mal, jugea-t-elle, il a plus de chances d'être de Hongrie que de chez nous, mais il n'est sûrement pas d'Israël, il est trop goûteux et ferme pour venir de là-bas.

Il faillit lui dire que tout ça n'avait aucune importance et que seul devait compter le plaisir d'être là, tous les deux à parler, ou non, métier, du moins à faire plus ample connaissance.

Il nota pourtant un fond de tristesse dans son regard et s'autorisa à insister :

– Vous avez dû avoir beaucoup de réactions après votre papier ?

– Ah ! ça..., redit-elle.

Il l'observa et comprit.

– Vous vous êtes fait taper sur les doigts, c'est ça ? Je vous avais prévenue, non ?

Elle approuva et il fut certain, en voyant ses battements de cils beaucoup trop rapides, qu'elle mettait toute sa volonté à retenir ses larmes.

– Allez-y, proposa-t-il, annoncez la couleur, ça vous fera du bien. Beaucoup de lettres d'insultes ?

– Très peu, plutôt des lettres de félicitations, très chaleureuses. Mais, parallèlement...

– Oui ? l'encouragea-t-il.

– Qu'est-ce que j'ai pris par la direction !

– Ce sont les gens de votre canard qui vous ont engueulée ?

– Et comment ! Ah ! les chiens !

– Non mais tu rigoles, ou quoi ? dit-il sans prendre garde à son soudain tutoiement.

Elle ébaucha un petit sourire un peu triste et posa la main sur celle de Jean :

– Tu es sympa, dit-elle, et tu as raison, on se tutoie, c'est plus simple.

– D'accord, mais explique, quoi ! Bon sang, ils l'ont lu avant de le publier, ton brûlot !

– Bien entendu ! Mais le savon n'est pas venu des copains avec qui je travaille, pas même du rédacteur en chef, c'est un gentil, lui. Mais comme il s'est fait salement engueuler avant moi, j'en ai pris ensuite plein le museau ! Une avoinée de première ! Alors maintenant, évidemment, pour les reportages que je voulais faire...

– Je vois, murmura-t-il en lui caressant le poignet. Puis il vit qu'elle était à bout et lança : Dis, tu ne vas pas, en plus, leur faire l'honneur de pleurer en public, à ces cons ! Mais laisse-moi deviner. Ton journal appartient bien à cette vieille crapule de Tansser, le roi de la presse professionnelle ? Et l'empereur du retournement de veste, l'homme qui est toujours du côté du manche ?

– Oui, oui, c'est ça. Alors tu comprends ? Une grosse partie de la publicité que nous avons, et nous en avons beaucoup, émane des multinationales, et ça, je n'y avais pas pensé, je suis sans doute trop naïve.

– J'ai pigé, dit-il en lui effleurant de l'index la commissure des lèvres ; relève les coins, comme on dit chez nous, ça donne tout de suite meilleur visage ! Oui, j'ai compris. Qui dit multinationales dit grosses industries mécaniques, tracteurs, moisse-battes, et tout le bataclan ! Et aussi tous produits chimiques, engrais, phytosanitaires et pas mal de traitements vétérinaires ! Et on doit aussi trouver beaucoup de semences sélectionnées, blé, triticale, maïs et le reste ! Ça fait des tonnes et des tonnes d'argent tout ça ! Alors bien sûr, comme ces boîtes sont en partie sous coupe américaine, elles n'ont pas du tout apprécié de se faire tirer au bazooka comme tu l'as fait. Par le jeu de la pub, elles ne paient pas ton canard pour se faire étriller !

– Exactement. Et c'est pour ça que la foudre est tombée de très haut, du grand patron.

Il goûta le sauternes glacé, apprécia :

– Tu peux y aller, il est bien, l'encouragea-t-il. Je peux encore poser une ou deux questions ?

– Bien sûr.

– Si tu avais prévu les retombées, tu aurais quand même fait ton papier ?

– Tu cherches à me vexer, hein ? Ah ! oui alors, je l'aurais fait, mais encore plus vache !

– Très bien. Alors deuxième question, pourquoi ne m'as-tu rien dit dès que j'ai cherché à te joindre ? Tu n'étais pas plus en reportage que je suis évêque, c'est ça ?

– Tu as raison. Après m'être fait méchamment laver la tête, j'ai posé quelques jours de congé, pour me refaire un peu et aussi pour faire le point.

– Dans le Midi, comme on m'a dit ?

– Non, à côté de Saint-Malo. Là au moins, surtout en cette saison, on se frotte pour de bon aux éléments, aux vrais, et on respire !

– D'accord. Et maintenant, ton boulot, ils ne t'ont quand même pas vidée ?

– Non, pas encore. Mais comme il n'existe pas de rubrique chiens écrasés dans le journal, je risque fort d'avoir désormais à traiter de sujets aussi passionnants que l'éradication des taupes ou des surmulots, ou alors du désherbage des carottes...

– Tu aurais dû me prévenir, j'aurais au moins essayé de te remonter le moral.

– Non.

– Ah bon, dit-il.

Il l'observa, devina qu'elle n'irait pas plus loin dans ses confidences.

– C'était quand même un très bon article et, dans le fond, une très bonne action, décida-t-il. Et maintenant, à mon tour...

Elle le dévisagea avec étonnement.

– À ton tour de quoi ?

– Tu te souviens, l'autre soir, tu m'as posé une question au sujet de mon boulot auquel je ne croyais pas.

– Oui. Et tu m'as dit que tu avais peut-être d'autres projets.

– Exact. Mon travail au ministère, je n'y crois plus du tout, d'ailleurs, je ne suis pas sûr d'y avoir jamais cru. Alors, maintenant, pour être franc, ce boulot m'emmerde, j'en ai plein les bottes d'être complice de tous les voyous qui nous manipulent. Et tout ce que tu viens de me dire me prouve à quel point les dés sont pipés. Toi, moi, les honnêtes et naïfs petits fantassins de base, nous travaillons comme on croit devoir le faire. Mais tout nous passe par-dessus la tête, quoi qu'on fasse. Alors voilà, puisque ici tout est perverti, je largue toutes ces conneries, ces ronds de jambe, ces compromissions, ces putasseries ! Je lève l'ancre ! Et tu y seras pour quelque chose car ton histoire, pour moi, c'est un peu l'étincelle qui fait déborder le vase, comme dit Gaston Lagaffe !

– Tu lèves l'ancre ? Comment ça ? demanda-t-elle d'un ton qui lui sembla sinon inquiet, du moins déçu.

– Oui, tu ne peux pas comprendre. Tu vois, j'ai fait une partie de mes études pas loin d'ici, rue Saint-Dominique, à La Rochefoucauld jusqu'au bac. Et déjà, je voulais être éleveur. Je ne te raconte pas la gueule des profs à qui j'expliquais ça ! J'ai eu très vite une réputation de cinglé ! Mais ça ne m'a pas empêché de faire agro, et je voulais toujours être éleveur. Et tu as maintenant devant toi le pitoyable et sinistre résultat d'une vocation ratée, un sous-fifre comme on en fabrique tous les ans dans nos grandes écoles, un pas-grand-chose aux ordres d'un ministre, belle réussite, non ? J'aurai trente ans l'année prochaine ; si je continue comme ça, à quarante ans je serai toujours dans le même boxon, en plus abruti ! Et pourtant je n'ai qu'un mot à dire pour que tout change et que je devienne enfin ce que j'ai toujours voulu être, éleveur !

– Mais... tu as une ferme ?

– Pas à moi, mais j'en ai quand même une qui m'attend, et une belle, si je veux !

– Alors pourquoi hésites-tu ? Qu'est-ce que tu attends ?

– Une impulsion, un déclic sans doute. Ou encore que quelqu'un me dise de foncer.

– Ne compte pas sur moi, le prévint-elle, c'est ton affaire, ta décision, je me trompe ?

– Pas du tout, dit-il en lui reprenant la main. Mais, blague à part, toi qui es curieuse, ça te dirait d'essayer de faire un petit bout de chemin avec moi ?

– Faut voir, dit-elle après avoir réfléchi, ça peut s'envisager, se discuter.

– Et on peut le faire chez moi, tranquille, devant le dernier verre !

– Ça aussi c'est envisageable...

– Alors finissons de dîner et envisageons-le !

– Dis-moi si je me trompe, tu n'étais pas un petit peu en attente ? Tu réponds si tu veux, bien sûr, dit Jean en suivant du bout des doigts la douce courbe de la hanche de Marianne, allongée à ses côtés.

Yeux clos, mains croisées derrière la nuque, elle paraissait dormir. Il savait qu'il n'en était rien car son souffle n'était pas encore assez apaisé et régulier pour être celui du sommeil.

– Ma question était indiscrète ?

– Tout dépend de ce que tu appelles en attente. Si c'est une variante de : « Alors, heureuse ? » du macho dans toute son horreur et sa bêtise, je ne prendrai même pas la peine de relever cette ânerie. Tu as déjà eu la réponse et il ne tient qu'à toi d'en avoir d'autres.

– J'espère bien.

Elle se redressa, s'installa au milieu des oreillers, alluma une cigarette et lui sourit. Mais il nota, une fois de plus, l'ombre de tristesse qui voila un instant son regard.

– J'avais raison, dit-elle soudain.

Et comme il la fixait sans comprendre, elle l'attira contre elle et poursuivit :

– Oui, j'avais raison. Il faut que tu le saches, je ne voulais pas te revoir. C'est pour ça que je n'ai pas répondu à tes coups de fil, ni à ta lettre. Je redoutais que ça finisse comme ça. Parfaitement, je l'ai craint dès qu'on s'est rencontrés dans le train, et voilà.

– Tu regrettes vraiment d'être là ?

– Si tel était le cas, je serais déjà partie.

– Alors je ne vois pas où est le problème.

– Moi si ! Essaie de comprendre, dit-elle en lui caressant la tête qu'il avait posée sur son ventre, je suis échaudée, voilà ! Trois ans de mariage avec la pire espèce de crétin, nul en tout ; trois ans ratés dès le premier jour, la bataille du divorce ensuite, lamentable, comme toujours. Et puis les types qui draguent, les soirées bien remplies et les matins solitaires, l'horreur. Alors un jour, le ras-le-bol total. J'ai voulu arrêter tout ce mauvais cinéma. J'ai réussi, quatre mois, d'où peut-être l'attente dont tu parlais... Mais ça allait à peu près, à condition d'être prudente. Et toi tu arrives, et tu m'allumes comme c'est pas permis !

– Alors là, tu es sacrément gonflée ! protesta-t-il en se redressant. Il lui prit la cigarette des mains, l'écrasa. Sacrément gonflée ! redit-il en l'enlaçant. Bon Dieu, ce n'est quand même pas moi qui t'ai relancée sous prétexte d'un article à faire ! Et d'ailleurs, même dans le train, c'est quasiment toi qui m'as sauté dessus ! J'ai cru que tu allais me violer, enfin presque ! Alors, comme ça, tu ne voulais plus me revoir ? dit-il en la serrant un peu plus contre lui. Pourtant, je n'ai pas eu beaucoup à insister pour que tu viennes ici ce soir ! Et, tout à l'heure, dis-moi si je me trompe, mais franchement, je n'ai pas eu à batailler une seconde pour qu'on se retrouve dans ce lit, et dans cette tenue !

– Je sais. Je m'en veux quand même d'avoir cassé mes bonnes résolutions. Et je n'ai pas fini de m'en mordre les doigts, je le sais.

– Qu'est-ce que tu chantes là ?

– Rien. Parlons d'autre chose. Ou faisons autre chose, si tu préfères...

– Non, non, pour ça, on a tout le week-end. Moi, je veux d'abord des explications.

– Tu les as eues. Tu m'as chamboulée dès le début. Et ce soir n'a fait qu'aggraver les choses. Voilà. Et maintenant, si je t'ai bien compris, tu vas sans doute partir je ne sais où et, une fois de plus, je resterai sur le carreau, comme une vraie conne que je suis !

Il la bascula en travers du lit, se pencha vers elle :

– Tu as dit que j'allais sans doute partir, ça se précise, oui, de minute en minute. Si je pars, qui t'empêche de me suivre ?

Elle l'observa longuement, comme pour s'assurer qu'il ne plaisantait pas, que sa proposition était sérieuse, pesée.

– Chiche ! dit-elle.

– Fais quand même très attention à ce que tu dis ! Je pars très, très loin, dans un pays plutôt... disons instable, pas très calme, quoi. Tu as dit « chiche » sans même savoir où j'allais, alors ?

– Alors je le dis toujours, chiche !

– Eh bien, à Dieu vat ! On hisse les voiles, direction... Nouvelle-Calédonie, toujours d'accord ?

– De plus en plus. Et pour tout.

12

Fidèle à la promesse faite à Félix, mais toujours bien décidé à ne pas tenir compte des avis de la Faculté, Jacques, les pieds lourds et la colère à fleur de peau, se rendit enfin à Brive chez le cardiologue indiqué par le docteur Peyrissac. Et parce que, en dépit de ses dénégations, il était beaucoup plus fatigué qu'il ne le laissait paraître, c'est avec plaisir qu'il se laissa conduire par Félix.

Par malchance, en ces premiers jours de mars, un froid sournois s'était abattu sur la région et, ce jour-là, ce fut dans une tempête de neige et de grésil que Félix et Jacques firent la route jusqu'à Brive.

– Il fait vraiment un temps à aller faire des enfants chez les autres, comme disait parrain, mais ça, on pouvait s'en douter, commenta Jacques. On a crevé de chaud en janvier, pas eu trop froid en février et maintenant on commence l'hiver !

– Bah ! ça s'est déjà vu, surtout à mon âge, plaisanta Félix en se garant devant le cabinet du cardiologue. Qu'est-ce qu'on fait ? Je te reprends dans une heure ou je t'accompagne ? Je lirai dans la salle d'attente.

– J'aimerais mieux que tu viennes, avoua Jacques,

on ne sera peut-être pas trop de deux pour se débarrasser de ce charlatan ! Et puis, si tu restes là, tu vas geler dans la voiture.

– Alors, allons-y ! Et ne fais pas cette tête, tu ne montes pas à l'échafaud !

– Non, mais j'ai quand même l'impression de foncer droit dans une embuscade et je n'aime pas ça du tout !

Grâce aux orages qui par chance n'avaient pas dégénéré en tornades, comme c'était souvent le cas en cette saison, la terre en ce début d'automne austral était suffisamment humide et souple pour s'ouvrir à la charrue.

Déjà, depuis trois semaines, Dominique avait fait commencer les labours dans les pièces qu'il comptait faire emblaver en prairie artificielle et en céréales. D'autre part, depuis des mois, il avait commencé la mise en culture, après arrachage des niaoulis et des envahissants acacias de Farnèse aux redoutables épines, d'une vaste étendue qui, partant de la plaine, grimpait en pente douce vers les monts qui, à l'est, surplombaient la station.

Dans cette surface où, jusque-là, musardaient les bovins sans en tirer profit, car le pacage, étouffé par les arbres et les buissons, était maigre, permettant à grand-peine de nourrir une demi-bête à l'hectare, Dominique comptait semer de la luzerne.

Grâce à la profondeur du sous-sol, bien défoncé au ripper et débarrassé de ses rochers et de ses pierres, la légumineuse pourrait croître à foison, résister aux sécheresses et fournir un excellent fourrage.

Mais avant, maintenant que le sol était propre, nettoyé de ses tonnes de caillasse et de racines arrachées par le passage croisé d'un gros cultivateur canadien, encore fallait-il labourer la totalité de ce que Dominique, en souvenir de Saint-Libéral, avait décidé de baptiser la Pièce Longue. Il était vrai que celle-ci s'étendait au pied de la montagne, comme celle de Corrèze que surplombaient les puys. Mais, à la différence de son homonyme limousine qui regroupait un hectare, celle-ci en totalisait plus de cinquante ! Restait maintenant à savoir laquelle des deux aurait la meilleure terre.

À ce sujet, Dominique connaissait la réponse. Celle qu'il était en train de mettre en valeur, et pour prometteuse qu'elle soit par rapport à d'autres terres de l'île, ne pouvait être aussi riche et généreuse que celle des Vialhe. L'une était apprivoisée depuis des siècles, entretenue par le travail acharné de générations de laboureurs et enrichie autant par leur sueur que par les tonnes de fertilisants dont ils l'avaient nourrie. L'autre était jeune, belle d'aspect sans doute, mais maigre, aimable peut-être, ou rebelle, généreuse ou avaricieuse mais, en tous les cas, pas encore assez choyée et retournée pour donner le meilleur d'elle-même. Cela viendrait sans doute un jour, plus tard ; à condition toutefois que ceux qui la prendraient en charge le fassent avec passion. Et c'est ce qu'il se préparait à faire. De lui, Béatrice qui le connaissait bien disait toujours, un brin moqueuse :

– C'est simple, tu n'as jamais su résister à la vue d'une charrue ! À la moindre occasion, tu sautes sur le premier tracteur venu, pour peu qu'il ait un soc derrière, et tu oublies tout le reste, même ta femme !

C'était en partie vrai et elle avait souvent vérifié la justesse de ses propos. Aussi, en ce dimanche matin où une grande partie du personnel était en congé, Béatrice avait compris. Point n'était besoin d'être pythonisse pour deviner où allait son époux. Car ce n'était pas pour le plaisir de se promener en brousse qu'il faisait vrombir le moteur du tracteur quatre roues motrices de cent vingt chevaux. De même, n'était-ce pas pour s'amuser avec le relevage hydraulique de l'engin qu'il avait attelé le lourd brabant à cinq socs dont les versoirs, récemment polis dans d'autres labours, scintillaient au soleil comme un bouquet de feu d'artifice.

– Tu seras quand même là pour déjeuner ? lui avait-elle demandé avec un petit sourire ironique.

– Bien entendu ! Avant même ! Je vais juste voir ce que ça donne et je reviens tout de suite !

– C'est ça, à tout à l'heure, pour déjeuner !

Et il était parti, heureux, droit vers la Pièce Longue, cette terre immense et un peu désolée qui n'attendait que lui pour devenir un labour magnifique, riche de promesses.

Au début de son arrivée sur la station, il avait vite remarqué que les petites fantaisies qui consistaient à s'installer au volant d'un tracteur et qu'il s'offrait parfois surprenaient et même sans doute choquaient une partie des salariés. En effet, qu'ils soient kanaks, métis ou blancs, à leurs yeux, sa place n'était pas là, il n'avait pas à faire leur travail. Même Antoine Garnier, pourtant peu conformiste, lui avait laissé entendre que sa situation de patron et son autorité risquaient de pâtir d'une si flagrante fantaisie. Dominique lui avait donc expliqué, ainsi qu'à Georges Leduc – contremaître à

Cagou-Creek depuis vingt ans et en qui il avait toute confiance –, et à charge pour eux d'en avertir tout le monde, que c'était parce qu'il prenait son métier à cœur qu'il avait besoin de découvrir la terre qu'on lui avait confiée ; pour mieux la connaître, donc mieux la gérer. Et quel meilleur moyen, pour savoir ce qu'elle valait, que de s'offrir une séance de labour ?

Il n'avait jamais su si ses arguments avaient convaincu tout le monde. Le fait est que, petit à petit et parce qu'il lui arrivait aussi d'effectuer parfois un tour de hersage ou de fauche, les hommes de la station s'étaient fait à l'idée de voir le patron prendre leur place. Plus personne ne semblait choqué et il en venait même à penser qu'on le croirait malade et affaibli s'il restait trop longtemps sans grimper sur un tracteur. Mais, en ce jour de mars, il savait qu'il allait s'offrir quelques heures de vrai bonheur.

– Alors ? demanda Jacques en remettant sa chemise.

– Mon confrère Peyrissac a raison, ce n'est pas fameux, dit le cardiologue en examinant attentivement le tracé de l'électrocardiogramme et des tests d'endurance.

– Je le sais, mais encore ?

– Encore ? Si j'avais une quelconque influence sur vous, je vous ferais hospitaliser sur-le-champ, pour parfaire les diverses analyses. Et j'en profiterais aussi pour faire faire une échographie. Mais le docteur Peyrissac m'a prévenu que vous n'en faisiez qu'à votre tête, alors...

– Alors je suis venu pour rien ? C'est bien ce que je pensais !

– Non, vous savez au moins que votre cœur ne tiendra pas aux trop gros travaux qui sont ceux de votre métier ! Que votre cœur et vos coronaires sont usés et que j'ai des clients à qui j'ai proposé un pontage pour moins que ça !

– Vous parlez de cette charcuterie qui consisterait à changer ma tuyauterie ? C'est ça ?

– Exactement. Mais vous ne voulez pas, naturellement ?

– Je ne veux pas. Bon, écoutez, on ne va pas se battre. Je présume qu'il existe des médicaments et peut-être même un régime alimentaire adéquat ? Eh bien, prescrivez-les, je les suivrai et n'en parlons plus !

– Vous les suivrez, vous les suivrez ! Peut-être en ce qui concerne les médicaments. Mais si j'en crois le docteur Peyrissac, vous n'arrêterez pas pour autant votre métier !

– Laissez donc Peyrissac de côté. Donnez-moi votre ordonnance et je me charge du reste !

– C'est vous que ça concerne, mais je vous préviens, je ne peux pas faire de miracles ! dit le médecin en commençant à écrire.

Il relut ses prescriptions à haute voix, expliqua quelques détails et, une fois sa consultation réglée, accompagna Jacques jusqu'à la porte.

– C'est donc entendu, dit-il, je vous revois dans trois semaines ?

– Il n'est pas interdit d'espérer..., dit Jacques en sortant.

– Alors ? demanda Félix dès qu'ils furent installés dans la voiture.

– Alors ? Impeccable, tout est en ordre ! Avant de remonter chez nous, arrête-moi à la prochaine pharmacie, j'ai quand même quelques bricoles à prendre.

Heureux, car la terre retournée était belle, homogène, et que les cinq socs effectuaient un travail parfaitement régulier, Dominique, arrivé en bout du champ, vira dans la fourrière. Il retourna le brabant d'une simple poussée des doigts sur la manette du système hydraulique, engagea les roues droites du tracteur dans le fond du dernier sillon précédemment ouvert, ancra sa charrue et commença une autre planche.

Derrière lui s'alignèrent aussitôt cinq nouvelles bandes de cette terre rougeâtre, un peu lourde qui, grâce à lui, s'ouvrait au soleil pour la première fois. Une terre aimable, qui se prêtait sans retenue au travail des socs, se fendait et se torsadait en montant le long des larges et luisantes oreilles, en crissant doucement. Et qui retombait, moelleuse, sans à-coup ni rupture, en de larges et réguliers rubans qui filaient, droits comme des flèches, vers l'autre extrémité du champ, tout là-bas, à près de neuf cents mètres.

Et cette immensité aussi, pour Dominique, c'était le bonheur. Bonheur d'avoir eu l'idée de cette défriche, de cette mise en valeur d'un sol qui, jusque-là, n'était qu'un morceau de mauvaise brousse et qui, peu à peu, devenait un labour. Bonheur enfin d'être le premier à sceller, grâce à la charrue, cette alliance entre la terre et les hommes, ces indispensables, vitales et fécondes épousailles.

Il se retourna, apprécia son travail où, déjà, merles des Moluques, tourterelles et notous – ces énormes et maladroits pigeons du pays – ainsi que de grands vols de bengalis picoraient les mottes à la recherche de quelques très improbables graines. Puis il s'étonna de la hauteur du soleil, regarda sa montre et eut un petit rire.

« Sûr que je vais me faire engueuler, il est furieusement temps de rentrer ! »

Les grandes vacances étant finies depuis fin février, ce n'étaient pas les enfants, demi-pensionnaires à l'école, qui pouvaient être pressés de se mettre à table. Mais Béatrice devait quand même avoir hâte de le voir revenir.

« Bon, décida-t-il, je finis cette planche et je rentre. D'abord je déjeune et après, une petite sieste. S'agit d'être en forme ce soir ! »

Il n'en revenait toujours pas de cette invitation lancée par Amédée Koutiat qui les conviait, le soir même, Béatrice et lui, ainsi que les enfants, au bougna qui clôturait la fête de l'igname.

Dès son arrivée sur le territoire, Dominique, pour éviter les impairs, avait voulu découvrir les principales traditions qui réglaient la vie des aborigènes. Ainsi avait-il appris que sur les îles Loyauté, mais aussi en quelques points de la côte est, se déroulait tous les ans, entre février et début mai, la célébration de l'igname. Réjouissance traditionnelle qui s'étendait sur plusieurs jours et au cours de laquelle était fêtée dans les tribus, tous clans réunis, la nouvelle récolte de la racine sacrée. Outre cette sorte de grand-messe quasi animiste, la fête permettait aussi de réconcilier, au sein des familles et des clans, tous ceux qu'avaient séparés au cours des mois précédents quelques brouilles ou litiges. Très peu pratiquée dans la région de Cagou-Creek jusqu'à l'accession d'Amédée Koutiat à la tête de la chefferie, la fête, sous son impulsion, était en passe de reprendre la place essentielle qu'elle avait dans la mémoire collective du peuple kanak. Et même si elle était très loin d'atteindre l'importance qu'elle avait dans les tribus des Loyauté où elle se déroulait pendant plusieurs jours, Dominique savait très bien qu'elle n'en était pas moins un authentique symbole. Aussi, être invité à sa clôture par Amédée était un incontestable honneur et surtout l'affirmation que le différend qui les avait opposés était oublié. C'était très bien ainsi et Dominique s'en réjouissait d'autant plus que, sur un plan général, les rapports entre les indépendantistes et le reste de la population se dégradaient beaucoup ; et les déclarations aussi tonitruantes que maladroites de quelques politiciens n'arrondissaient pas les angles !

Ainsi, sur la côte est de l'île, moins de quinze jours plus tôt, suite à une obscure histoire née d'un problème foncier, une centaine de militants indépendantistes avaient, de nuit, attaqué un groupe de gendarmes et pris neuf otages parmi eux. Tout avait heureusement fini par rentrer dans l'ordre sans effusion de sang, et Poindimié, lieu de ces échauffourées, était à plus de deux cent cinquante kilomètres de Cagou-Creek. Malgré cela et le calme, apparent, qui régnait parmi le personnel de la station, Dominique ne doutait pas une seconde qu'un rien pouvait mettre le feu aux poudres. Aussi était-il plein de reconnaissance pour ce brave Antoine Garnier, artisan de cette réconciliation inattendue avec Amédée.

Car c'était Antoine, et lui seul, qui avait estimé que les relations entre Dominique et le chef de la tribu ne pouvaient continuer à être aussi tendues, aussi chargées de suspicion et de rancœur. En vieux broussard, il ressentait presque physiquement la colère latente qui planait sur le territoire et s'en défiait beaucoup. Il avait donc décidé, sans rien en dire à Dominique, de jouer les bons offices. Et comme ses contacts avec Amédée, sans être très chaleureux, étaient quand même bons, il avait été lui rendre visite, cadeau sous le bras.

Dominique ignorait tout des arguments développés par Antoine. Tout au plus, de l'aveu même du négociateur, savait-il que la discussion s'était éternisée avant qu'une heureuse conclusion n'intervienne enfin. Il avait appris aussi que les palabres, ô combien laborieux et délicats, n'avaient pu être menés à bien que grâce à l'aide efficace d'un certain nombre de bouteilles de Number One, bière brassée sur le territoire.

– Faut dire qu'il faisait chaud et que parler donne soif, avait reconnu Antoine avant d'ajouter, usant d'une expression très locale : Quand je suis reparti, derrière nous, c'était bleu de canettes vides, mais l'affaire était réglée !

– Je vois, avait souri Dominique qui savait depuis longtemps, sans toutefois en connaître l'origine, que le bleu en question était synonyme de beaucoup !

Toujours est-il que, deux jours plus tard, il recevait, par porteur, une lettre manuscrite d'invitation pour le bougna de la fête de l'igname.

Au sujet de cette préparation culinaire locale, il se souvenait avec amusement de la réflexion de Béatrice lorsque, dès la première semaine de leur arrivée sur le territoire, le père d'Amédée les avait conviés à partager un bougna.

– Dans quel pays tu m'as conduite ? Ne me dis pas qu'ils mangent des charbonniers ici !

– Si, si ! Et Auvergnats de préférence ! Il paraît

qu'ils ont un petit arrière-goût de chou tout à fait délectable ! s'était-il moqué à bon compte car il ne savait lui-même que depuis peu ce qu'était le bougna.

En l'occurrence une recette locale à base de poisson ou de viande, accompagné d'igname et de taros, baignant dans le lait de coco. Le tout, enveloppé dans des feuilles de bananier, était ensuite cuit au four kanak, pierres plates chauffées puis disposées à même le sol au fond d'un trou et recouvertes de braises au centre desquelles mijotait la préparation. Le résultat, délicieux, avait convaincu Béatrice qu'il ne fallait pas trop se fier à la phonétique, du moins en cuisine.

« Enfin, heureusement que la chasse à la roussette n'est pas encore ouverte, et que son braconnage est sévèrement sanctionné, calcula-t-il, car, pour le coup, ça gâcherait la soirée de Béatrice ! »

En effet, malgré les expériences en matière alimentaire qu'elle avait tentées, des années plus tôt lors de son séjour en Afrique, son épouse n'avait jamais pu se faire à l'idée d'avaler une seule bouchée de roussette, ce mets recherché et tenu pour une des spécialités gastronomiques du pays. Pourtant, Dominique lui avait expliqué et démontré que l'animal était exclusivement frugivore et, d'autre part, que sa chair bien mitonnée en ragoût était excellente, mais elle n'avait pas cédé.

– Non, non ! pas question ! avait-elle assuré. J'ai déjà goûté du serpent, du lézard et même du singe, mais une chauve-souris, ça, jamais ! Quelle horreur !

Depuis, entre Dominique, Béatrice et leurs amis calédoniens, ce qu'ils appelaient tous l'incurable maniaquerie de la jeune femme était un sujet de plaisanterie chaque fois qu'ils s'invitaient à dîner.

« Et, si ça se trouve, Amédée est au courant et rien que pour s'amuser à bon compte il est capable d'en proposer une ce soir à Béa ! Une roussette de braconnage, ce serait le comble ! » s'amusa-t-il en se retournant une nouvelle fois pour apprécier son travail. Il était magnifique.

– Tu te doutes bien que je n'ai pas cru un mot de ce que tu m'as raconté ce matin en sortant de chez ton toubib, dit Félix après avoir aidé Jacques à rattacher une vêle qui frisait les deux cents kilos.

L'animal, dont le museau était encore couvert d'une mousse de lait et de bave, était tellement repu qu'il n'avait opposé aucune résistance pour rejoindre son box. Mais il n'en était pas de même pour tous les veaux que Jacques devait faire téter soir et matin. Deux mâles surtout prenaient de l'audace et commençaient à afficher quelques velléités d'indépendance et de chahut ; ils s'offraient des gambades, ruaient, avaient de plus en plus tendance à refuser le licol. Naguère, Jacques eût remis ces mauvais sujets en place en moins de temps qu'il ne leur en fallait pour traverser l'étable au grand galop. Mais Félix, qui avait l'œil, savait que cette époque était révolue. Il savait surtout qu'il ne serait pas toujours là pour donner un coup de main à son cousin.

– Alors, insista-t-il, que t'a dit le cardiologue ?

– Rien que je ne sache déjà. Ou, si tu préfères, tout ce que j'attendais qu'il me dise. Mais bon, je vais me soigner, voilà tout. Et puis Peyrissac n'est pas loin, au moindre problème il sera là.

– Tu vas te soigner comment ? En faisant tout un

tas de travaux que tu ne devrais plus entreprendre, c'est ça ?

– Joue pas les inquisiteurs, tu veux ! dit Jacques en s'asseyant sur une botte de luzerne. Tu as vu comme elle est belle, cette petite ? dit-il en désignant une vêle de deux mois qui tétait encore. C'est la fille d'Épatant et de Querelle et on dira ce qu'on voudra, mais l'insémination artificielle ça fait de fameux résultats !

– Arrête de te foutre de moi ! dit Félix en s'asseyant à son tour. Je ne doute pas que ton cheptel soit magnifique mais, pour l'heure, ce n'est pas lui qui m'intéresse, d'ailleurs je n'y connais rien ! Moi, je ne vais pas rester ici jusqu'à la fin des temps. Si j'aime bien Saint-Libéral et vous tous, j'aime aussi ma Brenne, je suis de là-bas, moi ! Tu vois, mes forêts et mes étangs me manquent, je les fréquente depuis presque quatre-vingts ans, ça crée des habitudes et des liens. Alors, puisque ta mère revient cette semaine et qu'elle semble tirée d'affaire, je ne vais plus m'attarder.

– Bien sûr, c'est normal.

– Comprends-moi, quoi ! Si je reste encore un peu, on va s'habituer à travailler gentiment ensemble. D'accord, je ne suis plus très costaud, mais j'ai l'impression de l'être plus que toi. Alors, au lieu de prendre la décision qui s'impose, tu vas, grâce à ma présence, te faire une petite cote mal taillée. C'est vrai, à tous les deux on ne se débrouille pas trop mal, mais ça ne peut pas durer.

– Je sais. Écoute, tu as réussi à m'expédier chez le cardiologue, c'est déjà très bien. Pourquoi veux-tu t'occuper de la suite ? Il faut te le dire en russe que je vais me soigner ?

– J'aimerais mieux que tu me dises, en français, que

tu te prépares à passer la main, d'une façon ou d'une autre. Oui, insista Félix avec un geste du bras en direction des bêtes, tu ne vas pas pouvoir continuer avec elles, tu n'y tiendras pas !

– Je sais. Garde ta salive. Je suis assez grand pour savoir ce que j'ai à faire. Passer la main, dis-tu ? Oui, d'accord, mais à qui ? Prendre un ménage pour travailler à ma place ? Qui le paiera ? Il me bouffera toute la propriété en un rien de temps ! Proposer les terres aux voisins ? Quels voisins ? Je n'en ai plus ! Ou plutôt si, mais ils sont tous en presque aussi piteux état que moi ! Et les bêtes, qu'est-ce que j'en fais ? Je les brade ? Non, non, laisse-moi le temps de gérer tout ça, tranquille.

– Le temps, tu sais...

– Merci de me rappeler qu'il m'est compté, c'est la deuxième fois, le même jour, que j'entends à peu près le même pronostic... Je ne demande pourtant pas l'impossible, dit Jacques, juste... – il compta sur ses doigts – juste quatre mois ! Ce n'est pas énorme !

– Qu'est-ce que tu mijotes encore avec tes quatre mois ?

– Rien. Rien, juste mon abdication, tu es satisfait ? Quatre mois pendant lesquels, par pitié, arrangez-vous, tous, pour me foutre la paix !

– Volontiers, si tu m'expliques.

– Dominique vient cet été, il me l'a promis.

– Et alors ? Il repartira vite, tu ne vas quand même pas lui demander de s'installer ici ?

– Bien sûr que non ! Ici, c'est foutu, terminé, ce n'est pas à moi qu'il faut le dire. Vu notre âge, à Michèle et à moi, on pouvait espérer aller un peu plus loin. On ne dépense plus grand-chose et j'ai quasiment fini de rembourser mes plus gros emprunts. On commençait à souffler... Mais pour un jeune comme Dominique, avec des gosses à élever et les habitudes, de travail et de salaire, prises à l'étranger, c'est impossible et je serais le premier à m'y opposer. Pourquoi se voiler la face, la ferme, c'est fini ; elle est virtuellement morte, comme quelques centaines de milliers de fermes comparables en France.

– Alors que vient faire Dominique dans ton histoire ?

– Il m'aidera, assura Jacques en se levant pour aller rattacher la petite vêle. Docile, elle se laissa conduire dans sa loge. Oui, il m'aidera, dit-il en revenant, je suis sûr qu'il trouvera la solution, parce que je suis certain qu'il est déjà en train de la calculer. Voilà pourquoi j'ai besoin de quatre petits mois. Tu me diras peut-être que c'est par lâcheté, pour ne pas avoir à prendre les décisions qui s'imposent et laisser Dominique se débrouiller, possible... Mais je ne reviendrai pas là-dessus. Alors tu vas me faire le plaisir de dire, d'écrire ou de téléphoner à tous ceux qui s'inquiètent pour moi, que tout va bien, enfin, presque bien. Que je me soigne et que tout sera maintenant très vite réglé. C'est pas long quatre mois !

– D'accord, dit Félix après avoir pesé le pour et le contre, d'accord. Mais, en contrepartie, prends tes médicaments, ménage-toi, va voir Peyrissac et le cardiologue aussi souvent que nécessaire. Ça me semble indispensable si tu veux tenir jusqu'à l'été !

– Promis, dit Jacques en arrangeant la litière à petits coups de fourche. À propos, tu sais comment se suicident les samouraïs ? lança-t-il soudain d'un ton badin.

– Oui, hara-kiri, dit Félix, un peu interloqué mais avec un geste significatif de la main ouverte à hauteur de la ceinture.

– Mais encore ?

– Ben, ça ne te suffit pas ?

– Non. Ces gens-là sont raffinés, derrière le gars qui s'étripe il y a un ami avec un sabre. Dès que l'autre s'est fait son incision, il lui tranche la tête, c'est plus rapide...

– Et alors ? Où veux-tu en venir ? demanda Félix, soudain inquiet.

– Pas à ce que tu penses ! Mais il n'empêche que je vais faire hara-kiri à la ferme et que je compte sur Dominique pour m'aider à l'exécuter proprement.

13

Dès son retour à Saint-Libéral, par un tiède soleil de mars qui préparait la proche installation du printemps, Mathilde décida de reprendre ses habitudes. Celle, en particulier, qui consistait à soigner poules et lapins et l'autre, plus importante à ses yeux, à aller chaque jour jusqu'à l'église.

– Et ne me dites pas que c'est imprudent ! lança-t-elle à Yvette et à Félix. Le docteur a dit que je devais faire de l'exercice, j'en ferai ! Alors gardez vos réflexions !

– Mais on n'a rien dit, nous ! sourit Félix, heureux de constater à quel point sa tante avait recouvré toute son énergie.

Quant à sa santé, elle paraissait satisfaisante si l'on en jugeait sur la bonne mine de la vieille dame.

Certes son accident, son opération et son séjour à l'hôpital l'avaient un peu plus tassée, tout en accentuant la voussure de son dos. Mais, comme les différents traitements suivis avaient pleinement rempli leur office, Mathilde semblait presque rajeunie.

– Oui, oui ! je sais ce que vous allez marmonner dans mon dos ! insista-t-elle, car elle suivait son idée et tenait à mettre les choses au point dès le premier jour. Vous allez dire : Voilà ! Elle va encore nous faire des imprudences ! Elle est pire qu'une gamine, elle se casse de partout, un séjour à l'hôpital ne lui a pas suffi ! Et tout et tout ! Mais ça ne m'empêchera pas de faire comme je l'entends et d'aller à l'église quand je voudrai !

– Ça, on te fait confiance, sourit Yvette. Mais tu n'as pas besoin de nous rappeler que tu n'en as toujours fait qu'à ta tête !

– Alors qu'est-ce qu'on attend ? demanda Mathilde. Où est la clé ?

– À sa place, dit Félix en la décrochant du porte-clés fixé sur un des côtés de la cheminée.

– Tu m'accompagnes ? Ça évitera à Yvette de sortir, et comme elle tousse...

Il comprit que c'était beaucoup plus qu'une question, mais une demande, et il sut qu'il ne s'était pas trompé lorsque son regard croisa celui de sa tante.

– Bien entendu, assura-t-il, ça me fera du bien à moi aussi. Ici, je ne marche pas assez, je m'encroûte.

Avançant à petits pas prudents, s'appuyant d'un côté sur sa canne anglaise, de l'autre au bras de Félix, Mathilde, heureuse, reprenait contact avec Saint-Libéral. Car chaque maison, vivante ou en sommeil, chaque ruelle, chaque jardinet encore un peu cultivé ou proie des broussailles ravivait sa mémoire. Et dans cette grand-rue que teintait un pâle mais agréable soleil, cette chaussée où elle avait couru enfant et qu'elle foulait maintenant avec une lenteur mesurée, lui revenaient tous les souvenirs qui peuplent et soutiennent une existence. Multiples tableaux où se croisaient les morts et les vivants, les jours de guerre et ceux de paix, ceux de bonheur et ceux de deuil. Précises visions, pleines de rires et de joies qu'étouffait soudain la suffocante douleur sans cesse attisée par les disparus de tous âges qui étaient tous là et qui marchaient à ses côtés. Malgré cela Mathilde était heureuse d'être là, chez elle, en son village.

– Tiens, regarde comme les petits pois de Germaine sont beaux ! dit-elle en s'arrêtant devant la maison des Bordes. Tu vois, elle est plus courageuse que moi, Germaine, elle tient toujours son potager, elle...

– D'accord, mais ne va pas t'y essayer ! coupa Félix. Et si tu appelles ça un potager, ça fait tout de suite trente-cinq mètres carrés !

– C'est vrai, dans le temps il était au moins dix fois plus grand. Il n'empêche, elle en a un, elle...

– Ne va pas te mettre en tête de me faire bêcher un carreau ! prévint Félix. Je ne vais pas me prendre mal au dos pour semer quelques carottes !

– Tu as raison, sourit-elle, d'ailleurs il est bien normal que Germaine ait encore un bout de jardin entretenu, elle est bien plus jeune que moi, elle peut travailler !

– Plus jeune de combien de mois ? se moqua Félix qui connaissait bien Germaine Bordes et lui donnait sinon l'âge de Mathilde, du moins quatre-vingt-cinq ou quatre-vingt-six ans.

– Bon, soyons sérieux maintenant, dit-elle en s'arrêtant de nouveau, et n'essaie pas de me raconter d'histoires, qu'est-ce qui se passe ici ?

– À quel sujet ?

– Ne joue pas la bête avec ta vieille tante !

– Oh ! on n'a jamais que dix ans de différence, disons plutôt ma grande sœur, risqua Félix.

– Ne détourne pas la question ! Que se passe-t-il ? Tu peux me dire pourquoi ce n'est pas Jacques qui est venu me chercher à la maison de repos ? Pourquoi c'est Mauricette qui est arrivée alors que j'attendais Jacques ?

– Il a beaucoup de travail en ce moment et...

– Et tu te moques de moi ! coupa-t-elle. Mauricette n'a rien voulu me dire, mais toi, tu vas m'expliquer !

– D'accord. Jacques est un peu fatigué, voilà.

– Un peu ? Et c'est ce qui lui donne cette mine de déterré ! Ne dis pas le contraire, je ne l'avais pas vu depuis quinze jours et je le retrouve ce matin, ici, avec plusieurs kilos de moins et un teint d'endive à la béchamel ! Alors ?

– Alors ça arrive à tout le monde une mauvaise grippe ! Et il n'est plus tout jeune, ça l'a fatigué, mentit Félix sans baisser les yeux.

Il était décidé à ne rien dire du véritable état de Jacques, car il craignait que, sous son apparent entrain, Mathilde ne soit plus assez solide et résistante pour porter la maladie de son fils sans en subir le contrecoup.

– Une mauvaise grippe ? Il a vu Peyrissac, alors ?

– Bien sûr, plusieurs fois.

– Et pourquoi vous ne m'avez rien dit ?

– À quoi bon te donner des soucis ? Ça n'aurait rien changé à la grippe de Jacques, dit-il, soulagé de voir que son mensonge semblait prendre.

Mais la question suivante faillit le désarçonner.

– Et Françoise ? demanda-t-elle en reprenant sa marche.

– Françoise ? Qu'est-ce qu'elle vient faire dans cette histoire ?

– Ce qu'elle vient faire ? Ah ! ça, par exemple, tu me prends pour plus bête que je ne suis ou quoi ? Françoise a un problème, je ne sais pas lequel, mais elle en a un !

– Allons donc ! Pourquoi tu dis ça ?

– Oh ! c'est simple. Tous mes enfants et petits-enfants ont pris de mes nouvelles, tous ! Ils m'ont écrit, téléphoné, Chantal m'a fait envoyer des fleurs, ma petite Jo est venue me voir et m'a fait porter une boîte de chocolats, Dominique a téléphoné du bout du monde ! Même Marie m'a écrit, deux fois ! Et tous les enfants de Guy et Colette se sont inquiétés, tout le monde je te dis, sauf Françoise ! Alors, elle est malade, elle aussi ?

– Non, c'est plus simple, expliqua Félix, bien décidé une fois de plus à farder la vérité.

Connaissant sa tante, il redoutait le pire si jamais elle apprenait qu'une de ses petites-filles vivait en concubinage avec un monsieur en âge d'être son père, et marié de surcroît !

– Qu'est-ce qui est plus simple ?

– Elle est amoureuse d'un homme qui ne plaît ni à ses parents ni à personne dans la famille, et tout le monde le lui a dit. Alors elle s'est vexée, voilà tout. Mais c'est vrai, elle aurait quand même dû t'écrire.

– Et pourquoi il ne plaît à personne ce monsieur, sauf à elle ?

– Va savoir ! Je ne le connais pas, moi, ce type ! Et, entre nous, je crois que Françoise a l'âge de faire ce qu'elle veut, avec qui elle veut ! Mais si j'étais toi, je n'en parlerais pas à Jacques ni à Michèle, cette histoire les a beaucoup agacés, insista Félix.

Il était soulagé de s'être à peu près sorti de la situation et comprenait maintenant pourquoi Mathilde avait fait en sorte qu'il l'accompagne ; elle devait se douter qu'Yvette n'en savait pas plus qu'elle sur certains sujets.

Ils étaient maintenant arrivés sur la grand-place et Mathilde s'arrêta une fois de plus.

– Seigneur ! quel désert ! Et qui est là maintenant ? demanda-t-elle en désignant l'ancienne auberge.

– On ne sait pas trop. Des jeunes, hollandais et brocanteurs. On ne les voit pas souvent, ils viennent juste décharger les vieilleries qu'ils achètent, pour trois fois rien, dans tous les greniers de la région.

– C'est quoi ces vieilleries ?

– Tout ! Les vieux jougs, les vieilles maies, les crémaillères cassées, les plaques de cheminée, les vieux landiers, tout ce qui est hors d'usage, même les roues de charrette !

– On aura bien tout vu, mais quand même, quelle pitié cette place morte. Allons, finissons d'arriver à l'église. Et tu vas me faire le plaisir de m'y accompagner. D'abord pour m'aider à monter les marches et ensuite pour ouvrir la porte. Et puis comme je suis à peu près certaine que tu as beaucoup de mensonges à te faire pardonner, une petite prière ne pourra pas te faire de mal !

Prévenu par Félix que sa mère n'avait pas perdu une once d'intuition et qu'elle se doutait qu'on lui cachait l'essentiel, Jacques s'empressa de demander à tous les membres de la famille de corroborer les explications de Félix. Grâce à quoi, espérait-il, sa mère ne se chargerait pas de soucis trop lourds pour elle.

– Mais dépêche-toi de mettre Peyrissac dans le coup, insista Félix. Futée comme elle est, elle n'aura de cesse de lui avoir tiré les vers du nez à ton sujet, et pour menteur qu'il soit lui aussi, il ne fait pas le poids en face d'elle !

– Tu as raison, je lui téléphonerai dès ce soir. Mais dis-moi, avant que tu partes, tu peux me rendre un dernier service ?

Félix avait prévu de rentrer chez lui le surlendemain car, estimait-il : « Puisque tout le monde est en forme, ou prétend l'être, je n'ai plus grand-chose à faire ici. »

– Un service ? Oui, lequel ?

– M'accompagner maintenant chez Pierrot Coste. J'ai aussi prévenu Delpeyroux, on ne sera pas trop de trois pour le décider, il est plus têtu qu'une bourrique !

Depuis huit jours, Jacques savait que Jean-Claude Valade, tous calculs faits, acceptait de prendre la relève de Coste et d'installer chez lui quelques chevaux et poneys. C'était, pour la commune, une très bonne nouvelle et, pour Jacques, l'assurance que toute l'activité qui gravitait autour du château et qu'il avait jadis mise en place ne s'éteindrait pas dans l'immédiat.

– D'accord pour t'accompagner, mais tu crois qu'il va faire des histoires ?

– Il veut tout vendre en même temps, pour être débarrassé, qu'il dit ! Et je le connais, ce bougre, quand il fait sa tête de lard il devient tellement couillon qu'on l'achèterait pour le battre !

– Et s'il s'entête. Que vas-tu dire au petit Valade ?

– Parle pas de malheur ! Si on part vaincu, on est foutu ! Non, non, il faut qu'il cède ! Jean-Claude est prêt à lui prendre six chevaux, quatre poneys et quatre ânes, c'est déjà pas mal ! Et il a eu de la chance, le petit, le Crédit agricole ne lui a pas fait trop de misères pour l'aider un peu. D'accord, je leur avais téléphoné avant pour leur expliquer le problème, alors vraiment ce serait trop bête d'échouer si près du but ! Ah ! bon sang, si Léon était toujours là, je te jure que Coste ne ferait pas long feu, ce serait vite réglé, et à bon compte !

– Eh bien, on va faire comme s'il était là, décida Félix, on y va ?

Après deux verres d'une tisane brunâtre, à vague arrière-goût de café, et deux solides rasades de prune, la conversation était toujours aussi bloquée. Coste voulait tout vendre, sinon tout de suite, du moins avant la fin du mois d'avril. Pas question donc de conserver jusqu'à l'été les montures que Jacques se faisait fort de faire acheter par l'entreprise Lierson et Meulen.

– Moi, j'en ai marre de ces bestiaux, répéta Coste pour la énième fois, veux plus les voir ! Alors que le petit Valade en ramasse la moitié, c'est très bien, mais pas question d'attendre l'été pour céder le reste à je ne sais trop qui ! D'ailleurs tu n'es même pas sûr qu'ils en voudront, les Lierson et Machin ! Et puis qui te prouve qu'ils vont continuer à venir au château, hein ?

– Arrête un peu, tu veux ! coupa Jacques. Ils viennent de resigner un bail de neuf ans !

– Mais, miladiou ! qu'est-ce que ça te coûte de garder ces bêtes trois mois de plus ? demanda Delpeyroux.

– Je t'ai dit que je prenais ma retraite, alors c'est pas pour continuer, matin et soir, à m'emmerder avec des bestiaux qui font rien qu'à vouloir me filer des coups de pied ! Y en a même un, ce salaud, qui fait rien qu'à chercher à me mordre !

– Bon Dieu ! Tu les mets au pré et on n'en parle plus ! Allons, pense au moins aux gosses ! insista Delpeyroux.

– Les gosses ? C'est pas les miens, ces gosses ! Et puis... non, je peux pas les garder ces bêtes.

– Tu ne peux pas ou tu ne veux pas ? lança Jacques qui avait senti l'hésitation.

– Je ne peux pas. Je pars au mois de mai, dix jours pleins.

– Ben voilà qui est nouveau ! s'étonna Delpeyroux. Tu pars, toi ? T'as jamais quitté le département depuis le STO !

– Eh ben, justement ! Et puis c'est mon droit, non ? Alors je veux rien qui m'empêche de m'en aller tranquille.

– Et tu vas où ? s'entêta Delpeyroux.

– T'as qu'à demander à sa tante ! dit Coste en désignant Jacques.

– Ah ! je vois, sourit Jacques, direction le Portugal, c'est ça ?

Depuis fin 1975, date à laquelle sa tante avait accepté de présider l'association les Amitiés Léon Dupeuch réservée aux retraités de la commune, la vieille dame avait mis tout son cœur et tout son temps à animer le groupe. Grâce à son dynamisme et aussi, parfois, aux coups de pouce financiers qu'elle donnait, les anciens, non contents de s'offrir, de temps à autre, des petites excursions à travers la France, pouvaient, tous les ans et pour une somme modique, partir quelques jours à l'étranger. Beaucoup avaient ainsi pu découvrir la Belgique, la Hollande, l'Italie et l'Espagne. Cette année, toujours grâce à Yvette, que secondait maintenant très efficacement Ginette Duverger, les adhérents allaient partir pour le Portugal. Tout le monde était heureux du bon fonctionnement des Amitiés Léon Dupeuch même si, comme le répétait toujours Jacques : « C'est un comble ! Il est plus facile de remplir un car de retraités que de trouver six gamins pour animer une demi-équipe de foot... »

– Alors comme ça, tu vas au Portugal ! dit Delpeyroux. Eh ben, mon salaud, tu ne te refuses rien, toi ! Mais dis, tu y amènes la Paulette ou, tant qu'à faire des découvertes, tu te trouveras une jeunesse là-bas ? ajouta-t-il en baissant le ton car l'épouse de Coste vaquait dans la pièce à côté.

– T'es jaloux ?

– Ben non ! Moi aussi je pourrais y aller, si je voulais, j'ai l'âge de la retraite, comme toi, mais c'est pas pour ça que je vais la prendre, moi...

– Bon, d'accord, tu n'es pas là en mai, enfin pour dix jours, coupa Jacques qui voyait venir le moment où Delpeyroux allait traiter Coste de fainéant et de coureur, mais si ce n'est que ça on te les surveillera tes bourrins, c'est pas compliqué !

– Non ! Je veux les avoir vendus avant, un point c'est tout !

– T'es vraiment une tête de lard, toi, hein ! lança Delpeyroux.

– Mais non, dans le fond, c'est son droit, intervint alors Félix qui n'avait toujours pas ouvert la bouche. Oui, rien ne l'oblige à conserver, un temps, des chevaux qui sont habitués à la région, qui connaissent parfaitement les enfants et qui pourraient suivre le parcours des promenades les yeux fermés. Il est bien dommage de voir partir de telles montures et je suis sûr que tout le monde les regrettera. Enfin, quand je dis tout le monde..., insinua-t-il d'un ton doucereux. Il s'arrêta, contempla pensivement le fond de sa tasse vide : Oui, reprit-il enfin, je connais au moins quelqu'un qui va être très content, heureux même... Et je ne pense pas à vous, monsieur Coste...

– Qui ça ? demanda Coste après avoir dévisagé les trois hommes. Hein ? Qui va être content ? Ben, dites-le, quoi, merde !

Jacques, qui venait de comprendre et admirait toute la perfidie de la démonstration, feignit l'étonnement. Quant à Delpeyroux, il n'eut aucun mérite à jouer les innocents, l'affaire lui échappait.

– Bon Dieu ! Qui va être content que je vende, hein ?

– Vous n'avez pas deviné ? s'étonna Félix. Voyez, j'aurais juré que vous l'aviez prévenu et que vous écoutiez ses conseils !

– Prévenu qui, miladiou ?

– Voyons, monsieur Coste, si vous vendez comme vous voulez le faire, vous ne pouvez pas faire plus de plaisir au maire ! Mais, ajouta-t-il en se tournant vers Jacques, tu ne lui as pas encore expliqué ?

– Expliqué quoi ? dit Coste, de plus en plus décontenancé. Et puis qu'est-ce que Martin vient faire dans cette histoire ? Ça le regarde ce petit prétentieux à cravate ce que je fais chez moi ? Mais raconte un peu, toi ! lança-t-il à Jacques.

Alors, comme à regret, et du même ton confidentiel dont il aurait usé pour dévoiler un secret d'État, Jacques parla de sa visite à la mairie, de sa plaidoirie pour sauver le ranch et des vains efforts qu'il avait déployés pour obtenir quelques subventions qui auraient permis à Coste de patienter un peu plus longtemps.

– ... Voilà, ça s'est passé comme ça, conclut-il enfin.

– Ah ! le salaud ! murmura Coste. Alors il n'a pas voulu me donner de subventions ? Ah ! la vache !

Telle que l'avait présentée Jacques, de la timide éventuelle possibilité qu'elle était au départ, la subvention était devenue un dû dont Coste se sentait maintenant lésé.

– Faut le comprendre, poursuivit Jacques, tu sais bien qu'il n'a jamais beaucoup aimé cette idée de ranch, elle n'était pas de lui. Elle remonte à l'époque où nous étions encore à la mairie, et ça le chiffonne, c'est humain...

– Le salaud, redit Coste. Ça lui plairait donc bien que le ranch ferme ? Ah ! c'est comme ça ! Attends, mon pote ! Bon, d'accord, décida-t-il, je marche. Dis au petit Valade de venir choisir les bestiaux qu'il veut prendre. Je garderai les autres jusqu'à l'été, mais vous viendrez les soigner pendant mon absence, hein ? Non mais sans blague, on va quand même pas se laisser emmerder par ce petit monsieur Martin qui n'est même pas natif de la commune ! C'est infamant ce qu'il fait là ! Infamant. Ah ! Il n'aime pas mes chevaux, ce salaud ? Attends un peu, je vais lui en foutre, moi !

– Très bien, dit Jacques en se levant, je savais qu'on pouvait compter sur toi. Alors on fait comme ça, Jean-Claude vient chercher les bêtes qu'il te prend, tu gardes les autres jusqu'à l'été, à charge pour nous de les soigner en ton absence et, pour moi, de les faire acheter.

– Ça marche, dit Coste qui, manifestement, n'était pas à la veille d'oublier cette subvention qu'on lui avait refusée !

– Tu veux que je te dise, confia Félix à Jacques dès qu'ils furent dans la voiture, eh bien, je suis sûr que, là où il est, Léon doit être content de nous !

– Oui, je l'entends rire d'ici !

Dès le lendemain, Jean-Claude Valade, accompagné par Jacques et Félix, descendit chez Coste avec sa remorque bétaillère pour choisir et acheter les bêtes promises.

Ils le trouvèrent de très mauvaise humeur car, depuis la veille, il ruminait ce qu'il appelait maintenant une crapulerie du maire. Et comme, au fil des heures et dans son imagination, le montant de la subvention arbitrairement refusée n'avait cessé d'augmenter, Jacques en vint presque à regretter d'avoir trop parlé.

« Parce que, parti comme il est, pensa-t-il, avant huit jours toute la commune saura que Martin l'a lésé de je ne sais combien de milliers de francs, voire plus ! Bah, ça lui apprendra son métier de maire, mais quand même, il ne faudrait pas que ça aille trop loin... »

– Et tu sais ce que m'a dit Alfred Treille ? Je l'ai rencontré ce matin à Objat, insista Coste, de plus en plus remonté.

– Non, dit prudemment Jacques qui s'attendait au pire.

– Ce salaud de Martin a fait pareil avec lui !

– Sans blague ?

– Le diable m'étouffe si je mens ! Treille lui a demandé de faire goudronner son chemin et sa cour, Martin n'a jamais voulu ! Tu te rends compte ? Et pourtant, il touche des sous exprès pour ça, ce pourri ! Mais il préfère se les mettre dans la poche.

– Mais non, ne dis pas ça, temporisa Jacques, va pas croire ces sornettes ! Et je te signale que, moi aussi, j'avais refusé à Treille pour son chemin. Tu ne te souviens pas ? On était tous contre, au conseil, même toi !

– Tu crois ?

– Certain, dit Jacques qui tenait Treille pour le pire des administrés car, non content d'être un célibataire impénitent, coureur de jupons et plus pingre qu'un rat, il habitait à l'extrême limite de la commune, au bout d'un chemin en cul-de-sac.

Situation qui l'incitait à passer son temps à expédier, depuis des années à la mairie, des lettres incendiaires dans lesquelles il exigeait que soient goudronnés son chemin et, pour faire bonne mesure, sa cour de ferme. La voie étant d'au moins huit cents mètres, la dépense à engager pour satisfaire un seul administré n'était pas envisageable, même en période électorale !

– N'empêche, s'entêta Coste, Martin est un petit salaud !

– Ne te monte pas la tête comme ça, dit Jacques. Tu sais, la subvention, c'est vrai, il n'a pas voulu la débloquer. Mais, si ça se trouve, ce n'est même pas lui qui pouvait la distribuer, il lui fallait sûrement des ordres !

– Et de qui alors ?

– Je ne sais pas moi, du conseil général peut-être.

Ou alors de ce nouveau truc régional qu'ils viennent de mettre en place, comme si on ne payait déjà pas assez de parasites ! Et tu sais, peut-être même que ça dépend du député, va savoir, tout s'est tellement compliqué depuis des années !

– À mon avis, ça vient même de plus haut, dit Félix très pince-sans-rire mais désireux lui aussi de calmer le jeu. Moi, pour les subventions de cet ordre, je crois que tout vient du ministère de l'Agriculture, et avec tous les bureaucrates qui dorment là... Et encore, vous voyez, monsieur Coste, on me dirait que Bruxelles est dans le coup que je n'en serais pas étonné. Oui, ça doit venir de Bruxelles, alors vous pensez si, de là-haut, ils se foutent bien des gens de Saint-Libéral !

– Oui, oui, grogna Coste après quelques instants de réflexion, oui, c'est bien vrai ça, vous avez raison ! Depuis qu'on les a sur le dos, ceux-là, c'est bien simple, on peut même plus péter sans leur demander l'autorisation à tous ces fainéants de Bruxelles ! Mais ça finira mal, un jour, miladiou, on prendra le fusil !

– Nous n'en sommes pas là, dit Jacques. Allez, n'en parlons plus, allons choisir les chevaux. Et ne fais pas cette tête, pense au Portugal et oublie le reste.

– Ouais, tu as raison. N'empêche, tous ces fumiers de Bruxelles sont des salauds ! Ça ne leur coûtait rien de me donner cette subvention, et pourtant ils gagnent tous des cents et des mille, mais ils ont encore préféré se la mettre dans la poche !

– Il est toujours comme ça, ton copain Coste ? demanda Félix tandis que, après avoir aidé Jean-

Claude à choisir ses bêtes, ils remontaient vers Coste-Roche.

– Pierrot ? Toujours ! Depuis tout gamin, on lui fait avaler n'importe quoi ; mais c'est pas un mauvais chien. Tu as vu, il n'a pas escroqué le petit. Enfin, voilà une affaire provisoirement réglée, le ranch ne ferme pas, c'est l'essentiel. Tu pars tôt demain matin ?

– Non, vers neuf heures, dit Félix en rétrogradant car la route qui grimpait vers Coste-Roche était sévère.

– On te revoit quand ?

– Je serais tenté de dire « le plus tard possible », ça prouverait que tu as décidé de te soigner au maximum, que ta mère n'aura plus de problème, bref, que vous n'aurez plus besoin de moi ici. De toute façon, inutile de te dire que je rapplique dès que tu m'appelles. Ah ! au fait, c'est pas un secret, mais il a eu sa part dans ma décision de descendre à Saint-Libéral, alors j'ai prévenu Dominique de ton état réel. Maintenant, il sait ce qu'il en est vraiment.

– Et pour le reste ?

– Pareil. Je lui ai dit que tu l'attendais de pied ferme, enfin presque... Que tu l'attendais pour tout régler, j'ai eu tort ? En tout cas, maintenant, c'est fait, il a déjà reçu ma lettre.

– Tu as bien fait. Je me préparais à lui écrire, mais je ne savais pas comment tourner ça. Tu sais... Bon Dieu, qu'est-ce que c'est difficile de passer la main ! De se dire qu'on n'est plus rien, juste un vieux croûton, bon à rien, improductif et sûrement ennuyeux comme la gale pour son entourage !

– Ça, c'est pas une obligation, tant s'en faut. Mais pour ce qui est de passer la main, ça arrive à tout le monde, un jour ou l'autre. Alors autant essayer de bien le prendre puisque, de toute façon, personne n'y coupe.

14

L'étang et la forêt chantaient de toutes parts. Le printemps était là, suffoquant d'odeurs. Partout ce n'était que bouillonnement de sève, travail de l'humus jusque-là en sommeil mais qui, maintenant attiédi, forçait champs et prairies à sortir de leur léthargie.

Dans les futaies et les taillis tout pépiant de passereaux et où, en cacophonie, s'interpellaient huppes et coucous, gonflaient d'heure en heure les bourgeons, lourds de feuilles et de fleurs en gestation.

Parfois, dans les nuages de pollen blond qu'irradiaient les saules en effervescence et qui frémissaient dans les rais de soleil virevoltaient les hirondelles en quête de moucherons. Et dans les typhas, carex et rubaniers de l'étang vocalisaient, à en perdre le souffle, les phragmites et les rousseroles comme pour tenter, en vain, de couvrir les caverneux appels des colverts et les gloussements aigus des poules d'eau.

Soudain, tout se taisait l'espace d'un instant quand, furtive, passait au ras de l'eau l'ombre d'un busard des roseaux planant au-dessus de l'étang. Le rapace allait nicher là, dans l'inextricable fouillis des massettes, mortes depuis l'automne, aux tiges grises et cassantes, au pied desquelles perçait maintenant la dague vert sombre des pousses de l'année. Déjà, posée au cœur de la roselière, son aire de roseaux et de brindilles se façonnait de jour en jour, s'agrandissait au rythme silencieux du mâle et de la femelle apportant leur part de matériaux.

Non loin, voisins indifférents et hautains, car forts de leur taille et de leur bec acéré comme un stylet, vaquaient à la même tâche deux hérons pourprés à la démarche nonchalante.

Immobile au bout de la petite jetée, Félix goûtait chaque instant de ce vivant et sonore spectacle. À ses pieds, immergée depuis qu'il était allé à Saint-Libéral, s'apercevait sa barque. De retour depuis seulement deux jours, il n'avait pas encore pris le temps de la tirer vers la berge et de la vider.

« On fera ça cet après-midi, peut-être, à deux ce sera plus facile », pensa-t-il.

Il venait, comme chaque jour, d'effectuer la grande promenade qui, quel que soit le temps, le poussait vers l'immense forêt dont il connaissait presque chaque arbre et toutes les allées, tous les sentiers. Il l'avait tellement surveillée, tellement observée, tellement choyée, non seulement pendant toutes les années où il en avait été le garde mais bien avant, lorsque, tout enfant, il avait joué dans la clairière, cernée de chênes centenaires, au centre de laquelle s'élevait la maison de sa mère. Car ici, même si sa propriété, maison comprise, ne dépassait pas les cinq mille mètres carrés, enfouie au milieu de plusieurs milliers d'hectares de bois et d'étangs, il était chez lui. Et qu'importait que la quasi-totalité du sol ne lui appartienne pas et que dix ou vingt propriétaires se partagent les bois et les pièces d'eau puisqu'il lui était loisible d'en profiter, de s'y promener chaque jour et d'en jouir sans doute mieux, et beaucoup plus, que tous les possesseurs d'un acte de propriété.

Là, il était dans son univers, là étaient ses souvenirs et ses petits bonheurs de chaque jour. Il aimait bien Saint-Libéral, et Coste-Roche aussi, il s'y sentait à l'aise, presque chez lui, presque... Car s'il en appréciait la beauté, l'immensité des horizons et cette impression de vivre en plein ciel, la tête au ras des nuages, lui manquaient toujours la complainte du vent chantant dans les futaies et cette odeur d'eau et ces brouillards que diffusaient les mille étangs groupés alentour. Lui manquait le formidable foisonnement des oiseaux de toutes espèces qui vivaient là, pépiaient, faisaient assaut de trilles, d'appels et de chants.

Aussi, sans l'avoir dit à Jacques et tout en étant prêt à récidiver si besoin était, avait-il fini par trouver un peu long son séjour à Saint-Libéral.

Il n'eut point besoin de regarder sa montre pour comprendre qu'il était l'heure de rentrer s'il voulait être à la maison pour accueillir son visiteur. Car soudain, là-bas, de l'autre côté de l'étang, dans la grande peupleraie où passait le chemin qui venait chez lui, ce n'était plus que criaillements courroucés des freux, claquements d'ailes affolés des ramiers, envol général de tous.

– Qu'est-ce qu'il lui prend de klaxonner, il se croit place de la Concorde ? murmura-t-il. Comme arrivée, c'est discret, on a fait mieux !

Mais il était heureux et c'est d'un pas rapide qu'il partit à la rencontre de Guy.

– Ça t'amuse de prévenir tout le pays de ta visite ? demanda Félix après avoir chaleureusement accueilli son cousin.

Ils ne s'étaient pas vus depuis plus de deux mois, à l'avant-veille du départ de Félix pour Saint-Libéral, et savaient qu'ils avaient beaucoup à se raconter.

– Tu parles des coups de klaxon ? Pouvais pas faire autrement, c'est la vraie brousse ici ! Il y avait une laie et sept marcassins, pas vieux les bougres, qui trottinaient au milieu du chemin. J'ai même vu le moment où la mère allait se fâcher et s'en prendre à la voiture !

– Ça, ce sont les risques de la campagne, s'amusa Félix. Allez, entrons, j'ai un lièvre qui mijote depuis ce matin.

– La chasse est fermée !

– Oui, mais le congélateur fonctionne, lui ! Bon, installe-toi, on va prendre un verre. Il servit un whisky sur glace à Guy, se versa une anisette. Alors, quoi de neuf? C'est gentil de venir hors chasse.

– Ce n'est pas à toi que j'apprendrai que ça fait du bien de s'aérer ! Donc, tu dis que maman va pour le mieux et que Jacques, couci-couça ?

De la cabine de Saint-Libéral, car il ne voulait téléphoner ni de chez Jacques ni de la vieille maison Vialhe, Félix avait régulièrement tenu Guy au courant de tout.

– Ton frère ? Ben oui, il est à la merci d'un coup dur et je ne jurerais pas qu'il ne l'espère pas... Mais que veux-tu y faire ? Enfin, c'est déjà bien qu'il ait pris la décision de s'arrêter dès que Dominique sera venu, cet été.

– Oh ! celui-là...

– Dominique ? Qu'est-ce qu'il t'a fait ?

– Il a réussi à convaincre Jean de le rejoindre là-bas ! Et l'autre imbécile y court ! Non mais je te demande ! Il était en train de se faire, sinon une bonne situation, du moins toutes les relations voulues pour s'en faire une, une vraie ! Et voilà que sa marotte d'être éleveur le reprend ! Non mais je te jure, il m'aura vraiment tout fait celui-là, tout ! Il part. Il se jette tête baissée dans ce pays qui, si ça se trouve, va exploser d'un instant à l'autre ! Parce que j'ai mes renseignements, moi ! Là-bas, ça bouge de toutes parts et d'ici à ce que ça finisse en carnage ! Non mais quelle idée d'aller dans ce guêpier en ce moment ! Mon fils est fou, je te dis, et Dominique ne vaut pas mieux !

– Alors comme ça il s'est décidé à partir, dit Félix, mais après tout pourquoi pas, depuis le temps qu'il voulait tenter le coup !

– C'est ça, vas-y, donne-lui raison à cet âne ! Il est en train de gâcher son avenir et toi tu trouves que c'est bien ! Mais, bon Dieu ! qu'est-ce que j'ai fait au ciel pour avoir des gamins pareils !

– Hé ! ne dramatise pas, tu veux ? Il n'est pas malade ! Il part réaliser ce qu'il a toujours voulu faire ! Il est heureux, de quoi te plains-tu ? Oh ! je sais, ton rêve était d'en fabriquer un technocrate pur jus, aussi prétentieux qu'improductif ! Ne me dis pas le contraire, tu me l'as avoué alors que Jean n'avait pas encore son bac ; tu l'avais déjà programmé ! Eh bien, moi, je préfère savoir qu'il sera heureux et utile. Mais oui, mon petit, il sera toujours plus utile au bout du monde à élever des vaches, que cul-pincé et parasite dans les antichambres ministérielles !

– Je ne vois même pas pourquoi je discute, dit Guy en haussant les épaules, tu l'as toujours défendu et il le sait !

– Et il part quand ?

– Dans un petit mois, juste avant le premier tour des élections.

– Eh bien, ça ne traîne pas !

– Non. Il paraît que le type qu'il doit remplacer là-bas est tombé malade et que c'est Dominique qui fait une partie de son boulot. Mais tout ça est une histoire de fou ! dit Guy en se resservant un fond de whisky.

– Et tu dis que ça va mal du point de vue politique ?

– Évidemment, suffit de lire un peu la presse, la sérieuse ! Ça va mal, oui. Tu me diras pour y comprendre quelque chose, entre les indépendantistes, la redistribution de certaines terres, le nickel, les voyous d'Australiens qui ne rêvent que de nous foutre dehors de là-bas, plus nos élus qui font tout pour que ça tourne mal, bien malin si on s'y retrouve ! Et c'est dans ce cirque que se jette ce pauvre Jean !

– Il part sur une grosse exploitation ?

– Plusieurs centaines d'hectares, oui. Mais, là encore, je n'y comprends rien. La propriété où il va est du même genre que celle où se trouve Dominique. L'un comme l'autre sont engagés par des sociétés d'élevage rattachées à je ne sais trop qui ; à mon avis, tout ça doit appartenir à des actionnaires de gisements de nickel ou à des gros propriétaires qui, si ça se trouve, pas fous, n'habitent même pas l'île ! Alors bien sûr, si ça tourne mal, ils s'en foutent, ils ne sont pas en première ligne pour se faire couper la tête, comme les Vialhe !

– À mon avis, tu dramatises trop, décida Félix. Bon, on passe à table, ça ne nous empêchera pas de discuter, dit-il en reniflant le bouchon de la bouteille de gigondas qu'il venait d'ouvrir.

– Non, je ne dramatise pas ! Et encore, tu ne sais pas la meilleure, poursuivit Guy après s'être assis à table, oui, c'est la première fois que ça arrive et on pourrait presque dire que ça s'arrose ! Jean nous a présenté une fille !

– Sans blague ? Il l'a amenée chez vous ?

– Oui ! C'est la première officielle qu'on voit ! Et pourtant Dieu sait si ce goujat n'a jamais manqué de copines, comme ils disent maintenant. Mais on ne les voyait jamais à la maison ! Le comble, c'est qu'elle part là-bas avec lui !

– Alors là..., dit Félix en humant son verre. S'il l'embarque c'est du sérieux, faut croire qu'il est solidement accroché ! décida-t-il après avoir goûté son vin. Vas-y, tape dans ce capucin, prends ce que tu aimes. Et que fait-elle de ses dix doigts ?

– Journaliste, dans je ne sais quelle feuille agricole.

– Et elle abandonne son travail ?

– Je n'en sais rien, moi ! De toute façon, je suis dépassé par les événements. Mais ça ne m'empêche pas de penser que ces jeunes sont fous à lier !

– Mais non, pas plus que nous au même âge ! Il est vrai que, toi, tu as été spécialement sérieux, presque de naissance. D'ailleurs, tu as toujours eu en tête de finir avocat, ça ne porte pas à la fantaisie !... Qu'en penses-tu ?

– Oh ! elle est mignonne, la petite, il ne tape pas dans le bas de gamme, le fils ! Et en plus elle a l'air sacrément futé !

– Non, je parle du civet !

– Parfait, comme toujours.

– Alors, elle est belle fille ? Ça, on pouvait s'y attendre, Jean n'allait pas s'amouracher d'un laideron, enchaîna Félix. Et elle part avec lui, c'est bien ça, c'est très bien !

Puis il comprit que son enthousiasme agaçait son cousin et changea de sujet :

– Et Colette, ça va ?

– Si l'on veut ! Avec un fils qui se prépare à faire la connerie de sa vie et une fille au fin fond de l'Afrique, tu penses comme elle est réjouie ! Enfin, heureusement que Marc et Renaud sont normaux, eux !

– Évelyne, elle, ça va ?

– Je pense, oui. Elle écrit de temps en temps. Et je finirai par croire que plus les gens de là-bas s'étripent, se violent et crèvent de faim et de maladie, plus elle est contente de son boulot ! Alors que demande le peuple ?

– Là, tu exagères ! Tu ne vas quand même pas lui reprocher de faire ce qu'elle fait ! Bon Dieu, moi je lui tire mon chapeau à ta gamine !

– Je ne lui reproche rien ! Si ça la démangeait de jouer les petites sœurs de pauvres, elle pouvait aussi bien le faire à Necker ou à Laennec ! Mais non, l'Afrique ! L'Afrique, ça fait mieux, c'est plus exotique, plus excitant ! Pour moi, elle a trop lu Monfreid et Hemingway !

– Je me doutais bien qu'un avocat cultivait la mauvaise foi, mais là tu bats des records ! Tu veux que je te dise ? Tu t'en fous, mais je le dis quand même : eh bien, au choix, parmi tes gamins, je préfère Jean et Évelyne qui vont au bout de leurs idées et de leur passion à Marc et Renaud ! Parfaitement ! Parce que l'un finira dans la peau d'un vieux con bourgeois, snob à crever, et l'autre dans une culotte de peau, ce qui, en temps de paix, est vraiment le comble de l'ennui et de l'inutile ! Vas-y, ressers-toi, tu n'as rien pris.

– Je suis peut-être de mauvaise foi, dit Guy en piochant un gros morceau de râble dans la casserole, mais toi tu as toujours été et tu seras toujours un anarchiste ! Bon, sans aucun rapport, tu as appris pour Françoise ?

– Que veux-tu que j'ai appris ? Aux dernières nouvelles elle était toujours avec son type. Pourquoi ?

– Ben justement ! Écoute la suite. Tu parles d'un coup encore ! Et il a fallu que ça tombe sur moi ! Oh ! je sais ce que tu vas me dire : « C'est ton boulot ! et patati et patata ! » Mais il y a des jours où je craque !

– Dis, tu n'es pas en plaidoirie ici, tu accouches ou quoi ? Quel est le problème avec Françoise, à part celui qu'on connaît et qui a fait prendre dix ans à sa mère !

– Il n'y a plus de problème !

– Eh bien, voilà une bonne nouvelle !

– Je pense bien, son gars est mort...

– Oh ! merde ! Pauvre gamine, dit Félix, sincèrement touché. Mais que viens-tu faire dans cette histoire ?

– Bonne question, ricana Guy. À qui crois-tu que téléphone, à deux heures du matin, une petite nièce affolée qui se retrouve avec un monsieur, à poil dans ses draps, aussi mort que ton lièvre ? Pardi, elle téléphone à son vieux tonton avocat et c'est lui qui se farcit tout le boulot ! Je te passe les détails, les flics, le médecin, Borgniole et Cie, et la régulière à prévenir en prime, la totale, quoi ! Alors tu comprends pourquoi j'ai bien besoin de venir m'aérer ici ! Ras le bol des gamins, ils me sortent tous par les yeux ! Tous !

– C'est arrivé quand ?

– Quatre jours.

– Tu parles d'une nouvelle. Tu as prévenu ton frère ? Je sais bien qu'on ne peut pas se réjouir, mais...

– Prévenir Jacques? dans son état? Tu rigoles?

– Je ne vois pas...

– Moi si! Le monsieur qui vivait avec Françoise était cardiaque, lui aussi, mais il se soignait! Ça ne l'a pourtant pas empêché de partir d'un infarctus, alors je ne me vois pas racontant ça à Jacques!

– Évidemment. Et la petite, comment elle réagit?

– Pas trop mal, pour l'instant. Faut dire que ses cousines Chantal et Jo sont à la hauteur, elles l'ont tout de suite prise en charge et ne la lâchent pas. Enfin, voilà pour les nouvelles du jour. Tu comprends maintenant pourquoi je suis à bout.

S'il fut un peu rassuré par la longue lettre de Félix, Dominique n'en ressentit pas moins comme un malaise, presque une angoisse à la lecture de certains passages. Ce n'étaient pas ceux qui avaient trait à l'affection cardiaque de son père qui le perturbaient le plus. Mais d'apprendre que celui-ci était disposé à passer la main et à tout abandonner pour peu que lui, son fils, le lui demande, ça, c'était très inquiétant. Et surtout la preuve que son père était vraiment à bout de course, prêt à baisser les bras et à laisser partir à vau-l'eau cette propriété que six générations de Vialhe avaient patiemment modelée pour la rendre de plus en plus belle, avant de la transmettre à d'autres Vialhe.

– Mais pourtant, tu t'y attendais? risqua Béatrice quand elle comprit à quel point son époux était soucieux.

– Bien entendu! Mais je n'imaginais pas que la décision viendrait de lui et, surtout, je ne savais pas comment lui dire qu'il était temps d'arrêter. D'ailleurs, connaissant son état, je n'aurais jamais osé lui suggérer de vendre les bêtes. Je pensais que ça le tuerait. Et voilà que maintenant c'est lui qui hisse le drapeau blanc ! Faut-il qu'il soit atteint, le pauvre vieux.

– Que vas-tu faire ?

– Calculer comment on peut gérer une propriété à vingt mille kilomètres de distance, préparer un plan de façon que cet été, dès notre arrivée à Coste-Roche, on puisse tout régler dans les moindres détails. Tu as bien lu ce que m'a écrit Félix, papa m'attend pour tout décider. Je te dis, c'est le monde à l'envers ! Je peaufinais mes arguments pour le convaincre, alors crois-moi, je suis loin d'être prêt à le voir ainsi déposer les armes ! Là, il me prend de court.

Autant la lettre de Félix avait soucié Dominique, autant le coup de téléphone qu'il reçut de Jean le réjouit. Il l'attendait depuis plus d'un mois. Depuis ce mot dans lequel son cousin lui expliquait que sa décision était arrêtée mais qu'il lui était encore impossible de fixer une date d'arrivée. Car, expliquait-il, il ne pouvait décemment quitter son poste sans préavis, partir comme un voleur et laisser son successeur se débrouiller avec les dossiers. Son ministre, pour qui il avait de la sympathie, ne méritait pas ça.

De plus, celle qu'il appelait sa fiancée – qualificatif dont l'ancienne acception, pour Dominique, était obsolète car elle n'annonçait nul mariage mais simplement que Marianne était plus qu'une copine – devait elle aussi organiser son départ.

Et plus les jours passaient, plus Dominique redoutait que des empêchements de dernière heure retardent et même repoussent aux calendes grecques l'arrivée de Jean sur le territoire. Or il avait promis à son futur et principal employeur – un homme qui, outre les solides revenus que lui apportait le nickel, travaillait aussi pour le tourisme – que son cousin serait à même de remplacer, très rapidement, le gérant hospitalisé depuis plus d'un mois à Nouméa.

En attendant, et bien qu'il ne manquât pas de travail sur sa station, Dominique veillait à ce que le Grand Kaori, là où était attendu Jean, ne pâtisse pas trop de l'absence d'un technicien responsable. Malheureusement, la station en question, où il se rendait le plus souvent possible, était à près de quarante kilomètres de Cagou-Creek, il perdait donc beaucoup de temps en trajets.

Située entre la plaine d'Oua Tom et la Foa, la propriété de quelque mille hectares était pour partie consacrée à l'élevage en extension de quatre cents à cinq cents bovins. À cette production de viande s'ajoutaient les tonnes de fruits de quelques beaux vergers bien entretenus de bananiers, d'orangers et d'avocatiers. Enfin, redéveloppée depuis peu, une plantation de café arabica commençait à être de rapport. L'ensemble exigeait une gestion rigoureuse et permanente que ne pouvait lui fournir Dominique. Aussi attendait-il avec de plus en plus d'impatience l'arrivée de son cousin.

Son coup de téléphone, pourtant très matinal, fut donc reçu avec beaucoup de plaisir. Et si Dominique fut un instant inquiet en redoutant de mauvaises nouvelles à propos de son père, son appréhension fit place au soulagement dès qu'il reconnut la voix de Jean. Mis à part un léger décalage entre les questions et les réponses, le son était aussi net que si Jean l'avait appelé de Nouméa.

– Je ne te sors pas du lit, au moins ?

– Pas tout à fait, put répondre Dominique sans mentir car il était debout depuis un quart d'heure.

Le jour se levait et il allait faire bon seller la jument pour aller jeter un coup d'œil sur les bêtes.

– Quelle heure est-il chez vous ?

– Cinq heures, en cette saison ça va d'appeler si tôt, mais en hiver...

– Ah oui, moi je suis encore au bureau.

– Alors c'est décidé ? Tu arrives ?

– Oui, avec Marianne.

– Quand ?

– On décolle de Roissy le mercredi 20 avril, par UTA.

– Parfait, sourit Dominique, vraiment heureux, mais prévois un bon et gros bouquin, parce que tu en as pour vingt-quatre heures de vol si tout va bien et vingt-sept ou vingt-huit si, comme d'habitude, les abrutis de l'aéroport de Singapour font du zèle et font vider la soute à bagages !

– On arrivera quand même, en bateau-stop s'il le faut !

– Alors à très bientôt !

– Oui, fais la bise à Béatrice et aux petits, ciao !

– Ciao !

Mathilde s'était attelée à la confection d'un gâteau aux noix dès qu'elle avait appris que l'abbé Soliers avait enfin trouvé le temps de venir lui rendre visite. Il le lui avait promis lorsqu'il était passé la voir à l'hôpital.

Avec le temps, Mathilde avait fini par reconnaître beaucoup de mérite à ce prêtre. Il était chargé d'un nombre invraisemblable de paroisses dont il était difficile de dire quelle était la plus sinistrée par l'exode rural et la plus âgée compte tenu de la moyenne d'âge de ses habitants.

Pourtant, le pauvre homme faisait ce qu'il pouvait, courant d'un enterrement à Saint-Robert à un autre à Louignac, d'une messe à la sauvette à quinze kilomètres de là, pour un office ultrarapide à l'autre bout du canton. Comme, de surcroît, il avait à cœur de rendre visite à ses vieux paroissiens paralysés par les ans ou par la maladie, voire les deux, ses journées étaient longues, pesantes, épuisantes.

Malgré cela il s'astreignait à remplir son ministère du mieux qu'il le pouvait, à être toujours d'humeur égale et enclin à l'optimisme.

– Dès que j'aurai le temps, je lui tricoterai une autre veste, celle qu'il porte doit avoir trois ans et commencer à filer de partout, dit Mathilde après avoir sorti son gâteau du four.

– Bonne idée, approuva Yvette, heureuse de voir que sa belle-sœur ne manquait pas de projets.

– Tu as bien préparé le café ?

– Mais oui. Et tiens, je peux le mettre tout de suite à passer, voilà l'abbé, prévint Yvette en apercevant la vieille 4L du prêtre.

– C'est gentil de venir nous voir, dit Mathilde en allant à la rencontre de leur visiteur, histoire de lui prouver qu'elle était solide sur ses jambes.

– Ça fait plaisir de vous retrouver en aussi bonne forme, madame Vialhe. Ah ! on dit que la médecine fait des miracles, c'est peut-être exagéré par rapport à ceux de Notre-Seigneur, mais c'est bien vrai pour nous, pauvres humains. Et vous, madame Dupeuch, vous me semblez toute guillerette.

– C'est le printemps, sourit Yvette, mais finissez d'entrer, le café est en train de passer et ma belle-sœur vous a préparé un gâteau aux noix.

– Il ne fallait pas vous mettre en cuisine, dit l'abbé en s'asseyant devant la grande cheminée où, malgré la tiède température extérieure, palpitait un feu de chêne.

– Mais si, mais si, dit Mathilde en s'asseyant à son tour et en posant une couverture sur ses genoux. Et d'ailleurs, poursuivit-elle, ce gâteau, comme je l'ai prévu pour six et qu'on ne mangera pas tout, vous l'emporterez, si, si ! C'est aussi pour cela que je l'ai fait. Ah ! tu vois que j'avais raison, dit-elle en se tournant vers Yvette occupée à sortir les tasses du buffet, la veste de l'abbé est tout effilochée. Je vais vous en tricoter une autre, promit-elle.

– Vous êtes bien aimable, remercia-t-il après avoir hésité à répondre, comme s'il se préparait à dire autre chose.

– Alors, quoi de neuf dans le pays ? demanda Mathilde.

Elle aimait beaucoup ces quelques rencontres au cours desquelles, si toutefois il en avait le temps, le prêtre lui rapportait les anecdotes glanées dans toutes les paroisses qu'il desservait. Et elle était heureuse car, grâce à lui, elle apprenait ainsi les petits potins, les commérages. Il lui donnait aussi des nouvelles de tel ou telle, amis ou très lointains cousins des Vialhe, perdus de vue depuis des années mais dont il était agréable de savoir qu'ils allaient bien.

Souvent, l'abbé était celui qui annonçait les deuils survenus dans les communes voisines, ceux du moins dont personne, à Saint-Libéral, n'avait fait état. C'est alors qu'elle se souvenait de l'époque où lorsque la mort frappait, même dans la masure la plus isolée et perdue, tout le monde, sans exception et à des kilomètres à la ronde, savait, le jour même, qui avait rejoint le Père. Il est vrai qu'en ces temps les gens mouraient chez eux et bien souvent dans la chambre et le lit où ils avaient été conçus et étaient nés, soixante-dix ou quatre-vingts ans plus tôt. Vrai aussi qu'il se trouvait toujours un ou deux voisins qui, dès le décès, passaient de ferme en ferme pour annoncer que l'Albertine ou le Sylvain était mort, qu'on pouvait la bénir ou le veiller et que l'enterrement serait tel jour à telle heure. Ces temps étaient révolus et il ne servait à rien de s'en plaindre.

– Puisque j'en suis à vous donner des nouvelles de tout le monde, dit l'abbé entre deux bouchées, donnez-m'en de votre fils, il paraît que ça ne va pas fort...

– Jacques ? dit Mathilde, aussitôt en éveil mais sans que sa voix trahisse son émotion. Ça va, ça va, il se remet doucement, mais vous savez ce que c'est...

– Ah ! ça, les maladies de cœur il faut les prendre au sérieux, on ne peut pas jouer avec, assura l'abbé sans mesurer un instant la portée de ses propos et le choc que ressentaient les deux vieilles dames assises là, au coin du feu, tranquilles jusqu'à ce qu'il parle.

C'était par Paulette Brousse, rencontrée à Yssandon à l'occasion de l'enterrement d'une de ses cousines, que l'abbé avait appris que Jacques Vialhe était fatigué. Fatigué au point de s'être rendu plusieurs fois chez le docteur Peyrissac, Paulette et aussi Louise

Treuil l'avaient vu. Surtout, et c'était bien la preuve qu'il était gravement atteint, il avait été deux fois chez un cardiologue de Brive chez qui travaillait comme secrétaire une autre petite-cousine de Paulette.

– Vous avez raison, le cœur, c'est sérieux, dit Mathilde, toujours apparemment calme, mais rassurez-vous, il se soigne.

– Si j'ai le temps, je ferai un saut un de ces jours jusqu'à Coste-Roche.

– Ça lui fera sûrement plaisir, et à Michèle aussi, dit Mathilde en vidant sa tasse de café d'une main plus tremblante que d'habitude.

– Mais quel âge a-t-il maintenant ? insista le prêtre.

– Il a eu soixante-huit ans le 6 janvier, dit Mathilde qui, en un éclair, se remémora cette terrible nuit de son premier accouchement.

– Ah ! quand même ! Enfin, maintenant tout ça se soigne très bien. Sans doute même mieux que d'autres maladies, comme la mienne, par exemple, avoua l'abbé.

– Pardon ? dit Yvette.

– Oui. Oh ! c'est sans grand rapport, quoique... Oui, je voulais vous le dire tout à l'heure quand vous m'avez parlé de ma veste...

– Eh bien ? insista Mathilde.

– J'arrête mon sacerdoce en campagne, fin juin, voilà ce que je voulais vous dire.

– Mais... mais pourquoi ? demanda Mathilde. Il n'y a pas longtemps que vous êtes chez nous, et vous êtes jeune encore ! Vous êtes malade ?

– Pas longtemps ? sourit l'abbé un peu tristement. Il y aura dix-huit ans cette année que j'ai commencé dans la région ! Pas vieux ? Pour vous, peut-être. Mais j'avais déjà cinquante-cinq ans lorsque je suis arrivé ici ; avant, j'avais desservi d'autres paroisses en haute Corrèze. Malade ? Oui, mais ça...

– C'est grave ?

– C'est surtout très fatigant. J'ai de l'emphysème pulmonaire. Ça peut traîner longtemps, mais avec tout le travail que j'ai... Alors voilà, je vais rejoindre mes confrères qui m'attendent à la maison de retraite, à Brive.

– Alors nous n'aurons plus personne ! On nous abandonne vraiment, constata Mathilde.

– Mais non ! Un remplaçant viendra, c'est évident.

– Un inconnu, qui ne connaîtra personne.

– Il fera connaissance ! Et, avant de partir, je vous le présenterai.

– Oui, oui, murmura Mathilde, l'air absent. Et la clé de l'église ? demanda-t-elle soudain.

– Vous la garderez, je ne dirai rien, ce sera notre petit secret, promit l'abbé en regardant discrètement la grosse pendule à balancier qui craquetait au fond de la pièce. Il va falloir que je m'en aille, dit-il en se levant, j'ai promis à d'autres de passer les voir.

– Tenez, dit Yvette en lui tendant le reste du gâteau qu'elle venait d'envelopper.

– Ce n'est pas la peine !

– Mais si, insista Mathilde. Et puis, de toute façon, je vais quand même vous tricoter une veste, une belle veste, pour faire le monsieur, à Brive, l'hiver prochain.

– C'est gentil à vous, dit-il en lui étreignant les mains.

– Merci d'être venu. Merci pour tout..., dit Mathilde en le raccompagnant avec Yvette jusqu'à la porte.

Elles n'attendirent pas qu'il ait démarré pour rentrer dans la maison.

– Il n'a pas fait exprès, assura Yvette, inquiète parce que Mathilde, maintenant seule avec elle, accusait lourdement le coup. C'est vrai, insista-t-elle, il ne pouvait pas deviner que tu ne savais rien, que nous ne savions rien.

– Je ne lui en veux pas, dit-elle en s'asseyant dans le cantou. Elle regroupa les bûches du bout de la pincette à feu, reposa l'instrument. Pourquoi personne ne nous a rien dit ? Même Félix m'a menti ! Note que je m'en doutais, mais pourquoi ?

– Pour que tu n'aies pas de peine ni de soucis. Ils ne veulent pas que tu t'inquiètes.

– Sûrement, murmura-t-elle, ça doit être ça. Tu crois que je dois leur dire que je sais, pour Jacques ?

– Non. Tant qu'ils croient que tu ignores tout, ils n'ont pas peur que tu en souffres. Pour eux, c'est un souci de moins.

– C'est vrai.

– Alors ne dis rien, ne disons rien tant qu'ils ont décidé de ne pas en parler.

– Tu as raison, Jacques et Michèle ont assez d'ennuis comme ça sans qu'on ait besoin d'en rajouter, dit Mathilde en tendant ses petites mains toutes ridées, déformées et tavelées vers le feu. Pauvre Jacques, reprit-elle en contemplant les flammes, pauvre Jacques, il est bien comme son père. Tous les deux ont toujours eu trop bon cœur, c'est bien logique que le mal les attaque là où c'est le plus tendre.

QUATRIÈME PARTIE

AU-DELÀ DES HORIZONS

15

– Tu es certain qu'il sera là ? s'inquiéta Marianne.

– Mais oui, on va lui faire la surprise. Et s'il n'est pas à la maison, je sais où le trouver ! sourit Jean en engageant la voiture dans le chemin qui, par la peupleraie, filait jusque chez Félix.

Dérangés, les freux qui nichaient là par dizaines protestèrent bruyamment en un concert de croassements coléreux.

Maintenant que tout était réglé et qu'il avait, la veille au soir, offert un pot d'adieu à ses confrères du cabinet ministériel, Jean se sentait libre. Il n'avait même aucun scrupule à avoir abandonné son poste car, les élections présidentielles approchant à grands pas et les sondages, surtout ceux des RG, étant ce qu'ils étaient, son ministre lui-même préparait sa valise et empaquetait ses archives...

Au sujet des élections, Jean avait quand même été surpris d'apprendre que Marianne ne votait pas ; cela l'avait dépité.

– Bon sang ! Avec un prénom comme le tien, tu fais le coup de l'abstention ? Ça alors ! Mais pourquoi ?

– Voter ? Pour quoi faire ? Dans quel but ? Ceux

qui gouvernent ne le font plus qu'à coups de sondage ! Ils ont tellement peur de perdre un demi-point qu'ils passent leur temps à demander, à un panel de crétins, ce qu'ils désirent ! Ça leur permet ensuite de caresser ces mêmes crétins dans le sens du poil, donc de ne rien faire ! Alors j'irai voter quand j'aurai la certitude que ça sert à quelque chose. Pour l'instant, je suis persuadée du contraire !

– C'est un peu facile, non ? Avec ton système il n'y a pas de raison que ça évolue !

– Possible. De toute façon, il y aura toujours pléthore de candidats à vocation d'arrivistes, comment veux-tu faire le tri ?

– Admettons, avait-il dit, soucieux de ne pas envenimer les débats mais bien décidé, le temps aidant, à donner quelques leçons d'éducation civique à sa compagne.

Mais elle était perspicace et avait remarqué qu'il semblait contrit.

– Je t'ai choqué ? Dis-le, quoi !

– Choqué, peut-être pas, mais je ne comprends pas, c'est tout.

– Eh bien, admettons que j'ai tort. De toute façon pour cette fois encore, les jeux sont faits. Le vieux monarque semi-dieu qui est autant socialiste que je suis encore vierge va repasser les doigts dans le nez, alors que je vote ou pas !

– Tu voterais pour lui ?

– Pourquoi pas ? Lui au moins annonce sa couleur de politicard, avec lui on n'est pas pris de court ! Tandis qu'avec les autres...

– Pris comme ça... Enfin, évitons d'en parler devant Félix. Il était parmi les premiers dans les Forces françaises libres et, pour lui, il n'y a pas d'hésitation possible.

– Il a de la chance ! Moi, si j'allais voter, ce serait à pile ou face ou à la courte paille !

– Ça s'arrangera.

– Peut-être...

Et maintenant ils roulaient vers chez Félix pour lui faire une petite visite avant leur départ. Ensuite ils fileraient sur Saint-Libéral puis rejoindraient Paris, pour embarquer dans huit jours.

C'est main dans la main qu'ils partirent à la recherche de Félix après avoir déposé sur la table une grosse boîte de foie gras, fabriqué par les cousins de Marianne, et mis au frais une bouteille de sauternes.

Jean, qui venait là depuis des années, avait tout de suite trouvé la clé. Elle était toujours glissée entre un nichoir à mésanges et le tronc du hêtre où Félix l'avait fixé vingt ans plus tôt. La mésange bleue qui nichait là siffla comme un serpent lorsque Jean tapota doucement la petite boîte percée d'un trou et couverte d'une ardoise. Heureux de voir que tout était en ordre – il n'avait pas souvenir d'avoir vu le nichoir inoccupé un seul printemps –, il était entré dans la maison ; elle était une partie de sa jeunesse.

Comme il l'avait prévu, ils trouvèrent Félix qui, son tour en forêt achevé, rentrait chez lui en longeant l'étang du Souchet.

– Ça, pour une bonne surprise ! dit-il en étreignant Jean. Je me doutais bien que tu passerais mais j'ignorais quand. Puis il serra la main de Marianne et observa la jeune femme avec une attention amusée.

Tu as bon goût, dit-il à son cousin, je n'en dirais pas autant d'elle mais, si elle veut, je lui explique tout de suite à qui elle a affaire !

Il fut heureux de constater que Marianne riait de bon cœur ; il n'eût pas aimé qu'elle manquât d'humour.

– Vous restez déjeuner, bien sûr. Il n'attendit pas la réponse et enchaîna après avoir observé le soleil : ça va, j'ai le temps de me mettre en cuisine, il doit être onze heures, c'est ça ? Enfin, en heure allemande !

Comme Pierre-Édouard de son vivant, il n'avait jamais admis l'imbécile instauration de l'heure d'été car, vivant en pleine nature, il était bien placé pour savoir qu'elle n'était qu'un pitoyable artifice, inventé par un ignare.

– Oui, onze heures, approuva Jean après avoir regardé sa montre, tu vois bien que tu fais des manières pour rien et que tu t'habitues très bien au changement horaire !

– Compte là-dessus, gamin ! Alors comme ça tu nous quittes ?

– Je te l'avais laissé entendre, je crois ?

– Oui. Et ton père me l'a confirmé. Je ne te dirais pas qu'il était aux anges...

– Je sais. Il ne se remettra jamais de mon refus à devenir le crâne d'œuf qu'il souhaitait ! Mais ce n'est pas grave.

– Tu as raison. Et vous, vous poussez l'héroïsme jusqu'à partir avec lui ? lança Félix à Marianne.

– Oui, il faut bien que quelqu'un lui donne la main, il a peur tout seul, surtout la nuit !

– Allez-y tous les deux, dit Jean en serrant la jeune femme contre lui. Dis-moi, demanda-t-il, soudain sérieux, j'espère que papa a noirci le tableau quand il m'a dit qu'oncle Jacques voulait tout arrêter ?

– Non, c'est vrai.

– Mais il ne va quand même pas vendre les terres ? On ne vend pas les terres des Vialhe, nom de Dieu !

– Je ne sais pas. C'est Dominique qui réglera tout ça, son père l'attend.

– Bon sang ! Si j'avais su ça plus tôt, tiens, il y a deux ans, par exemple, avant que je rentre au cabinet, je l'aurais prise, moi, cette exploitation ! En fermage, en location, je ne sais trop, mais je l'aurais prise et oncle Jacques n'en serait pas où il en est !

Il ne pouvait s'empêcher de penser à toutes les vacances qu'il avait passées à Coste-Roche en suivant son oncle comme son ombre et en travaillant autant que lui, du moins dès qu'il avait atteint l'âge adulte. Il connaissait toutes les terres comme sa poche, pour les avoir fauchées, moissonnées, labourées, aimées. Et il connaissait aussi le troupeau de limousines qu'il avait vu évoluer peu à peu pour devenir ce qu'il était aujourd'hui, superbe et sélectionné.

– Dieu sait pourtant si ça m'a démangé de tenter le coup, poursuivit-il, mais maintenant c'est trop tard, même si oncle Jacques était d'accord.

Dix jours plus tôt, il avait dîné au Jules Verne, invité par le principal actionnaire de la station du Grand Kaori, et signé en fin de soirée un contrat très séduisant.

– Tu ne vas quand même pas regretter, dit Félix. Quoi que tu dises, Saint-Libéral et Coste-Roche c'est trop petit pour toi. Et surtout, ça n'a plus aucun avenir.

– Moi, j'en aurais donné de l'avenir !

– Mais non ! Il faut voir quelle vie de chien mène le dernier jeune agriculteur qui s'accroche, il lui faut un sacré courage ! Et encore, il a de la chance, ton oncle le conseille sans arrêt.

– Tu parles de qui, là ?

– Du petit Valade.

– Ah ! Jean-Claude ! Eh bien, oui, je le connais, tu penses ; on doit être à peu près du même âge. Et alors, elle tourne sa ferme !

– Allons donc ! Elle tourne à coups d'emprunts et surtout elle avance à la godille, et avec quel travail ! Non, ne regrette rien, tu te serais mis dans un sale pétrin.

– Coste-Roche, c'est pourtant une belle ferme !

– On ne dirait pas que tu viens de passer deux ans à grenouiller entre le ministère et Bruxelles, intervint Marianne. On dirait même que tu n'as pas lu l'article qui m'a valu tant de problèmes ! Je ne connais pas Coste-Roche ni Saint-Libéral, si ce n'est à travers ce que tu m'en as dit. Mais je peux te garantir – et je prêche un converti, car tu le sais aussi bien que moi ! – oui, tu sais très bien que ces exploitations, perdues dans ces villages perdus, sont condamnées à mort, les villages aussi d'ailleurs ! Tu le sais très bien ! Alors ne va pas nous faire une crise de remords et de sentimentalisme !

– Elle a raison, approuva Félix. Moi, je n'y connais rien, mais... Oui, tout ça est en sursis. Ça peut durer quelque temps avec les gens de la génération de Jacques, ou approchant, pas avec ceux de la suivante, pas avec la tienne ! Ou alors, dans quelles conditions, à quel prix et pour quels résultats ! Je ne voudrais pas te vexer, mais tu n'es pas du tout préparé à cette vie, pas plus que Dominique ! Et puis, tiens, demande à la jeune personne que tu as au bras si elle t'aurait suivi à Coste-Roche comme elle va te suivre au bout du monde, les yeux fermés, vas-y, demande !

– Pas la peine, dit Jean, je ne le lui aurais même pas proposé...

– Sans commentaire, conclut Félix.

Jean n'était pas revenu à Saint-Libéral depuis l'enterrement de sa grand-tante Berthe. Et encore, très pris par son travail, avait-il fait l'aller et retour en moins de vingt-quatre heures. Aussi fut-il lui aussi saisi par l'espèce d'apathie qui pesait sur tout le village. Car si lui-même, vu son âge, ne l'avait jamais connu très animé ni très vivant, ni surtout plein de jeunes, il en gardait pourtant un souvenir moins sinistre. L'été, période pendant laquelle il séjournait à Coste-Roche, attirait des vacanciers, dont quelques enfants et adolescents, qui donnaient au village un aspect un peu plus vivant. Même l'auberge, alors ouverte, apportait à la grand-place un petit air enjoué ; elle était là, avec ses tables en terrasse, on pouvait y boire un verre ou, suivant l'heure, se restaurer d'une tranche de jambon de pays ou d'une omelette aux cèpes, on n'était pas perdu.

Mais, désormais, c'était une aire déserte, une grand-rue vide dans laquelle venaient mourir les sept ruelles, jadis pleines de vie, maintenant moribondes et, pour certaines, mangées par l'herbe folle. Et la seule personne que Jean et Marianne aperçurent en allant saluer Mathilde et Yvette fut la vieille Germaine Bordes qui sarclait ses petits pois dans son jardinet.

Heureusement, l'accueil que leur réserva Mathilde leur fit chaud au cœur.

– Alors comme ça, toi aussi, comme Dominique, tu pars là-bas, au bout du monde ?

– Eh oui, Bonne-maman.

– C'est loin... Enfin, on sait bien que tu as toujours aimé la terre et les bêtes, comme ton grand-père. Ton père, lui, c'était autre chose, il préférait la lecture aux sarclages ! Enfin, il en faut pour tous les goûts. C'est grand ?

– La propriété où nous allons ?

– Oui.

– Presque mille hectares et dans les cinq cents bêtes.

– Mon Dieu ! tant que ça ? C'est possible ?

– Oui. Mais ce que gère Dominique est trois fois plus grand ! Il te l'a sûrement raconté.

– Tu entends, Yvette ? lança Mathilde.

– Oui, oui.

– Nous, on n'arrive pas à se représenter tout ce que ça fait mille hectares, dit Mathilde, soudain songeuse. Et cinq cents vaches ? insista-t-elle. Et tu dis que Dominique en a plus ?

– Des vaches ? Oui, plus du double !

– Eh bien...

Jean vit que les chiffres la perturbaient et il comprit qu'elle devait chercher à transposer dans la commune une aussi vaste étendue et un aussi grand troupeau.

– Eh bien, redit-elle en hochant la tête. Puis elle sourit, comme amusée par l'énormité des faits. Personne n'en parlait dans la famille, reprit-elle, mais tu sais quand même ce que faisait mon père, oui, ton arrière-grand-père, Émile Dupeuch ?

– Oui, je crois qu'il était fermier ou métayer ? C'est ça ? demanda Jean, pas très sûr de lui car ni son père ni son oncle Jacques ne lui avaient beaucoup parlé de cet ancêtre dont la vie, il se l'avouait volontiers, ne le passionnait pas beaucoup.

– Il était métayer du notaire, ici, à Saint-Libéral, expliqua Mathilde, songeuse. Moi, je ne l'ai pas connu, mais je sais que ma mère a pu garder les terres qu'il exploitait. Et c'est grâce à elles et au travail de mon frère Léon qu'elle a pu nous élever, ma sœur et moi. Et tu sais quelle était la surface ? Je la connais par cœur parce que Léon me l'a toujours répété : « On avait un peu de terre, disait-il, elle n'était même pas à nous mais on était quand même moins pauvres que ceux qui n'en avaient pas ! » C'est vrai, nous, on vivait sur trois hectares et on tenait deux vaches, six moutons, un cochon et quelques poules et canards... Et maintenant, tu pars t'occuper de mille hectares et de cinq cents bêtes ! J'en aurais vu des choses dans ce siècle ! Oui, quelle époque !

– Pas plus de trois hectares ? redit Jean, sceptique et pas loin de penser que sa grand-mère, au moins sur ce point, perdait un peu la mémoire.

– Ta grand-mère a raison, intervint Yvette, trois hectares, deux vaches, six moutons, un cochon ! Mon pauvre Léon me l'a toujours rappelé à moi aussi. Et c'est pour ça que, sa vie durant, il a toujours acheté toutes les terres qu'il a pu ! Il en avait tellement manqué quand il était jeune...

– Eh bien..., dit Jean en regardant Marianne qui ne pipait mot, passionnée par les propos des deux vieilles dames.

– Et vous, vous partez avec lui, c'est ça ? demanda Mathilde en s'adressant à la jeune femme.

– Oui, madame.

– Vous êtes fiancés alors ? demanda Mathilde à Jean.

– Bientôt, promit-il, sachant bien que, pour elle, le mot gardait toute sa valeur et qu'il impliquait un engagement mutuel quasiment définitif.

– Vous avez l'air solide et décidée, dit Mathilde en la regardant. C'est bien, les hommes ont toujours besoin d'une femme sur qui ils puissent s'appuyer. Vous savez, ils font les forts, les fiers-à-bras, mais dès qu'on n'est pas là ils sont perdus ! Sans nous, ils n'existent pas ! décida-t-elle dans un petit rire avant d'ajouter : Mais il faut bien reconnaître que, nous aussi, toutes seules, on n'est pas très fières !

– C'est bien comme ça que je l'entends, dit Marianne, séduite par le regard pétillant de malice de la vieille dame et par son sourire.

– Tu as vu ton oncle ? demanda Mathilde à Jean.

– Non, on arrive juste. On vient te voir en premier, c'est normal.

– Mais où est ta voiture, je n'ai rien entendu.

– Sur la place. Je voulais faire découvrir Saint-Libéral à Marianne.

– Oui, le village de tes ancêtres... Enfin, tout à l'heure, quand tu verras Jacques, essaie de lui dire de ne pas trop en faire. Je sais qu'il a eu une mauvaise grippe et qu'il met du temps à s'en remettre. Et comme il n'est plus tout jeune et que cette pauvre Michèle prend de l'âge, elle aussi... Tu lui diras de se reposer ? Promis ?

– Promis, répondit Jean qui ne savait trop quelle contenance prendre.

– Vous êtes là pour longtemps ?

– On repartira après-demain, mais nous repasserons te voir, fit Jean en se levant. Non, non, reste assise, dit-il en se penchant vers elle pour l'embrasser.

Elle l'étreignit et le retint un instant pour mieux l'observer.

– Tu as le front et le menton de ton grand-père. Et c'est du solide et du volontaire, dit-elle en se tournant vers Marianne. Vous aussi, faites-moi la bise. Après tout, une fiancée c'est déjà un peu de la famille.

Jean dut se faire violence pour dissimuler la mauvaise impression qu'il ressentit en voyant son oncle. En moins d'un an, Jacques avait beaucoup vieilli. Ses cheveux, naguère poivre et sel, étaient désormais blancs. De plus, il avait maigri et ses rides, déjà creusées par le grand air, n'en étaient que plus accentuées, plus profondes. Mais il avait toujours son bon sourire et sa voix chaude, et cela réconforta un peu Jean.

Il eut pourtant un nouveau choc en découvrant sa tante ; elle était devenue une vieille femme, un peu voûtée, tassée, aux traits fatigués et aux cheveux presque aussi blancs que ceux de son époux.

– Je vous présente Marianne, dit-il, soulagé par cette diversion qui lui permettait d'esquiver le banal : « Vous allez bien ? »

Or il était manifeste que ni l'un ni l'autre ne pouvaient répondre oui sans mentir, mieux valait donc ne pas poser la question.

– Ah oui, Marianne ! dit Jacques en l'embrassant. Ton père nous en a parlé au téléphone, longuement.

– En bien, j'espère ? demanda Jean.

– Mais oui, assura Michèle en embrassant elle aussi

la jeune femme, je ne vois pas pourquoi il en aurait dit du mal. Vous êtes ravissante, dit-elle à Marianne, surprise par la chaleur de l'accueil.

– Alors comme ça, c'est vous l'auteur de ce formidable article ? demanda Jacques un peu plus tard, alors que Jean et Marianne après s'être changés l'avaient rejoint dans la salle de séjour.

– Vous ignorez sûrement que je suis abonné à *Agricola 2001* depuis des années, poursuivit-il. Eh bien, j'ai failli leur écrire pour leur dire tout le plaisir que m'a procuré votre papier. J'ignorais, bien entendu, que mon voyou de neveu vous avait déjà à l'œil ! Non, blague à part, ce que vous avez écrit correspond tout à fait à ce que je crois. C'est très bien d'avoir eu le courage de dire, sans détour, ce que beaucoup pensent.

– Merci, sourit Marianne.

– Ce qu'elle ne te dit pas, c'est qu'elle a failli se faire vider à cause de ses propos trop acides et critiques aux yeux de certains.

– Ça ne m'étonne pas. Il est bien connu que la vérité a toujours gêné et gênera toujours ceux qui, depuis des années, ont décidé que nous, petits agriculteurs, étions des boulets, des empêcheurs de brader notre agriculture familiale aussi vite que beaucoup le souhaitent en France, et ailleurs. Mais dites-moi, si vous accompagnez Jean, on ne lira plus vos articles ?

– Si. Enfin, j'espère. J'ai accepté un statut de pigiste. D'accord, je rétrograde, mais c'était ça ou rien. Alors, de là-bas, j'enverrai des papiers sur l'agriculture de la Nouvelle-Calédonie. Et si je peux y faire un saut, sur celle de Tahiti et des Marquises.

– Je les lirai avec grand plaisir. Mais surtout, et si vous voulez en croire un vieux monsieur, n'hésitez jamais à écrire ce que vous avez sur le cœur, à appeler noir ou blanc ce qui l'est, à dire ce que certains aimeraient que vous taisiez. C'est comme ça que vous nous aiderez à aller un peu plus loin, enfin ceux qui, parmi nous, peuvent encore le faire...

Choqué par l'état physique de son oncle et de sa tante, Jean le fut presque autant par l'aspect de la ferme. Il en gardait le souvenir des temps où, dix ans plus tôt, il venait tous les ans à Coste-Roche. Pourtant, à cette époque déjà, tout n'était pas aussi bien tenu que jadis, car Jacques n'était plus jeune.

Malgré tout, la cour était propre, rangée, le matériel bien garé et graissé, les terres et les prairies entretenues. Quant au cheptel, même s'il n'était pas encore sélectionné et aussi beau, du moins était-il manifeste que les bêtes étaient étrillées et brossées chaque jour lorsque la mauvaise saison les maintenait à l'étable.

Il était maintenant évident que tout cela était révolu. Jean s'en rendit compte lorsque, au petit matin, il rejoignit son oncle et sa tante qui travaillaient à l'étable. Avant de venir, et après avoir laissé Marianne, lovée au creux du lit et bien partie pour y rester encore un couple d'heures, il avait farfouillé dans la penderie où devait toujours se trouver une de ses paires de bottes, rangées là depuis des années. Bien chaussé grâce à elles, il avait peu après poussé la porte de l'étable et frémi, heureux, en retrouvant là cette forte et chaude odeur *sui generis* que dégage un troupeau. Elle lui rappela aussitôt toutes ses vacances à Coste-Roche, quand il mettait son point d'honneur à être debout le premier pour venir faire téter les veaux.

– Déjà levé ? s'étonna Jacques.

– Oui, il faut que je m'y habitue. D'après Dominique, là-bas, en cette saison, le jour est là vers cinq heures. Bon, qu'est-ce que je peux t'aider à faire ?

– Rien, on a presque fini, va faire le tour des terres, ça t'aérera, dit Michèle en essayant, à grand-peine, de ramener dans son box un veau de trois mois.

Jean lui prit la corde des mains et rattacha l'animal qui comprit aussitôt que la poigne qui le tenait n'était plus la même et qui ne broncha pas.

– Le tour des terres ? Tout à l'heure avec Marianne, pour l'instant, elle dort encore, dit-il.

– Elle est bien cette petite, dit Jacques. Tu fais ce que tu veux, mais si j'étais toi, je ne la laisserais pas filer ! Enfin, c'est ton affaire, moi, ce que j'en dis !

– Quasiment la même chose que Félix et Bonne-maman, s'amusa Jean.

– Tu m'accompagnes conduire les bêtes jusqu'au pacage ? demanda Jacques en commençant à détacher les vaches.

– Bien sûr, on les pousse où ?

– Jusqu'à la Grande Terre.

– Tu l'as mise en prairie ? s'étonna Jean car, dans le temps, cette pièce, au sol excellent, était réservée aux céréales, aux betteraves ou au maïs grain ; et, jadis, au tabac.

– Elle est en seigle vesce et pâturage rationné. J'ai prévu du maïs fourrage derrière, enfin, si je peux..., dit Jacques après s'être assuré que Michèle, son travail fini, avait quitté l'étable.

– Je vois, approuva Jean en passant entre les bêtes pour aider à les détacher.

Ce fut après plusieurs minutes de silence et alors que

le troupeau allait d'un bon pas sur le chemin qui serpentait en direction du plateau et de la Grande Terre que Jacques demanda :

– Ton père t'a prévenu, je suppose ? Et Félix aussi ?

– Oui, surtout Félix.

– Essaie de ne pas trop en parler devant ta tante, ça la déprime.

– Mais elle est au courant quand même ?

– Bien sûr, pouvais pas faire autrement. Elle voit bien que je prends tout un tas de saloperies qui sont en train de m'empoisonner en me bousillant l'estomac ! Alors elle a vite compris que ce n'est pas pour le plaisir. D'ailleurs, je le lui ai dit et c'est elle maintenant qui m'accompagne chez le cardiologue.

– Ah ! Alors tu te soignes pour de bon ?

– Mais oui, ne t'inquiète pas pour ça. Simplement, puisque tu verras Dominique dans une semaine, dis-lui que ça va mais que je l'attends pour tout régler. Il m'a écrit, il veut qu'on fasse l'arrangement avec sa sœur et lui. Il a raison, j'ai prévenu le notaire, tout sera prêt. À propos, tu sais que Françoise n'est plus avec son... type ? Il paraît qu'il l'a lâchée, enfin c'est ce qu'elle m'a dit, tu es au courant ?

– Oui. C'est aussi ce que m'a raconté Josyane, mentit Jean tout en admirant le panache avec lequel sa cousine Françoise, qu'il aimait beaucoup, et de tout temps, gérait son problème et son chagrin tout en évitant un choc à son père.

– Je t'avoue que je ne suis pas mécontent que ça finisse comme ça, poursuivit Jacques, c'était pas sérieux cette aventure ! Enfin, explique tout ça à Dominique et dis-lui bien que je l'attends pour tout régler. Moi, désormais, je suis hors course.

Jean ne prit même pas la peine de protester. Tout ce qu'il voyait des terres Vialhe prouvait que son oncle était lucide. Car ici, c'étaient les ronces et les orties qui gagnaient ; là-bas, dans la Pièce Longue, un des énormes noyers, sans doute foudroyé l'été précédent, offrait à tous vents son tronc fendu, écartelé, que cernait, à terre, le fouillis des branches mortes où, déjà, croissaient les liserons. Plus loin, c'était cette clôture à refaire, dont les piquets brinquebalaient tandis que les barbelés détendus n'auraient pas arrêté un veau de huit jours ! Partout c'étaient des prairies dont on devinait la vieillesse et l'usure. Et devant, folâtres, c'étaient ces vaches non étrillées dont l'arrière-train était encore encroûté par des médaillons de bouse durcie par le temps.

– Mais bon Dieu, dit-il enfin, tu ne vas quand même pas vendre les terres ? Tu ne vas pas faire ça ?

– Dominique décidera. Moi, franchement, je n'en peux plus...

– J'entends bien ! D'ailleurs ça se voit, dit Jean sans détour. Mais ce n'est pas une raison pour vendre les terres !

– Je sais. Mais qui va s'en occuper ? Non, je fais confiance à Dominique, il aura des idées. Allez, changeons de sujet, celui-là n'est pas drôle et il me fatigue beaucoup. Tu as vu ta grand-mère, elle est en forme, hein ?

– Oui, tout à fait, et Marianne la trouve super !

– Elle ne sait rien en ce qui concerne ma santé, alors ne gaffe pas !

– Ne t'inquiète pas. Elle croit que tu as eu une mauvaise grippe et que tu es long à t'en remettre.

Ils étaient arrivés à la Grande Terre où, déjà, les

vaches s'égaillaient dans la parcelle délimitée la veille au soir par la clôture électrique dans laquelle Jacques envoya le courant.

– Tiens, au fait, tu te souviens du petit Valade ? demanda-t-il alors qu'ils reprenaient le chemin du retour.

– Jean-Claude ? Bien sûr.

– Je l'ai convaincu de se mettre au veau de lait, avec ça, il s'en sortira un peu moins mal, peut-être... Et c'est lui aussi qui reprend le ranch de Coste.

– C'est une bonne idée.

– Oui, j'ai pu sauver ça, mais je n'ai pas pu sauver l'auberge.

– J'ai vu, elle manque beaucoup.

– S'il n'y avait que ça !

– C'est vrai que le village est de plus en plus vide, et sinistre. Mais ça s'arrangera peut-être.

– Non, cette andouille de Martin fait tout pour transformer Saint-Libéral en cité-dortoir, tout ! Il mise là-dessus en espérant que ça fera revivre la commune : ça la tuera. Une commune rurale est faite pour les ruraux, pas pour les citadins. Ils ne savent pas y vivre, sauf quelques semaines en vacances, et encore ! Un village comme l'était Saint-Libéral, et tous les Saint-Libéral de France, c'était d'abord un rassemblement d'hommes et de femmes qui se connaissaient tous, de génération en génération ! Une communauté ! Et les gens se détestaient, ou s'aimaient, ça n'avait pas grande importance. Ils se connaissaient et l'essentiel était là. Aujourd'hui, à part les vieux d'origine, plus personne ne se connaît ni ne se parle, à peine bonjour-bonsoir, et encore pas toujours ! Et personne ne veut se connaître et ça, c'est la mort.

– Ne noircis pas davantage le tableau ! Après tout, mieux vaut des gens de la ville, même s'ils sont différents, que des maisons vides et un village fantôme abandonné aux corneilles et aux hiboux ! Si tu continues comme ça, tu vas bientôt regretter le prétendu bon temps passé, celui des lampes à pétrole, des sabots pleins de paille et tout le toutim que pleurent les passéistes bêlants !

– Tu as peut-être raison. Je dois être trop vieux pour m'adapter et sans doute aussi pour comprendre. Tout va tellement vite maintenant. Tu vois, plus rien n'avance à mon rythme de terrien. Dans le fond, cardiaque ou pas, il est temps que je passe la main.

– Arrête un peu l'autoflagellation, ça ne te ressemble pas, coupa Jean, agacé par le pessismisme de son oncle. Et pour changer de sujet, il lança : Mis à part un message oral que j'ai bien compris, tu n'as rien d'autre à me confier pour Dominique ?

– Non, non, assura Jacques. Puis il s'arrêta, soudain songeur. Quoique..., dit-il enfin, si tu veux bien t'en charger.

– Si ce n'est ni lourd ni volumineux, pas de problème.

– Ça va te faire rire, ce n'est même pas pour Dominique, c'est pour Pierre, oui, ton neveu.

– Un jouet ? Sa sœur va être jalouse !

– Non, pas un jouet. Juste une histoire que j'ai écrite il y a trois ou quatre ans, et Pauline pourra en profiter, elle aussi, dans quelques années.

– Une histoire ? s'étonna Jean. Tu écris des histoires pour enfants, toi ? C'est nouveau ! Je ne te voyais pas du tout dans ce registre !

– Ne te fous pas de moi ! Non, je ne vais pas me

reconvertir là-dedans, ce n'est pas mon truc. Simplement, j'ai compris que si mes petits-enfants voulaient savoir un jour d'où ils venaient et ce que faisaient leurs ancêtres, encore fallait-il que quelqu'un le leur dise, le leur explique. Alors pourquoi pas leur grand-père ? Voilà, pour Pierre et les autres, pour tous les petits descendants Vialhe, j'ai raconté ce que je sais sur notre métier, notre vie, depuis des siècles. Ce n'est pas un boulot d'historien ni d'écrivain, c'est juste notre histoire. J'aimerais que tu l'apportes à Pierre, maintenant il a l'âge de connaître la vie de ses ancêtres paysans ; tu verras, c'est un petit manuscrit, il n'est pas lourd.

– Je le prends, pas de problème. Mais pourquoi n'attends-tu pas cet été pour le lui remettre en main propre ?

– Cet été ? Oui, mais... Si tu le lui apportes, il pourra commencer à le lire. Comme ça, quand il viendra, il se sentira tout de suite chez lui, chez les siens, sur sa terre. Et puis l'été, c'est dans trois mois...

16

Josyane s'était toujours très bien entendue avec son cousin Jean. Plus âgée que lui de neuf ans, elle avait, vingt ans plus tôt, souvent fait office de baby-sitter lorsque Guy et Colette voulaient sortir le soir.

Par la suite, en prenant de l'âge, Jean avait beaucoup apprécié l'esprit d'indépendance et l'audace dont sa cousine avait fait preuve lorsque, rompant les amarres familiales, elle était partie à la découverte du monde. Et le fait que ce soit au bras d'un jeune sot n'avait pas pour autant fait baisser l'estime qu'il lui portait ; il ignorait tout de son compagnon de vadrouille.

Plus tard, il avait été très impressionné par Christian, cet homme solide qui, sans esbroufe ni vains discours, avait su séduire Jo au point de l'épouser et de fabriquer avec elle trois adorables mais déchaînés bambins. Quant à la brève mais éprouvante expérience qu'il avait vécue dans les geôles chiliennes, presque dix ans plus tôt, elle avait encore renforcé l'amitié et l'admiration que Jean portait au couple.

Aussi est-ce tout naturellement qu'il avait demandé à sa cousine de voter pour lui, par procuration. Il avait toute confiance et savait qu'elle agirait dans le sens qu'il lui avait indiqué.

Cela étant réglé et alors que Jo avait tenu à ce que Chantal et Françoise participent au dîner d'au revoir en l'honneur de Jean et Marianne qu'elle avait organisé, nul n'eut le mauvais goût de mettre la politique sur le tapis. Tous savaient que cela aurait gâché la soirée. Mais si tous les prétendants à l'Élysée furent laissés dans les oubliettes, il n'en alla pas de même de Mathilde, ni surtout de Jacques.

Ce fut Jean qui, l'ayant vu en dernier, put, sobrement mais lucidement, brosser un portrait exact de son état physique. Lui aussi qui, d'un œil professionnel, expliqua à quel point l'ensemble de la ferme Vialhe pâtissait de la maladie de Jacques.

Et, au sujet de son oncle, Jean fut très agréablement surpris de noter à quel point sa cousine Françoise, qu'il n'avait pas vue depuis des mois, réagissait au mieux. Certes, sa récente épreuve l'avait marquée en creusant dans son visage de mauvaises et désormais ineffaçables rides. Mais elle était toujours la belle et élégante jeune femme qui, connaissant le pouvoir de sa séduction naturelle, n'avait nul besoin d'y faire appel pour s'imposer. Et même si, parfois, dans son regard ou dans sa voix passait une onde de tristesse, on la sentait solide et prête à se battre pour gérer au mieux son avenir comme elle l'entendait.

– Tu es certain que papa se soigne bien ? insista-t-elle.

– C'est ce qu'il m'a dit, mais je n'ai pas vérifié, ce n'est pas mon père !

– Moi, je téléphone assez souvent aux parents, intervint Chantal. D'après eux, il va régulièrement chez le toubib et suit son régime. Ils n'en savent pas plus car ton père n'a pas envie de raconter sa vie !

– Je sais, dit Françoise. Enfin, j'y ferai un saut l'autre week-end, entre les deux tours, je verrai sur place.

– Voilà une très bonne idée, tes parents seront ravis et Bonne-maman aussi, approuva Jean. Mais... ça me gêne un peu de te dire ça, avoua-t-il après un temps d'hésitation, bon, allons-y. C'est bien toi qui lui as dit que, enfin, que ton compagnon t'avait lâchée ?

– Oui, et alors ? jeta Françoise, sur la défensive.

– Alors c'est très bien. Parce qu'il le croit dur comme fer et il vaudrait mieux que ça continue, c'est plus simple que les explications.

– Ça continuera, mais je ne descends pas à Saint-Libéral pour parler de ça...

– Tu as des idées pour la ferme ?

– Pas encore, il faut que je voie. Et puis Dominique est quand même mieux placé que moi ! Moi, mon job, c'est la recherche, pas la gestion.

– Vous n'allez pas tout de même vous débarrasser des terres au moins ? s'inquiéta Jean qui, depuis quelques jours, était hanté par l'image des terres Vialhe vendues à l'encan. Non, je dis ça parce que ton père en est à un point où il fera tout ce que Dominique lui dira de faire.

– Je ne crois pas que vendre les terres soit dans ses idées, dit Françoise. De toute façon ce n'est pas dans les miennes. Non, vendre, c'est tuer papa, et Bonne-maman en prime !

– Ça ne fait pas l'ombre d'un doute, se permit d'intervenir Christian. Vous me direz, ce ne sont pas mes oignons, non seulement il ne faut pas vendre les terres, mais encore faudrait-il que vous, ses nièces, et surtout toi, sa fille, trouviez pour oncle Jacques une occupation pas trop fatigante, et pourtant valorisante.

– Christian a raison, approuva Jo, moi, je n'ai jamais compris pourquoi il avait démissionné de la mairie. Il y réussissait très bien et ça le motivait. C'est quelque chose dans ce genre, en moins prenant, qu'il lui faudrait.

– Ce qui serait farce, et ça m'aurait amusé de monter ce coup si j'avais été là, calcula Jean avec un regard gourmand, serait de lui dire de pousser Jean-Claude Valade dans la bagarre pour la mairie. Il est déjà conseiller municipal, alors pourquoi ne pas l'encourager à viser plus haut ? Bien soutenu par oncle Jacques, ça peut se jouer ; les municipales sont pour l'an prochain, il est temps d'attaquer...

– Voilà une bonne idée, reconnut Jo, et pour ça on peut mettre les parents dans le coup, et Félix aussi.

– Surtout Félix, insista Jean. Je crois que c'est le seul qu'oncle Jacques écoute vraiment. Parce que nous, pour lui, on reste toujours des gamins.

– Mais ton idée est bonne, dit Françoise, parles-en à Dominique, il ne faut pas que papa se retrouve sans avoir rien à penser.

– À propos de Dominique, tu connais la Nouvelle-Calédonie naturellement ? demanda Jean à Christian.

– Il connaît le monde entier ! coupa Chantal qui aimait bien faire un peu enrager sa jeune sœur en lui rappelant, incidemment, que Christian était un de ses camarades de travail bien avant qu'il ne tombe amoureux d'elle.

– Oui, j'ai fait un reportage sur le nickel, il y a quelques années. Et comme j'étais sur place, j'en ai profité pour faire un deuxième reportage, beaucoup plus sympa et excitant, sur la plongée sous-marine. Ils ont des coins fabuleux là-bas, bourrés de poissons et de coraux de toutes sortes.

– C'est ce que m'a dit Dominique. Moi, je ne suis pas un fana de l'eau, ça me mouille toujours trop. En revanche, Marianne est passionnée de plongée, dit Jean en souriant à la jeune femme.

– C'est vrai, reconnut-elle, d'ailleurs, ajouta-t-elle malicieusement, si je t'accompagne là-bas, ce n'est pas pour tes beaux yeux, mais uniquement pour les parties de pêche sous-marine !

– Bravo ! s'amusa Chantal. Tu as tout compris, c'est comme ça qu'il faut tenir les hommes et surtout les Vialhe !

– Allez-y, les grenouilles, ne vous gênez pas, débloquez à votre aise ! reprit Jean, soudain sérieux. En attendant, d'après mes informations semi-officielles, ben oui, expliqua-t-il en voyant l'air étonné de Chantal et de Jo, ça peut servir d'avoir bricolé dans un ministère et d'y avoir toujours de bons copains, eh bien, d'après ce que je sais, il faudra attendre un peu pour la pêche sous-marine et le farniente sur la plage. Oui, il semblerait que la situation aille plutôt en se dégradant. D'accord, ce n'est pas nouveau, mais tu n'as entendu parler de rien, toi ? demanda-t-il à Christian.

– Si, à peu près ce que tu viens de dire. Mais il ne faut pas dramatiser. Toi, tu vas dans le Sud et c'est plutôt dans le nord de l'île que ça remue, enfin, d'après ce que j'en sais. Mais c'était déjà le cas lorsque j'y ai été en reportage et ça ne m'a pas empêché de faire mon boulot, et de me baigner !

– De toute façon, quoi qu'il arrive, on verra sur place, décida Jean. Mais toi et ta pêche sous-marine, on en reparlera, prévint-il en souriant à Marianne.

– Alors, pas de regrets ? demanda Jean après avoir bouclé sa ceinture.

– Ce serait un peu tard pour en avoir, dit Marianne en écrasant sa cigarette et en redressant son dossier, comme venait de le demander l'hôtesse.

– Pas de regrets ? répéta-t-il.

– Non, aucun. Ou alors, peut-être, si, reconnut-elle en lui prenant la main.

– Allons bon ! raconte toujours, dit-il en haussant un peu le ton car, déjà, le bruit des réacteurs du 747 se dirigeant vers la piste d'envol couvrait les voix.

– Je suis heureuse, sourit-elle.

– C'est ça tes regrets ?

– Oui, on aurait dû se connaître plus tôt !

– Non, sûrement pas !

Il se pencha vers elle, l'embrassa dans le cou, là où elle se mettait, plusieurs fois par jour, une goutte de ce parfum qu'il aimait, puis reprit sa place, bien calé dans son fauteuil.

– Non, reprit-il, il ne faut pas regretter ça, surtout pas. Je suis certain que tout nous arrive au bon moment, ni trop tôt ni trop tard, juste à l'heure.

– Tu crois ?

– J'en suis persuadé. C'est Félix qui m'a appris ça. Quand le printemps est trop précoce et que tout fleurit trop tôt, il est bien rare qu'on ne le paie pas très vite car un méchant coup de gel, au moment de la lune rousse et des saints de glace, vient tout foutre en l'air.

En revanche, quand tout arrive en son temps, tout fonctionne au mieux, comme pour nous depuis que tu m'as honteusement dragué dans le train Bruxelles-Paris ! Car tu ne m'enlèveras pas de l'idée que tu avais prémédité ton coup !

– C'est pas vrai ! protesta-t-elle.

– Je sais, s'amusa-t-il, mais j'aime beaucoup quand tu prends ce regard offusqué et coléreux !

– Ta cousine Chantal a raison et elle a l'air de s'y connaître en hommes !

– Oh ! pour ça, oui ! Mais pourquoi a-t-elle raison ?

– Tu n'es qu'un sale Vialhe !

Même en devinant que c'était en pure perte, Michèle tenta une fois de plus de convaincre Jacques de ne pas commettre l'imprudence qu'il se préparait à faire.

– Tu sais ce que t'a dit Peyrissac, et aussi le cardiologue, risqua-t-elle.

– Vous me fatiguez, tous, c'est surtout ça qui m'use ! jeta-t-il, peu disposé à discuter. Bon, tu m'aides oui ou non ? Mais si tu ne veux pas, je peux le faire tout seul, j'ai l'habitude, menaça-t-il en grimpant sur le tracteur.

Il faisait un temps magnifique, doux et juste assez ensoleillé pour donner à la nature ce petit coup de chaleur qui allait, en quelques jours, lui faire perdre les ultimes et ternes couleurs d'hiver qui s'accrochaient encore, çà et là, sur les versants exposés au nord. Ailleurs, le vert tendre du printemps et le blanc-rose des vergers en fleurs nimbaient le paysage d'une multitude de touches pastel qui palpitaient sous le soleil et faisaient vibrionner les horizons. Et la terre était bonne au labour. Bonne au point d'avoir décidé Jacques à retourner toute l'étendue de la Grande Terre, cette pièce où le troupeau venait de finir de pâturer le seigle vesce et qu'il entendait maintenant emblaver en maïs fourrage.

Mais, pour ce faire, encore fallait-il effectuer un labour léger, donc atteler le brabant, et ça... Ça, c'était avant tout dégager les outils, herse, rotavator et même semoir, posés en désordre devant lui, à l'automne dernier. C'était donc monter et descendre maintes fois du tracteur pour glisser les rotules du relevage hydraulique dans les tenons adéquats et les verrouiller avec les goupilles ; à condition toutefois d'avoir visé juste lors de la marche arrière. Or grimper sur le tracteur, c'était bien une fois, mais dix, ou plus, c'était épuisant...

– Allez ! Vas-y, attelle ! insista-t-il en reculant jusqu'à la herse.

Michèle amarra l'outil, fit signe de la main que tout était paré. Et ainsi, de manœuvre en manœuvre, jusqu'à ce que le brabant double prenne place à son tour entre les bras du relevage.

– Ça va ? s'inquiéta Michèle en notant que le seul fait de se retourner sans arrêt sur son siège avait poussé une mauvaise sueur au front de son époux. Tu veux que je t'accompagne ? insista-t-elle.

– Mais non ! D'ailleurs, pour quoi faire ? Tu ne vas pas labourer à ma place ?

– S'il le fallait, dit-elle en haussant les épaules.

– Mais oui, sourit-il, soudain radouci, tu saurais aussi bien que moi. Mais tu sais bien que c'est mon plaisir, mon bonheur. Allez va, ne t'inquiète pas, je serai là pour midi... Tiens, regarde ! fit-il en tendant l'index vers le ciel où, dans le bleu cru, s'allongeait la trace blanche et floconneuse d'un long-courrier filant plein sud-est. Si ça se trouve, Jean et la petite sont dedans, c'est bien aujourd'hui qu'ils partaient ?

– Oui, et dans vingt-quatre heures ils verront Dominique, Béatrice et les enfants...

– Toi aussi, dans trois mois, dit-il, et il démarra.

Comme l'avait prévu Jacques, la terre était magnifique, onctueuse et souple. Elle était aimable sous la caresse des socs qui la travaillaient sans à-coups ni brutalité. Juste assez humide pour s'ouvrir en douceur, elle offrait au soleil ses flancs bruns et luisants en de longs et rectilignes sillons où sautillaient quelques bergeronnettes des ruisseaux. Et parce qu'il accomplissait là un travail qu'il avait toujours aimé et dont il ne se lassait jamais, Jacques était heureux.

Heureux malgré cette fatigue désormais permanente qui l'affaiblissait, rendait ses gestes plus lents et son souffle plus court. Heureux car conscient d'être encore un peu utile puisque, grâce à lui, la Grande Terre serait bientôt toute verdoyante et riche de ce maïs qu'il allait y semer. Heureux enfin car, depuis la veille et son entrevue avec le notaire, il avait arrêté ses dispositions. Celles qui, maintenant quoi qu'il arrive, géreraient au mieux les problèmes, mettraient Michèle à l'abri et laisseraient Dominique et Françoise libres de leurs mouvements.

« L'important est que tout soit prêt pour qu'ils puissent choisir sans que j'aie à m'en mêler, pensa-t-il, parce que, tout compte fait, c'est leurs affaires à eux, c'est leur terre... »

Puis il songea qu'il allait pouvoir, sous peu, parler de tout avec Françoise et s'en réjouit. Il y avait maintenant dix mois qu'il ne l'avait pas vue et avait hâte d'être un peu plus vieux d'une grande semaine. L'annonce de sa venue avait été une joie pour Michèle et pour lui. Ils y avaient vu la preuve que Françoise ne leur tenait pas rigueur de leur prise de position vis-à-vis de ses peu sérieuses amours. Aussi, d'un commun accord, avaient-ils décidé de ne toucher mot de toute cette histoire, de faire exactement comme si elle n'avait pas eu lieu et jamais non plus brouillé leurs relations avec leur fille, pour un temps trop long à leur goût.

« Et, sauf si c'est elle qui insiste pour en parler, nous ne dirons rien, pensa-t-il, mais, telle que je la connais, elle fera comme nous et ce sera beaucoup mieux ainsi car le silence, bien souvent, est le premier pas vers l'oubli. Et il est des bêtises qu'il vaut mieux rayer de sa mémoire. »

Fatigués par vingt-sept heures de voyage – comme prévu le personnel de l'aéroport de Singapour avait fait du zèle – Jean et Marianne auraient volontiers dormi plus longtemps. Mais, éveillés dès six heures du matin par les peu discrets chuchotements et autres cavalcades de Pierre et Pauline qui brûlaient d'envie de voir à quoi ressemblaient cet oncle Jean et sa Marianne, si souvent évoqués par leurs parents, ils se levèrent et rejoignirent Dominique et Béatrice.

– Bonne idée de vous mettre tout de suite à l'heure locale, approuva Dominique, mais ce soir, ça risque d'être dur...

– Ça l'est déjà, bâilla Jean après avoir embrassé sa cousine et les enfants, soudain très intimidés par les nouveaux venus.

Ce fut donc en somnambule que Marianne avala un grand verre de jus d'orange pendant que Jean faisait quelques pas sous la véranda.

– C'est superbe ici ! s'exclama-t-il en découvrant les alentours. Viens voir ! insista-t-il en appelant Marianne.

Elle le rejoignit et eut, comme lui, un coup au cœur en apercevant la luxuriance du parc, la beauté du paysage et, au loin, derrière le massif du Humboldt, la magnificence du levant.

– C'est beau, hein ? dit-il en enlaçant la jeune femme après s'être glissé derrière elle.

– Dites, les amoureux, ce n'est pas le moment de flirter, plaisanta Dominique. Nous deux, on a beaucoup de choses à voir ensemble, dit-il à Jean, tu feras bien un tour avec moi tout à l'heure ?

– Bien sûr, ça me réveillera.

– Et si Marianne en a le courage, elle pourra suivre Béatrice quand elle conduira les enfants à l'école, dans une heure. Au fait, je ne t'en ai pas encore parlé, tu sais monter à cheval, j'espère, parce que, ici, c'est indispensable !

– Je sais me tenir sur une selle, enfin, à peu près. Mais ça fait des années que je n'ai pas essayé...

– Eh bien, Marianne aura du boulot ce soir, et les suivants, pour te masser les reins ! s'amusa Dominique. Bon, ce matin, on fait sans se forcer un petit tour ici et, cet après-midi, je t'amène au Grand Kaori, sur ton domaine. Ça te va comme programme ?

– Pas de problème.

– Ah ! j'y pense, Maurice Perrin, oui, le gérant que tu viens remplacer, est enfin sorti de l'hôpital. Il n'est pas très brillant, loin de là, mais il pourra quand même te mettre au courant de tout. De plus, il m'a demandé comme un service, en accord avec tes employeurs, si ça ne te dérangeait pas de lui laisser, disons pour un mois, la jouissance de la maison. Le temps pour lui de déménager. Ça t'obligera à faire pas mal de route soir et matin, mais ce sera sympa pour lui.

– D'accord, nous, ça ne nous gêne pas. C'est Béatrice et toi qui risquez de trouver le temps long, vous allez être obligés de nous loger.

– Tu parles d'une affaire ! Tu as vu la taille de la bâtisse. On y habiterait à quinze sans problème ! Et puis ça permettra à Béatrice de mettre Marianne au courant de la vie ici, des us et coutumes, et ils ne manquent pas, et de tout le reste.

– Ça te va ? demanda Jean à Marianne.

– Très bien, assura-t-elle.

Et elle se pencha vers Pauline qui, timidement, mais avec un beau sourire, lui tendait une grosse fleur d'hibiscus.

C'est alors que, fusant de la maison, retentit l'appel de Béatrice qui, presque aussitôt, sortit sur la véranda en brandissant le poste de radio à bout de bras.

– Tu es malade ? s'inquiéta Dominique.

– Pas moi, eux ! dit-elle en désignant le poste.

– Explique, bon Dieu !

– Ils sont fous ! Fous ! dit-elle en secouant la tête, comme pour nier l'évidence. Les informations viennent d'annoncer qu'ils s'étripent à Ouvéa !

– Quoi ?

– Oui ! Un commando d'indépendantistes est passé

à l'attaque tout à l'heure. Des dizaines de types du FLNKS, en armes ! Ils ont attaqué la gendarmerie de Fayaoué, il y aurait des morts... Et, en plus, les assaillants sont repartis en emmenant au moins une vingtaine de gendarmes en otage, voilà...

– On ne s'en sortira donc jamais de toutes ces conneries ! gronda Dominique. Remets les informations, décida-t-il, ce n'est pas le moment d'être sans nouvelles. Eh bien, pour votre premier jour sur le territoire, c'est réussi, dit-il en se tournant vers Jean et Marianne. Notre programme va être compromis, on peut s'attendre à des barrages un peu partout, alors pas question de quitter la station tant qu'on n'en sait pas plus !

Ce fut au cours de la matinée qu'ils eurent d'autres détails. Outre l'île d'Ouvéa où quatre gendarmes avaient été abattus et vingt-sept autres pris en otages, les émeutes avaient éclaté sur les îles Lifou et Maré. Et, déjà, sur la côte est de la grande île, grondait la colère...

Un peu rassérénés par le coup de téléphone que Dominique leur passa pour les rassurer, au soir de la prise d'otages d'Ouvéa, Jacques et Michèle n'en restèrent pas moins très attentifs à tous les bulletins d'information qu'ils purent capter.

Malheureusement, le premier tour des élections devant se dérouler deux jours plus tard, la furia politique de la métropole éclipsa un peu, du moins de l'avis de Jacques, la relation des événements qui secouaient la Nouvelle-Calédonie. Mais, soucieux de ne point affoler davantage Michèle, Jacques garda pour lui ses réflexions, ses doutes et ses incertitudes quant à la véracité des propos journalistiques. En ce qui concernait, sur ce sujet, ceux de son fils, il y avait beau temps qu'il les tenait pour outrageusement fallacieux.

Les graves troubles qui secouèrent le Caillou le jour même du premier tour des présidentielles ne firent donc rien pour atténuer son inquiétude. Seule la nouvelle et minutieuse consultation de la carte de l'île, si souvent étudiée depuis dix ans et sur laquelle une punaise rouge indiquait l'emplacement de Cagou-Creek, lui prouva que la station était loin des zones dangereuses.

Malgré cela, ce fut les pieds lourds et sans aucun enthousiasme qu'il alla voter et il ne fut pas surpris lorsque, à vingt heures, tombèrent les résultats. Ils lui parurent logiques et conformes à l'état d'esprit qui, depuis des années, était celui de la majorité de ses concitoyens. De plus, à la place des débats et autres manifestations de satisfaction – ou de dépit – il eût de beaucoup préféré de bonnes et franches nouvelles en provenance de Nouméa. Mais tout ce qu'il put apprendre fut que la situation n'était pas plus mauvaise que la veille et que, selon la traditionnelle antienne : « L'ordre républicain régnait sur la majorité du territoire. »

Encore plus fatigué que d'habitude, il eut beaucoup de mal à trouver le sommeil, ce soir-là.

– Dans le fond, dit Jacques le lendemain matin à Michèle, quand on voit à quel point les gens ont envie et besoin qu'on les assiste vingt-quatre heures sur vingt-quatre, il est bien normal qu'ils votent pour celui qui est passé maître dans l'art de leur proposer ce genre de fariboles. Et comme, en plus, il leur promet de les border tous les soirs dans leur lit après leur avoir fait un gros bisou sur le front, il est sûr de son coup, ce vieux renard !

– Tu as raison, dit Michèle, déçue, car les chances de son candidat étaient minces, mais on pouvait toujours espérer un changement dans les mentalités.

– Un changement ? dit-il avec un rire amer. Tu sais, dès l'instant où même nous, agriculteurs, jusque-là les plus indépendants et les plus individualistes, acceptons sans broncher de nous transformer en chasseurs de primes, on peut s'attendre au pire ! Partis comme nous le sommes, demain, tout le monde plébiscitera celui qui nous promettra de nous transformer en fonctionnaires de la terre ! La honte ! Mais on finira par en crever !

– Ne t'énerve pas, coupa-t-elle, car elle savait que la colère était dangereuse pour son cœur. Enfin, tu n'as pas oublié qu'on a rendez-vous à Brive, cet après-midi ?

– Je sais ! dit-il, un peu agacé.

C'était la quatrième fois qu'il se rendait chez le cardiologue pour que celui-ci évalue les résultats du sérieux traitement qu'il suivait. Et même s'il avait l'honnêteté de reconnaître qu'il se sentait plutôt moins mal que deux mois plus tôt, les visites médicales le mettaient toujours de méchante humeur. Quant aux pilules ingérées, elles lui provoquaient des brûlures d'estomac qui, elles aussi, assombrissaient son caractère.

– Bon, tu viens m'aider à atteler la herse ?

demanda-t-il après avoir enfilé ses bottes et sa veste de travail.

– J'arrive, mais pourquoi n'attends-tu pas demain ? Ça ne presse pas de herser la Grande Terre, tu n'es pas à un jour près pour semer ! Alors attends au moins de savoir ce que va te dire le docteur cet après-midi !

– Il me dira des conneries ! Comme d'habitude ! coupa-t-il sèchement. Il me recommandera le repos et, moi, il se trouve que j'ai envie de travailler !

À cause du décalage horaire, ce ne fut que vers six heures du matin, en ce 25 avril, que Dominique et Jean eurent les résultats des élections.

– Le vieux repassera dans quinze jours, c'était prévu depuis un bout de temps, dit Jean en surveillant attentivement la cuisson de six œufs au jambon dont les grésillements et le fumet alléchant attisaient son appétit.

– Oui, sans doute. Dommage pour notre Corrézien, papa doit être déçu, dit Dominique en disposant deux assiettes sur la table.

– Ça va changer quelque chose pour ici ?

– Je n'en sais rien. Je n'ose plus rien dire et je ne sais même plus quoi penser. Ce qui est sûr, c'est que si les indépendantistes ont les mêmes illusions qu'il y a sept ans, on n'a pas fini de rigoler, enfin, façon de parler...

– Pourquoi ? demanda Jean en faisant glisser trois œufs dans l'assiette de son cousin.

Il se servit, plongea un gros croûton au centre des œufs, l'avala et regarda interrogativement Dominique.

– Pourquoi ? Ah ! mon pauvre vieux, tu aurais vu ce cirque au lendemain de la première élection du père

François ! Les mecs étaient persuadés que, grâce à son succès, l'indépendance était automatiquement acquise depuis la veille au soir, à vingt heures, heure de Paris ! Ils s'y voyaient tous ! Du coup et en toute bonne foi, beaucoup de braves ménagères kanakes ont foncé chez les commerçants du coin, se sont servies et sont parties sans régler en assurant : « Cette fois c'est l'indépendance, les socialistes paieront nos dettes ! » Le vrai délire, alors si on doit remettre ça...

– Effectivement, vu sous cet angle ça risque d'être assez folklo ! dit Jean en se versant un grand bol de café.

– De toute façon, nous, aujourd'hui, on va faire comme si tout était normal. Il est urgent que tu découvres ta station et qu'on prouve ainsi que tout fonctionne, envers et contre tout.

– D'accord, approuva Jean, je t'avoue que j'ai hâte, et Marianne aussi, de voir à quoi ressemble le Grand Kaori.

À cause des événements d'Ouvéa, des élections de la veille et de l'excitation dans laquelle baignait une partie du territoire, Dominique avait jugé prudent, depuis trois jours, de ne faire aucune provocation, donc de ne pas sortir de Cagou-Creek, sauf pour aller voter. Mais il avait profité de ces journées de semi-claustration pour présenter Jean à Georges Leduc, son contremaître, ainsi qu'à tout le personnel rencontré au hasard de leurs excursions à travers champs, prairies et forêts.

Et si, le premier soir et comme prévu, Jean était moulu par sa journée à cheval, cela ne l'avait pas empêché, dès le lendemain, de se hisser sur sa monture.

Mais, désormais, il lui tardait de découvrir à quoi ressemblait son futur lieu d'existence et de travail, le Grand Kaori.

Jean et Marianne furent enthousiasmés par la station où ils allaient bientôt vivre. Reçus à bras ouverts par Maurice Perrin, l'homme qu'ils venaient remplacer, ils firent avec Dominique et lui le tour du domaine. Et si Jean, comme Dominique dix ans plus tôt, nota que les niaoulis et autres faux mimosas avaient une fâcheuse tendance à parasiter les terres et les prairies, il se garda bien de le dire, tout en se promettant de mettre bon ordre à cette anarchie.

De même l'état des différents stocks de vaches australiennes vus çà et là lui confirma ce que lui avait expliqué Dominique, à savoir que l'élevage en extension avait peut-être des avantages mais qu'il était loin de la vraie rentabilité. Là encore, surtout devant Maurice Perrin, heureux de leur faire les honneurs des lieux, il garda ses réflexions pour lui, persuadé, avec raison, qu'il était inutile d'énoncer ses idées et ses plans – au risque de vexer l'ancien gérant – tant qu'il n'était pas à pied d'œuvre à temps plein.

Ce ne fut que le soir, de retour à Cagou-Creek, qu'il fit part de son opinion à Dominique.

– Tu n'es pas au bout de tes découvertes, voire de tes stupéfactions, s'amusa son cousin en décapsulant deux canettes de Number One, mais ne t'inquiète pas, on va profiter de la semaine qui vient pour parfaire ton éducation. Après quoi, tu pourras voler de tes propres ailes !

– Pour l'instant, avec vos cavalcades permanentes,

ce sont plutôt mes reins qui trinquent ! Mais d'accord pour continuer l'initiation, dit Jean en se massant le bas du dos.

Ainsi, pendant les jours suivants, bien que moulu et courbatu, Jean mit son point d'honneur à poursuivre sa découverte du territoire. De plus en plus conscient de l'immense différence qui existait entre l'agriculture de la métropole, poussée au maximum de sa productivité, et celle, beaucoup plus traditionnelle, pratiquée sur le Caillou, il prit bonne note de tout ce que lui expliqua Dominique.

– N'oublie jamais ces quelques évidences, et je ne parle pas des problèmes politiques actuels qui eux, hélas, ne sont pas de notre ressort. Non, je parle du point de vue professionnel, c'est tout. D'abord que la terre, ici, n'est pas fameuse, plus propre à fournir du nickel que du blé ! Bien sûr, elle peut être améliorée, encore faut-il s'y atteler vraiment. Et ça ne plaît pas à tout le monde, tu t'en apercevras très vite. Tu comprendras aussi qu'au début on te regardera d'un sale œil. Tu seras le zozo, le mec de la métropole, l'emmerdeur payé pour faire changer les méthodes de culture, bref, l'intrus. Ça se calmera avec le temps. Oui, tu verras, les stockmen préfèrent toujours leur élevage un peu folklorique, disons le mot, mais ne le leur répète pas, à celui que nous demandent de mettre en place ceux pour qui nous sommes là, nos employeurs. Alors pour tes débuts au Grand Kaori, ça se passera sans doute pour toi, comme pour moi il y a dix ans. On te jugera d'un air sceptique ; certains même te diront sans détour que tu n'y connais rien en agronomie et que tout ce que tu as appris dans les livres et les écoles n'est pas valable ici ! Ça, ce n'est pas grave et, si tu sais y faire, tu t'imposeras et surtout tu imposeras tes méthodes de travail, mais ça peut être long. Les broussards sont des gens sympathiques, mais, pour eux, si nous ne sommes certes pas des étrangers, nous venons quand même de loin, d'un endroit où certains n'ont jamais mis les pieds ! Alors tu feras comme moi, d'abord tu découvriras des méthodes d'élevage qui feraient hurler toutes les sociétés protectrices des animaux d'Europe ; parce que, mine de rien, la castration au couteau et sans anesthésie des taurillons, ça vaut d'être vu, et entendu ! Ils n'aiment pas ça les pauvres bestiaux ! Mais bon, c'est la coutume ici...

– Je pourrais peut-être suggérer à Marianne de faire une belle lettre ouverte à Bardot ! avait plaisanté Jean.

– C'est ça, et retiens alors un billet d'avion pour le vol le plus proche ! Blague à part, quand tout va être rentré dans le calme, du point de vue politique, parce qu'il va bien falloir que ça s'arrange d'une façon ou d'une autre, si tu fais preuve de patience et d'un brin de pédagogie, tu viendras à bout des problèmes que tu vas trouver au Grand Kaori ; et puis je suis là pour te donner un coup de main, si besoin.

Dominique s'était aussi longuement étendu sur les rapports que Jean allait devoir entretenir avec les familles kanakes qui vivaient non loin de la station. Fort de sa dernière expérience avec Amédée Koutiat, il exhorta son cousin à faire preuve de diplomatie.

– Mais ça ne va pas être simple, parce que tout le bordel qui est en train de s'installer à Ouvéa et sur la côte est va laisser des traces. Alors, une fois de plus, il va falloir remonter la pente à contre-courant et surtout faire oublier les déclarations lamentables que certains se croient obligés de faire !

Pour que tout ce qu'il avait dit soit confirmé par un Calédonien pure souche, Dominique invita enfin son vieil ami Antoine à dîner et le laissa répéter, dans son style imagé et avec le vocabulaire du cru, tout ce qu'il avait déjà expliqué à son cousin.

Ainsi, Jean découvrit la mentalité du pays et se prépara à s'y adapter en vue de son travail sur la station du Grand Kaori. Il l'estimait passionnant et avait hâte de prendre enfin la gestion de l'exploitation. Elle allait lui permettre, au-delà de toute espérance, de devenir enfin cet éleveur qu'il voulait être depuis l'âge de quinze ans.

17

L'après-midi touchait à sa fin lorsque Jacques revint de la Grande Terre. Comme décidé, et en dépit de ce que lui avait dit le cardiologue, trois jours plus tôt, il avait semé son maïs et, quoique un peu fatigué et étourdi par plusieurs heures de tracteur, il était heureux de son travail.

De plus, un nouveau coup de fil de Dominique, la veille, était venu, sinon enlever toute inquiétude, du moins rassurer Michèle. Et Jacques ne se cachait pas que lui aussi se sentait un peu plus tranquille depuis que leur fils, sans cacher la gravité de la situation sur l'île, avait confirmé que la région où il vivait était calme.

– Bien entendu, il ne faut pas faire de provocation ni jouer les matamores, avait-il dit, mais rassurez-vous, ici, ça va.

C'est en se baissant pour dételer le semoir à grains, dont il dut soulever le lourd timon pour le dégager de la barre d'attelage, qu'une atroce douleur fusa dans sa poitrine.

– Oh! j'ai fait une connerie, suffoqua-t-il en s'appuyant à la roue du tracteur. Pas d'effort, a dit l'autre...

Paralysé par cet étau qui lui broyait maintenant tout le haut de la cage thoracique et par cette invisible poigne qui l'étranglait tout en lui bloquant peu à peu la mâchoire, il eut le plus grand mal à porter la main droite jusqu'à sa poche de chemise. Cette poche dont le bouton s'accrochait à son attache, tant les doigts qui cherchaient à le libérer étaient malhabiles, lents, beaucoup trop lents.

– Bon Dieu, cette fois j'y passe, haleta-t-il tout en parvenant enfin, et après un temps qui lui sembla anormalement long, à prendre le petit tube qui, peut-être, allait faire cesser son calvaire.

Épuisé par l'effort, il se laissa glisser contre le pneu, s'assit à même le sol et tenta de dévisser le bouchon qui fermait l'étui.

« C'est trop con, je n'y arriverai pas », pensa-t-il en se sentant de plus en plus submergé par la souffrance. Puis, dans un brouillard et alors qu'une sueur glaciale l'inondait, il vit que le bouchon avait enfin sauté et que du tube, maintenant renversé entre ses jambes, avaient roulé les pilules dont l'une, peut-être, atténuerait la crise qui était en train de le terrasser.

« Une dragée sous la langue, a dit l'autre, et puis m'allonger... », pensa-t-il pendant que sa main tâtonnait dans l'herbe à la recherche du médicament.

Il parvint enfin à attraper une pilule, la porta à sa bouche et, lèvres et langue bloquées sur la petite dose de trinitrine, il se coucha sur le côté et attendit.

C'est dans cette position que Michèle, surprise de ne plus le voir, depuis sa cuisine, tourner autour du tracteur, le découvrit plusieurs minutes plus tard, exsangue, main toujours crispée à hauteur du pharynx, mais vivant.

– Je crois bien que je suis un peu tombé dans le cirage..., balbutia-t-il lorsqu'elle se pencha sur lui, folle d'angoisse.

Puis elle vit la boîte de trinitrine et comprit.

– J'appelle Peyrissac ! décida-t-elle.

– Oui, cette fois, j'ai besoin de lui, approuva-t-il en cherchant à se redresser.

– Surtout ne bouge pas ! Je vais d'abord téléphoner et je te ramène une couverture, reste allongé !

– Non, non, je ne veux pas attendre là, protesta-t-il d'une voix faible, c'est ridicule. Aide-moi à m'asseoir. Je te jure que ça va mieux. Mais va vite téléphoner et après tu m'aideras à rentrer à la maison, je ne veux pas me donner en spectacle !

– C'est bien le moment d'avoir des coquetteries ! lança-t-elle.

Puis elle partit en courant vers la maison. Lorsqu'elle revint, elle le trouva un peu titubant, mais debout, appuyé contre le tracteur.

– On a de la chance, Peyrissac revenait juste à son cabinet, il arrive, dit-elle.

– Bien. Maintenant, aide-moi, je serai quand même mieux allongé dans mon lit que vautré dans les orties...

– Continuez comme ça et le coup prochain vous y passerez, prévint le docteur Peyrissac après avoir injecté une dose de bêtabloquant à Jacques. Bon, madame Vialhe, préparez une valise et quelques affaires de toilette, je vais descendre votre époux à l'hôpital, ça ira beaucoup plus vite que d'attendre une ambulance.

– Alors vous voulez absolument m'achever ? dit Jacques qui, la douleur presque disparue, se sentait prêt à se défendre.

– Vous achever ? Non, pas spécialement, mais moi je ne peux pas vous soigner ici, ni faire les examens indispensables. Et puis je ne peux pas rester à votre chevet, je n'ai pas que vous comme patient.

– Alors allons-y, soupira Jacques, vaincu. Ah ! dit-il à Michèle, avant que je parte, préviens Félix, fais-le tout de suite, je veux être sûr qu'il est au courant. Et dis-lui surtout de téléphoner à Dominique, il comprendra. Avertis aussi Mauricette et Jean-Pierre et dis-leur de demander au petit Valade s'il peut s'occuper des bêtes, ce soir et demain. Après, on verra... Et maintenant, puisqu'il faut partir, allons-y.

Jean grogna et se recroquevilla de l'autre côté du lit pour essayer d'échapper à la main qui lui secouait doucement l'épaule et à cette agaçante lumière qui troublait son sommeil. Puis il ouvrit les yeux et ne comprit pas tout de suite ce que faisait Marianne, nue, penchée vers lui.

– À quoi tu joues ? balbutia-t-il en se lovant contre elle.

C'est alors qu'il entendit le téléphone. Leur chambre était celle qui était la plus proche du bureau de Dominique, d'où, justement, provenait cette lancinante sonnerie.

– À cette heure, ce ne peut être que des emmerdements, dit-il en sautant du lit.

Il enfila à la hâte son pantalon, lança à Marianne sa robe de chambre et, maintenant parfaitement éveillé, se précipita jusqu'au téléphone.

Il reconnut immédiatement la voix de Félix et sentit sa gorge se nouer.

– C'est toi, Dominique ?

– Non, Jean.

– Ah ! Tu te doutes ?

– Ben, à cette heure... C'est pour oncle Jacques, c'est ça ?

– Oui, mais pas de panique. Il est juste en route pour l'hôpital... Il a demandé qu'on prévienne tout de suite Dominique.

– Bien sûr. Ah ! tiens, le voilà, je te le passe, dit Jean en voyant arriver son cousin que le bruit avait fini par tirer de son sommeil. C'est pour ton père, expliqua-t-il, c'est moins grave qu'on ne craignait, enfin j'espère.

– Félix ? Salut ! Alors ? demanda Dominique.

– Je viens d'avoir ta mère, ton père vient de partir pour Brive, avec le toubib.

– Infarctus ?

– Je ne sais pas. Il a eu une grosse crise d'angine de poitrine, pour le reste... Mais il a surtout voulu qu'on te prévienne en premier.

– Bien sûr, je sais ce que ça veut dire..., calcula Dominique.

– On est toujours en ligne ? s'inquiéta Félix.

– Oui. Tu fais quoi, toi ?

– J'y pars tout de suite, comme promis.

– Quelle heure est-il chez vous ?

– Dix-huit heures, je serai là-bas à une heure encore correcte, vers dix heures, quoi.

– Moi, j'ai un vol ce matin, à onze heures, je vais essayer de l'attraper, ou alors j'en aurai un autre lundi.

– Tu veux dire que tu viens ?

– Bien entendu ! Ce n'est pas pour le plaisir de me sortir du lit au milieu de la nuit que papa m'a fait appeler, c'est pour que je rapplique.

– Sûrement.

– Dis tout de suite à maman que j'arrive, elle a prévenu Françoise ?

– Bien sûr.

– Alors si tout va bien, à demain, vers midi à Coste-Roche.

– Si vite ?

– Oui, vous êtes encore jeudi soir, nous vendredi matin. Si j'attrape mon avion, grâce au décalage horaire, nous atterrirons demain matin, samedi, vers cinq heures. Enfin, merci à toi de partir auprès de maman.

– Ton père et ton grand-père auraient agi de même, assura Félix, et il raccrocha.

– Eh bien voilà, branle-bas de combat, soupira Dominique en rejoignant Jean, mais aussi Béatrice et Marianne qui attendaient dans la cuisine.

– J'ai préparé le café, dit Béatrice en lui tendant une tasse.

– Merci. Bon sang, ça avait beau être programmé, ça sonne quand ça arrive. Enfin, grâce à toi, je ne suis pas pris de court, dit-il à Jean.

En effet, le soir même de son arrivée, huit jours plus tôt, Jean n'avait rien caché à son cousin du réel état de son père, de ses propos, souvent désabusés, et de cette sorte de fuite en avant, ou de provocation, qui semblait désormais être sa ligne de conduite. Quant à ce manuscrit, destiné à son petit-fils, Dominique et Jean, sans même se concerter, y voyaient une sorte de testament.

– Tu essaies de partir tout à l'heure ? demanda Béatrice.

– Oui. Dès que les bureaux seront ouverts, appelle Brigitte. Elle te renseignera et retiendra une place, s'il en reste, parce que, avec le bordel ambiant, d'ici à ce que tout le monde veuille foutre le camp ! Ou encore qu'il y ait des barrages sur la route. Bon Dieu de bon Dieu, cette histoire ne pouvait pas tomber plus mal ! Enfin, vois avec Brigitte.

C'était une de leurs amies. Elle travaillait depuis des années à l'aéroport de la Tontouta et si elle ne pouvait avoir un billet pour Dominique personne d'autre n'en aurait !

– Et pour le retour ? insista Béatrice.

– Laisse-moi au moins le temps de juger de l'état de papa et de voir le toubib.

– Et pour ici ? demanda Jean.

– Je compte sur toi. Tu vois, on a de la chance dans notre malheur, j'ai même eu le temps de te mettre au courant de l'essentiel. De toute façon, Georges est là, tu as vu, il est solide et tu peux, en tout, lui faire confiance.

– Je sais.

– Et je vais aussi demander à Antoine de venir jeter un coup d'œil, il le fera avec plaisir. Et si, par malheur, il y avait des problèmes avec les mecs du coin, il sera sûrement le seul à pouvoir les résoudre. Mais il n'y aura pas de problèmes, sauf si nos abrutis de politiciens continuent à accumuler les conneries et, de ce côté, tout est à craindre...

Jean-Claude Valade se présenta à Coste-Roche une demi-heure après le coup de téléphone de Michèle. Il avait dû, avant de venir, finir de soigner ses bêtes. Et parce que Delpeyroux, averti par le beau-frère de Jacques, devait lui aussi s'occuper de ses quelques vaches, les deux hommes arrivèrent presque en même temps. Ils n'eurent pas besoin de se concerter pour savoir ce qu'il importait de faire.

D'abord rassurer Michèle, lui dire qu'ils étaient là et qu'ils viendraient aussi longtemps qu'il le faudrait. Lui garantir ensuite qu'ils n'avaient pas besoin d'elle et que sa place était à la maison, avec sa belle-sœur et son beau-frère, à côté du téléphone. Enfin, aller chercher les vaches qui, là-bas, au bout du plateau, dans la prairie dite « Aux lettres de Léon », meuglaient à perdre haleine pour répondre aux veaux affamés et perturbés par le retard et qui les appelaient depuis l'étable.

– Tu parles d'un sale coup ! commenta Delpeyroux lorsqu'ils eurent détaché les veaux et distribué la farine aux mères. Bon Dieu, tout le monde voyait qu'il était fatigué, mais pas au point de nous faire un inf... infractus ! Tu crois qu'il me l'aurait dit ce bougre ! Et toi, tu le savais ?

– Comme tout le monde, pas plus. J'avais bien remarqué qu'il n'était pas aussi vaillant qu'avant, mais il n'est plus jeune. Et puis il cachait bien son jeu, le père Vialhe, cet après-midi encore il était sur son tracteur !

– Où ?

– Là-haut sur le plateau, dans sa Grande Terre.

– Je vois. Fais-moi penser, tout à l'heure, à demander à Michèle s'il a fini son chantier. On ne va pas le lui laisser en plan, surtout s'il n'y a plus qu'une journée ou deux de travail, ce serait trop bête.

– J'y penserai, promit Jean-Claude, et, dès demain, j'irai finir s'il le faut. Je lui dois bien ça, et même beaucoup plus au père Vialhe !

– Et tes chevaux, ça va ?

– Très bien. Le père Coste n'y connaît rien ! C'est pas vicieux du tout ces bêtes ! Je les siffle et ils arrivent au galop, j'en fais ce que je veux ! Et pas un coup de savate !

– Et celui qui cherche à mordre ?

– Plaisantez pas ! J'ai tout compris ! Les gamins ont dû l'habituer à venir prendre un sucre ou un croûton dans la main ! C'est ça qu'il cherche, mais le père Coste a pris peur, alors bien sûr... Enfin, ça aussi je le dois au père Vialhe. C'est son idée, comme pour les veaux de lait. Ah ! nom de Dieu, pourvu qu'il s'en sorte, il le mérite, cet homme ! Et quand on connaît tout le bien qu'il a fait à la commune ! Tenez, même s'il reste trente ans, Martin n'en fera jamais le quart !

– Eh ! doucement ! Jacques n'est pas encore parti ! coupa Delpeyroux en se roulant une cigarette grosse comme le petit doigt. Il la lécha avec application, l'alluma avant de poursuivre. À t'entendre on dirait qu'on est en train de le veiller ! Il est solide, Jacques, il en a vu d'autres ! Tiens, rien que le jour où il a failli passer sous son tracteur !

– C'est vrai, reconnut Jean-Claude en repoussant vers sa mère un veau subitement pris d'une envie de chahuter. Mais n'empêche, qu'est-ce qu'elles vont devenir, elles ? demanda-t-il avec un coup de menton en direction des vaches. Et toutes les autres qui sont en plein air, ça va maintenant, mais en hiver ? Et les terres ?

– Ah ! ça, je ne sais pas, soupira Delpeyroux. Je peux pas dire. Ce qui est sûr, c'est que ni toi, ni moi, ni personne dans la commune pourra prendre ça en charge. Moi, j'ai pas le temps et surtout plus guère la force, et toi tu as trop de travail.

– Vous croyez que Dominique va revenir de là-bas, de Calédonie ?

– Je sais pas. Mais avec la belle situation qu'il s'y est faite et tous les sous qu'il doit gagner, faudrait être fou pour revenir prendre la relève ! Non, non, si Jacques ne peut plus travailler, tout ça, c'est foutu, terminé. Et ça sera pas la première ni la dernière ferme du pays qui retournera aux ronces et aux taillis ! Chez moi, c'est ce qui se passera le jour où je prends ma retraite. Quand il n'y a pas de relève sérieuse, les terres, c'est vite perdu. Bon, on fait comment pour ici ? On n'a pas besoin d'être à deux, on partage le travail ?

– Bien sûr.

– Tu préfères le matin ou le soir ?

– Je me lève déjà à cinq heures pour mes propres bêtes, s'excusa Jean-Claude, alors si ça ne vous dérange pas, j'aimerais mieux le soir, enfin, si ça vous va...

– Mais oui, moi je n'ai plus que cinq bêtes, presque pour le plaisir, je viendrai le matin ; et puis tu sais, à mon âge, on ne se tient plus au lit passé six heures ! En partant, pense à demander à Michèle si Jacques a fini de semer sa pièce. Si ce n'est pas le cas, je suis sûr que ça doit le dépiter beaucoup, alors puisqu'on peut, autant le rassurer.

Comme annoncé à Dominique, Félix arriva vers vingt-deux heures trente à Coste-Roche. Sachant qu'il n'allait pas tarder et parce qu'ils ne voulaient pas laisser Michèle seule, Mauricette et Jean-Pierre l'avaient attendu.

– Merci d'être venu si vite, dit Michèle en l'embrassant.

– C'était prévu comme ça, assura-t-il. Et puis, quatre heures de route, qu'est-ce que c'est ? Ton fils va bien faire plus de trente heures de voyage et vingt mille kilomètres ! Bon, comment va Jacques ?

– D'après Peyrissac, il revient de loin, de très loin, mais il l'a bien cherché...

– Là n'est pas le problème, coupa Félix, c'est un infarctus ou pas ?

– Non, juste une sévère crise d'angine de poitrine.

– Bon, c'est déjà ça, si j'ose dire.

– Ne te réjouis pas. Peyrissac m'a aussi dit que Jacques aurait besoin d'une opération, un... je-ne-sais-quoi, soupira Michèle.

– Un pontage, dit Jean-Pierre.

– Et alors ? insista Félix.

– Alors il ne veut pas en entendre parler ! Il dit qu'il n'a pas la vocation de cobaye ! hoqueta Michèle, gagnée par le chagrin et l'inquiétude et qui faisait tout pour retenir ses larmes. J'y étais encore tout à l'heure à cet hôpital, eh bien, Jacques pense déjà à en sortir ! Il m'a prévenue : « Si tu me laisses là, je fais le mur ! Après tout, ce sera moins difficile que lorsque j'ai quitté la ferme de Prusse-Orientale où j'étais prisonnier, en janvier 45, par moins trente et avec de la neige jusqu'aux genoux ! »

– Tu sais, dit Félix, si ce n'est qu'une sérieuse alerte

et s'il ne veut pas se faire charcuter, ils ne vont pas le garder cinquante ans ! Enfin, ça le rendra peut-être plus prudent à l'avenir. Au fait, ta mère est prévenue ? demanda-t-il à Mauricette.

– Non, avoua-t-elle, et pour ne rien te cacher, je ne sais pas du tout comment le lui annoncer. Je redoute beaucoup sa réaction, et le docteur Peyrissac aussi. D'autre part, autant on a pu jusque-là lui cacher la maladie de Jacques, autant ça va devenir impossible. Il passait voir maman à peu près tous les jours, alors que va-t-elle penser demain ?

– Ça, c'est emmerdant, lâcha Félix en réfléchissant. Et toi, Michèle, tu ne peux pas la prévenir ?

– Me demande pas ça ! Je ne saurai pas et ce sera l'horreur.

– Et moi, si elle me voit demain alors qu'elle ne m'attend pas, ça risque d'être pire, calcula Félix, il y a bien Yvette, mais...

– Non, pas Yvette, coupa Mauricette, elle non plus n'est au courant de rien, et elle n'est plus toute jeune, alors essayons de limiter les dégâts, une catastrophe suffit...

– Tu as raison, décida Félix. Et il ne faut pas oublier que Dominique et Françoise arrivent aussi, ça fait beaucoup pour Mathilde, beaucoup trop ! Voyons, il est onze heures, ça va, à Paris ce sont des couche-tard.

– Tu veux appeler qui ? demanda Michèle, un peu perdue.

– Jo, c'est la seule qui saura parler à ta belle-mère, la seule. Je ne sais pas pourquoi mais, entre elles deux, ça a toujours été la plus totale complicité, les connivences permanentes. Elle va trouver les mots qui conviennent. Et même par téléphone, elle arrangera le coup, demain matin. Vas-y, fais-moi le numéro, demanda-t-il à Mauricette.

– Jo ? C'est maman, dit Mauricette peu après, non, pas de panique, ton oncle ne va pas plus mal, au contraire. C'est Félix qui veut te parler, naturellement qu'il est là ! Il a quelque chose à te demander.

Félix fut très concis, très rapide, et c'est en souriant qu'il raccrocha :

– Je savais qu'on pouvait compter sur elle. Elle sera là demain vers midi. C'est Christian qui lui a dit de descendre pour le week-end, avec les jumeaux. Sur lui aussi on peut compter, il est digne d'être un Vialhe !

Prudente et pressentant que son arrivée intempestive risquait d'être aussi nocive pour sa grand-mère que l'annonce de l'hospitalisation de Jacques, Jo téléphona de Châteauroux vers dix heures du matin. Ce fut Yvette qui répondit à qui elle put dire que, l'air de Paris étant irrespirable et puisqu'elle avait quelques affaires à régler en Corrèze, elle profitait du week-end pour aérer les enfants et déménager.

– Qui a appelé ? demanda Mathilde lorsque Yvette eut raccroché.

– Jo, elle arrive aujourd'hui.

– Comme ça, sur un coup de tête ? s'inquiéta Mathilde, tous sens en éveil.

– Mais non ! Les jumeaux ont eu une mauvaise bronchite, elle vient leur faire prendre un bol d'air.

– De Paris ?

– Eh ! d'où veux-tu qu'elle vienne ?

– C'est vrai, je suis bête. Mais je me souviens toujours de ce que me disait Pierre. Quand il est parti de chez son père en... 1911 ou 1912, je ne sais plus, il a mis onze jours pour arriver à côté de Paris ! À pied, bien sûr. Et maintenant, la petite Jo descend quand ça lui chante, en quelques heures !

– Tu es contente ?

– Oh oui ! Il ne faut pas le répéter aux autres, mais tu sais bien que c'est ma petite préférée. Elle l'a toujours été. Pierre disait qu'elle me ressemblait comme une sœur jumelle, avec cinquante ans de différence ! Oui, je suis contente de la revoir.

Bien décidée à ne pas laisser traîner l'affaire qui l'avait poussée vers la Corrèze, Jo, dès son arrivée à Saint-Libéral, déposa Sébastien et Adrien chez ses parents et partit à pied vers la vieille maison Vialhe.

Parce qu'elle savait que sa grand-mère n'était pas de celles qu'on peut berner longtemps et qu'elle n'avait que faire des circonlocutions et autres faux-semblants, elle décida de jouer la franchise ; cela lui avait toujours réussi. Aussi, dès les banales et réciproques nouvelles échangées sur la santé, le temps et les jumeaux qui viendraient lui faire la bise dès qu'ils se seraient un peu reposés, Jo lança :

– Bonne-maman, on ne s'est jamais menti toutes les deux, n'est-ce pas ?

– Jamais, ma petite-fille, dit Mathilde, très attentive car, déjà, la phrase de Jo avivait son inquiétude.

– Bon. Alors tu vas me croire, c'est sûr ? Ce que je vais te dire, c'est la vérité vraie, pas celle qu'on fabrique pour ceux qui ne veulent pas l'entendre. Tu me comprends ?

– Va, ma petite-fille, va, murmura Mathilde en fermant les yeux pour masquer son trouble.

Car ce que venait de lui dire Jo annonçait une nouvelle dure à entendre, à admettre. Et avec tout ce qu'elle avait appris au sujet de son fils, elle ne doutait plus que la présence de sa petite-fille fût liée aux graves problèmes de santé de Jacques.

– Voilà, si on m'avait écoutée, je n'aurais pas eu besoin de venir, continua Jo, mais maman n'a rien voulu te dire, pour ne pas te fatiguer quand tu as eu ton accident. Moi, j'aurais préféré que tu saches tout, dès le début, ça aurait été plus simple...

– Va, ma petite, l'encouragea Mathilde, tu es venue pour m'apprendre ce que je sais déjà, mais il faut quand même m'en dire plus. Tu es là pour ça et je ne te remercierai jamais assez d'être venue exprès pour moi. Va, parle, dis-moi tout, même si ça fait mal...

– Tu sais quoi ?

– Que Jacques est très malade et qu'il est à l'hôpital depuis hier soir. Mais puisque les autres n'ont rien voulu me raconter, dis-moi au moins comment il va, car ça, oui, ça m'inquiète beaucoup, beaucoup...

– Il va du mieux possible, promis ! assura Jo en prenant entre ses doigts les mains toutes tremblantes de sa grand-mère. Mais comment sais-tu tout ça, qui te l'a dit ?

– Comment ? Comme toujours dans nos villages, du moins dans le temps, et encore un peu. Tout se savait à Saint-Libéral, tout. Et ça continue, enfin, doucement, mais ça continue. C'est l'abbé Soliers qui m'a prévenue, l'autre jour, sans le faire exprès, que ton oncle était très malade. Et ce matin, après ton coup de téléphone, c'est le facteur, en déposant le journal, qui m'a demandé comment allait Jacques, hospitalisé depuis hier soir. Il l'a appris en faisant sa tournée. Ça prouve au moins que les gens de la commune s'intéressent encore un peu à leurs voisins, c'est bien...

– Et si je n'étais pas venue ?

– Tu es là, ça suffit. Pourquoi chercher autre chose ?

– Alors, je peux leur dire, à tous, que tu savais ?

– Bien sûr. Ça leur apprendra à me prendre pour une vieille, essaya de plaisanter Mathilde. Maintenant, et en contrecoup, elle était bouleversée par la démarche de sa petite-fille et par ses propos nets, droits et vrais.

– Tu sais qui va venir tout à l'heure, pour te voir ?

– Non. Oh ! avec vous, je m'attends à tout maintenant...

– D'abord Félix.

– Ça ne m'étonne pas. Il est toujours là quand on a besoin de lui. Et puis qui encore ?

– Devine, il sera là demain.

– Guy ?

– Non, pas lui, un autre jour sûrement.

– Alors, je ne sais pas.

– Dominique !

– Pas possible, c'est trop loin pour qu'il vienne !

– Il arrive quand même.

– De là-bas ? Si vite ?

– Oui. Et, ce soir, Françoise aussi sera là.

– Ah ! pour elle, Félix m'a expliqué qu'elle s'était attachée à quelqu'un qui ne plaisait à personne, sauf à elle ; où ça en est ?

– C'est fini, dit Jo, heureuse de ne pas avoir à mentir.

– Alors, elle sera là ? Tout le monde sera bientôt là ?

– Oui, presque tout le monde.

– C'est bien, c'est très bien. C'est comme ça qu'il faut agir quand ça va mal, il faut serrer les coudes. C'est comme ça que ton grand-père a toujours fait et ferait aujourd'hui s'il était là. Et toi, tu es bien comme lui puisque tu es venue pour m'annoncer ce que les autres n'ont pas voulu me dire.

– Ils avaient très peur de te faire beaucoup de peine et de te donner beaucoup de soucis.

– Sûrement. Je ne leur en veux pas du tout. Mais toi, ma petite-fille, ma petite Jo, tu es venue exprès, tu m'as parlé et tu m'as fait un immense plaisir, même si ce que tu m'as dit n'est pas une bonne nouvelle...

18

Parti à dix heures quarante-cinq de l'aéroport de la Tontouta, Dominique atterrit à Roissy à cinq heures le lendemain matin. Par chance, leur amie Brigitte avait pu non seulement lui trouver une place en classe Galaxy, mais s'était de surcroît entendue avec le commandant de bord pour que Dominique soit surclassé en première.

Ce fut donc après avoir mangé, et surtout dormi tout à son aise, qu'il débarqua. Sans attendre, et parce que le voyage fait dans ces conditions l'avait moins fatigué qu'une journée passée à cheval pour rassembler des taurillons qui n'avaient aucune envie de l'être, il téléphona à Béatrice, alla louer une voiture et roula droit sur Brive.

« Ça c'est un comble, pensa-t-il, c'est via Cagou-Creek que je sais que papa ne va pas plus mal. Si tel avait été le cas, maman ou Félix auraient déjà prévenu Béatrice ! »

Il lui fallut un peu plus de cinq heures pour arriver en haut de la récente et courte quatre-voies qui, quelques kilomètres plus loin, allait finir à la périphérie de Brive. C'est sans aucun respect de la limitation de vitesse et en songeant, amusé, à la vieille jeep d'Antoine ronflant à plein régime sur les pistes de Cagou-Creek qu'il entra peu après en ville et fonça vers l'hôpital.

Ce fut également sans aucun souci de la bienséance qu'il expliqua vertement à la malheureuse faisant office de garde-chiourme que, venant de parcourir plus de vingt mille kilomètres pour voir son père, il n'entendait pas du tout patienter jusqu'à l'heure des visites et n'avait rigoureusement que faire de celle qu'était en train d'effectuer le médecin en chef. Cinq minutes plus tard, il frappait à la porte de son père.

– Tu n'as pas traîné, c'est bien, sourit Jacques.

– Oui, quoi qu'en pensent les ploucs et les nostalgiques des voyages en diligence, l'ère moderne peut avoir du bon, dit Dominique en se penchant vers son père pour l'embrasser. Tu as bonne mine, dit-il, et ce n'était pas un mensonge.

– Tu parles ! Depuis mon arrivée, ils me droguent avec je ne sais quelle potion magique ! expliqua Jacques en désignant de l'index la perfusion et le cathéter fixé à son bras gauche. Mais il va être urgent que tu me sortes de là ! Si, si, cette nuit encore, chaque fois que je me suis endormi, j'ai été réveillé par un brave type, qui dormait presque autant que moi, et qui venait quand même prendre ma tension ! C'est vraiment n'importe quoi ! Tu as vu ta mère ?

– Pas encore, je suis venu directement, c'est bien ce que tu voulais.

– Oui... J'espérais qu'on pourrait attendre l'été, mais, désormais, je ne suis plus sûr de rien... Alors mieux vaut régler ce qui doit l'être tant que je le peux encore, pas vrai ?

– Bien sûr, autant en profiter puisque je suis là.

– Ta sœur aussi arrive, c'était prévu avant, avant ce méchant coup de Trafalgar, essaya de plaisanter Jacques. Tu sais, tout est prêt chez le notaire. Je pense qu'il acceptera de venir jusqu'à Coste-Roche.

– Sans aucun doute. Mais que cela ne te pousse pas à sortir trop vite d'ici. Il faut te soigner, vraiment ; et mieux que tu ne l'as fait jusque-là.

– Ça, c'est mon affaire, coupa Jacques. Tiens, si tu restes encore un peu, tu verras Félix. Il sera là vers midi, comme hier ; il est arrivé avant-hier soir.

– Je sais. Qui s'occupe des bêtes ?

– Ce brave Delpeyroux et le petit Valade, il est très bien. Tu es là pour longtemps ?

– Ça dépend un peu de toi et de ce que je dois régler. Ne va surtout pas prendre ça comme une incitation à ne pas te soigner ! Là-bas, Jean s'occupera de tout. Je crois qu'il a déjà tout compris et qu'il fera merveille.

– Et la prise d'otages, où en sont-ils ?

– C'est loin d'être fameux, c'est même un rude cirque et je me demande comment ça va finir. Enfin, rassure-toi, c'est loin de chez nous et Jean est solide, en cas de pépin il saura agir au mieux, j'en suis persuadé.

– Oui, il est bien, très bien, et sa petite journaliste est exactement ce qu'il lui faut, tu ne crois pas ?

– Si, elle est aussi belle fille qu'elle a du caractère, et elle est intelligente. Elle convient très bien à Jean.

– Oui, approuva Jacques. Dis, que vas-tu faire des terres ? demanda-t-il soudain.

– Ne t'inquiète pas, dit Dominique qui, d'un regard, venait de noter l'air anxieux de son père.

– Il faut y penser ! insista Jacques.

– Je ne fais que ça. Les terres, tes terres, sont Vialhe et elles le resteront tant que je serai là.

– Tu ne m'en voudras pas, mais... oui, c'est pour cela que j'espérais que tu viendrais, pour t'entendre dire que nos terres resteront Vialhe, quoi qu'il m'arrive.

Comme annoncé, Jacques décida au bout de quarante-huit heures qu'il ne passerait pas un jour de plus à l'hôpital.

– Ils sont gentils, tous, et prévenants et patients. Et les petites infirmières sont toutes pleines de mérite et de bonne volonté. Mais ils vont me tuer si je reste là. Ils en font trop, tous. Si vous me laissez là, pour le coup, je vais droit à l'infarctus, dit-il à Dominique, Françoise et Félix venus le voir en cet après-midi du lundi.

– Tu veux sortir ? dit Dominique. Ça peut se faire. J'ai vu le docteur Peyrissac ce matin, il s'occupera de toi à la maison. Pour partir d'ici, tu signes une décharge et on t'embarque chez nous. Pour te mettre au lit, naturellement, pas pour te voir repartir sur le tracteur !

– Je sais ! n'en rajoute pas, dit Jacques. Bon, fais ce qu'il faut et tirons-nous de là. Moi, en plus du cœur qui va me lâcher, c'est le moral. Parce que, la nuit, je n'arrive pas à dormir ; il ne faut pas le répéter, mais leurs saloperies de somnifères, je les fous en l'air, vais pas m'empoisonner avec toutes ces drogues chimiques. Moi, ce qu'il me faut pour dormir, c'est le bruit du vent dans les ardoises, le chien qui gueule à la lune et le cri du chat-huant qui niche dans la grange et qui, tous les soirs, nous prévient qu'il va faire un tour. Ce qu'il me faut c'est la nuit de Coste-Roche, avec sa vie.

– Je te comprends, approuva Félix, arrivés à nos âges, surtout au mien, on a des habitudes.

– D'accord, les anciens, on connaît vos nostalgies, vos manies et vos lubies, s'amusa Dominique, d'accord, on te ramène, mais ne va pas en profiter pour faire n'importe quoi, Peyrissac est formel ! Dis-lui, toi ! lança-t-il à sa sœur. Oui, elle était avec moi quand on l'a rencontré.

– Terminé, dit Françoise.

– Quoi ? demanda Jacques.

– Tous les gros travaux que, jusque-là, contre toute logique, tu as pris un malin plaisir à entreprendre.

– Si tu es venue de Paris pour me dire ça, tu pouvais le faire par téléphone, soupira Jacques.

– Non, je suis venue te voir. Te voir, c'est tout ; le reste, c'est ton affaire.

– Je préfère ça, c'est plus gai !

Conscient qu'il importait de prouver à tous que la vie continuait normalement, Jean, comme promis à Dominique, partagea son temps entre Cagou-Creek et le Grand Kaori. Sur l'une et l'autre station, il veilla à ce que tous les travaux inhérents à la bonne marche de l'exploitation se déroulent au mieux.

Mais il eut vite l'honnêteté de reconnaître que si,

grâce à Georges Leduc, remarquable alter ego de Dominique, tout fonctionnait au mieux à Cagou-Creek, il n'en aurait pas été de même au Grand Kaori sans la présence d'Antoine Garnier. En effet, pris par son déménagement, l'ancien gérant s'absentait presque chaque jour, laissant à son successeur le soin de superviser l'avance des divers chantiers. Jean comprit, dès le premier matin, que nombre de salariés, sans toutefois aller jusqu'à arrêter de travailler, ne mettaient nul empressement à effectuer leurs tâches respectives.

– Ben, c'est normal, ils vous testent, lui expliqua Antoine le soir même alors qu'ils prenaient ensemble l'apéritif sous la véranda.

– Ça m'en a tout l'air, approuva Jean, ce n'est pas qu'ils ne foutent rien, mais le moins qu'on puisse dire, c'est qu'aujourd'hui ils n'ont pas pris le risque de se faire péter les varices !

– Et qu'avez-vous fait pour les remuer un brin ? s'enquit Antoine.

– Rien ! Moi, pour l'instant, je regarde et je me tais.

– Mais il n'en pense pas moins ! s'amusa Marianne.

Elle avait suivi Jean dans ses déplacements au Grand Kaori et n'avait pas manqué de remarquer à quel point il avait rongé son frein. Et parce qu'elle commençait à bien deviner ses réactions, elle n'était pas sans s'inquiéter de les voir évoluer vers un grand coup de colère. Or il paraissait évident qu'avec la dangereuse tension que l'affaire d'Ouvéa ne faisait qu'attiser, le moment était très mal choisi pour se faire trop remarquer, surtout pour un nouveau de la métropole. Certains, parmi le personnel, n'attendaient sûrement que ça pour laisser s'exprimer une rage qui pouvait être d'autant plus dangereuse qu'elle était rentrée, pour l'instant...

– Vous avez bien fait de rester patient, dit Antoine. Ce n'est vraiment pas le moment de bousculer tous ces gens. D'un autre côté, vous avez raison de vouloir être présent et de vous montrer. Mais, si vous voulez, je peux vous accompagner pendant quelques jours, ça m'occupera. Et moi, sans trop me vanter, je les connais, tous ces mecs, et eux savent que je suis un vieux broussard plutôt brave !

Un coup d'œil de Jean à Béatrice lui suffit pour comprendre que la proposition d'Antoine était de celles qu'on ne doit pas refuser.

– Si vous voulez me donner un coup de main, j'accepte avec plaisir, dit-il, et je vous remercie car, vraiment...

– Eh bien, d'accord, sourit Antoine en se resservant sans vergogne une dose de whisky que, selon son habitude, il noya d'eau. Alors, à partir de demain et tant que la situation aux Loyauté sera aussi pourrie, je viendrai avec vous. Ou plutôt non, vous viendrez avec moi, ma vieille jeep est plus efficace sur les pistes !

Au Grand Kaori, deux jours suffirent à Antoine pour transformer par sa seule présence, son sourire et son bagou une situation presque insurrectionnelle en calme relatif.

– Il ne faut pas trop en demander, expliqua-t-il à Jean, tant que cette foutue histoire de prise d'otages ne sera pas réglée, on peut s'attendre à tout !

Placé comme il l'était, dans le tournant qui descendait du col des Notous vers le Grand Kaori, le barrage était inévitable. Et ce fut miracle si Antoine, grâce à d'excellents réflexes et des freins qui, pour usés qu'ils soient depuis des décennies, n'en étaient pas moins efficaces, stoppa à quelques mètres du gros palmier couché en travers de la piste.

Ce fut miracle également si Jean, assis à ses côtés, eut le temps de s'accrocher à son siège défoncé et ne passa pas la tête à travers le pare-brise déjà fendu par bien d'autres épreuves ! Quant à Marianne, à l'arrière, elle se cramponnait tellement depuis leur départ de Cagou-Creek qu'elle en avait mal aux phalanges ; mais cela lui évita d'aller s'écraser contre le siège avant.

– Merde ! un barrage, grogna Antoine en sollicitant doucement l'accélérateur pour encourager le moteur. Surtout, vous ne dites rien, recommanda-t-il en souriant, comme si de rien n'était, et en saluant de la main la dizaine de jeunes groupés derrière le palmier.

– Ça va ? murmura Jean à l'adresse de Marianne.

– Pour être franche, j'ai la trouille... Tu as vu leurs têtes ? souffla-t-elle.

– Oui. Mais même s'ils ont des bouilles à faire peur, ce n'est pas le moment de faire du racisme...

Partis trois quarts d'heure plus tôt de Cagou-Creek, ils avaient jusque-là roulé sans aucun problème, comme les jours précédents. Il est vrai que, tous les matins, Antoine leur garantissait que la situation était calme, du moins dans le secteur. Il tenait ses informations d'un de ses amis, gendarme à

Bouloupari avec qui, très souvent, il organisait un « coup de pêche », selon la formule en vigueur dans le pays.

– Et vous verrez, avait-il promis, quand tout sera rentré dans l'ordre, on ira ensemble ; j'ai un petit canote et puisque Marianne aime la sous-marine, elle sera servie !

Mais, en ce matin du 5 mai, le coup de pêche n'était pas à l'ordre du jour...

– Alors, qu'est-ce qui se passe, les enfants ? demanda Antoine. Nous, on va juste au Grand Kaori, pas plus !

– Non, pas aujourd'hui, ni peut-être jamais ! D'ailleurs, là-bas, c'est rien que des exploiteurs ! décida un jeune dont la typique physionomie kanake eût réjoui un anthropologue. Alors on ne passe pas ! redit-il en agitant sa machette à la lame ébréchée.

– Pourquoi ? On va au travail, nous, c'est tout, essaya Antoine sans cesser de sourire.

– Vous avez pas la radio sur votre touque pourrie ? lança un autre manifestant.

– Non, dit Antoine qui commençait à subodorer le fond du problème.

– Eh bien, nous, on l'a ! brailla soudain un troisième jeune en brandissant son poste à transistors. On l'a, et on sait ! Ils ont attaqué la grotte de Gossanah, ce matin ! Et ces salauds de colonialistes ont tué tout le monde !

– Merde ! redit Antoine dans un souffle. Ce n'est plus le moment de palabrer, alors cramponnez-vous, les enfants, prévint-il en enclenchant discrètement la marche arrière et le crabot. C'est parti ! dit-il en accélérant à fond.

Le moteur hurla et lança la jeep en une folle manœuvre qui, dans un épais nuage de poussière rouge, la propulsa sur la piste pendant près de quatre-vingts mètres. Antoine vira d'un coup, en un formidable tête-à-queue et, son demi-tour achevé, fonça plein sud, droit sur Bouloupari.

Il ne s'arrêta qu'un quart d'heure plus tard, peu avant cette petite ville et après s'être assuré que nul attroupement suspect n'était visible alentour.

– Ça va, les jeunes ? demanda-t-il en se tournant vers Jean et Marianne dont la pâleur se devinait, malgré la couche de poussière rouge qui les recouvrait.

– Ça va mieux, beaucoup mieux, sourit Marianne, encore crispée. Elle alluma fébrilement une cigarette avant d'ajouter : J'ai vraiment eu très peur.

– Moi aussi, reconnut Jean en lui caressant la joue, mais tu as là un sacré article à faire, et pas gastronomique ni agricole ! essaya-t-il de plaisanter. Bon Dieu, ils n'avaient pas l'air commode !

– Ben non, dit Antoine, soucieux. Vous me direz, ce n'étaient que des jeunes, ils n'étaient pas armés et...

– Pas armés ? lança Jean. Bon sang, ils avaient tous des machettes !

– Oh ! ça ce n'est rien, c'est leur Opinel à eux, expliqua Antoine, ça sert à tout cet outil !

– C'est bien ce que je voulais dire, même à couper une tête, assura Jean.

– Ils n'auraient pas été jusque-là, enfin, peut-être pas..., sourit Antoine. Eh bien, nous n'irons pas au Grand Kaori aujourd'hui, ni sans doute demain.

Mais maintenant, j'ai hâte de savoir ce qui s'est vraiment passé à Ouvéa; il a fallu que ce soit sévère pour que les jeunes se mettent à refaire des barrages. Enfin, bravo à vous deux, je pourrai dire que vous n'êtes plus des zozos, vous avez su rester calmes, c'est bien. Il hocha la tête, eut un petit rire avant d'ajouter : Et pourtant, je peux bien vous l'avouer maintenant qu'on s'est tiré de ce guêpier, moi aussi j'ai eu la trouille, à mon avis, fallait pas moisir une minute de plus devant ce barrage...

S'il n'en avait tenu qu'à lui, Dominique, une fois à peu près rassuré quant à la santé de son père et celui-ci de retour à Coste-Roche, aurait aussitôt repris l'avion pour Nouméa. Car même si Béatrice, au téléphone, lui promettait que tout allait normalement sur la station et dans la région, et que Jean faisait merveille, il savait que la situation politique était très grave. Un peu moins peut-être qu'en 1982 et 1983 lorsque tout le territoire avait failli s'embraser, mais quand même angoissante. Et même s'il avait toujours tout fait, par lettres ou par téléphone, pour rassurer ses parents et leur masquer la réalité, il n'en oubliait pas pour autant les précédents affrontements, ceux qui avaient conduit l'île à la limite de l'explosion et du massacre généralisé.

Aussi lorsqu'il apprit, le 5 mai, que l'assaut avait été donné à la grotte d'Ouvéa et la tuerie qui en avait résulté, fut-il à deux doigts de boucler sa valise, de filer vers Roissy et de sauter dans le premier avion en partance pour Nouméa.

Seul un nouvel appel téléphonique à Béatrice le

convainquit que le calme continuait à régner, du moins dans la région, et que ni elle ni les enfants ne risquaient rien. Et si la jeune femme se fit violence pour taire l'incident du barrage que Jean et Marianne venaient de lui relater, ce fut pour ne pas l'affoler, elle sentait Dominique prêt à rentrer sans avoir tout réglé à Coste-Roche.

– Tu es certaine que tout va bien ? insista-t-il.

– Mais oui ! Crois-moi, maintenant c'est fini et, d'ailleurs, ça grouille partout de gendarmes et de militaires. Et puis tiens, s'il était encore là, le brave Antoine te dirait la même chose que moi. Et tu sais qu'il a du nez, lui, et des antennes un peu partout !

– Tu ne dis pas ça pour me rassurer ?

– Mais non ! Tu aurais appelé une demi-heure plus tôt, il te l'aurait dit lui-même.

– Il vient toujours aussi souvent ?

– Oui, tous les jours. Ils font une vraie paire d'amis avec Jean et, comme il m'a dit tout à l'heure devant lui : « De ce mec, je vais faire un vrai broussard ! » Jean est très flatté.

– Bon. Enfin je serai avec vous dès la semaine prochaine. Et crois-moi, je compte les jours.

– Moi aussi. Je m'ennuie de toi, beaucoup...

Ce fut donc un peu tranquillisé que Dominique patienta jusqu'au lendemain des élections présidentielles, jour arrêté pour régler l'avenir des terres Vialhe. Il n'avait pas été possible de le faire plus tôt car Françoise avait dû regagner Paris pour d'impérieuses raisons professionnelles. Comme, de plus, elle entendait bien voter, il était naturel que Dominique se plie à son emploi du temps.

– Eh bien, voilà, dit Jacques, un peu amer, en ce

lundi matin, j'avais espéré que le vieux roi qui nous gouverne ferait comme moi et qu'il saurait qu'un temps vient où il faut passer la main ; ça évite d'être ridicule. Alors je ne sais pas s'il est encore capable de faire son boulot, mais, en ce qui me concerne, je vous avoue que je ne peux plus rien faire de solide ni de sérieux, alors j'attends vos idées...

– Annonce d'abord les tiennes, dit Dominique.

– Plusieurs solutions, commença Jacques. On vend tout, ou on essaie, parce qu'il faut trouver des acquéreurs et par les temps qui courent...

– Je t'ai déjà dit que c'était exclu en ce qui me concernait, dit Dominique, totalement exclu.

– Pour moi aussi, prévint Françoise à qui n'échappa nullement l'éclair joyeux qui traversa le regard de son père.

– Deuxième hypothèse, je vous laisse tout et vous montez un groupement foncier agricole. Ça vous permet de voir venir, en louant toute la propriété.

– D'accord, éventuellement, pour le GFA, mais pas pour la location, dit Dominique.

– Il a raison, approuva Françoise, de nos jours, qui dit louer, avec bail en bonne et due forme, équivaut à faire le deuil de ses terres, tu le sais très bien. On en sera propriétaires, on en paiera les impôts, mais on ne pourra jamais les récupérer ; alors autant les vendre tout de suite, et comme nous y sommes opposés...

– Troisième solution, poursuivit Jacques en remontant sur ses jambes la couverture dont il avait besoin pour être à l'aise dans sa chaise longue, Dominique prend toute la propriété, à charge pour lui de s'occuper de sa mère dès que j'aurai tiré ma révérence, et aussi de te dédommager, toi, Françoise, qui sur l'ensemble as les mêmes droits que ton frère. Parce que, bon sang, le droit d'aînesse est révolu, et c'est heureux !

– Ça ne dépend pas que de moi, mais ça peut s'envisager, dit Dominique en regardant sa sœur.

– Ça peut, reconnut-elle, si toutefois tu me laisses un peu de terrain pour me faire bâtir un jour une maison, avec un jardin autour.

– Pas de problème.

– Il reste une autre possibilité, dit Jacques. Dominique garde la maison et les vieilles terres Vialhe, et toi, Françoise, tu prends, avec dédommagement, les terres que ta mère et moi avons achetées à la Brande, dans les années soixante-cinq. Ça fait presque quinze hectares, ça ne touche pas les terres Vialhe, c'est très valable.

– Je sais, dit Françoise, mais ça coupe quand même la propriété en deux et ça me choque.

– Alors c'est à vous de voir, dit Jacques. De toute façon, quel que soit votre choix, je serai d'accord et tout est prêt chez le notaire pour enregistrer votre décision. Cela étant, reste le troupeau, et ça...

– Pas de problème là-dessus non plus, décida Dominique. Il est à toi et à maman, et sa vente vous permettra quand même de voir venir. Car ça, plus ta retraite, même si elle est ridicule, plus les foies gras que maman veut continuer à faire, plus ce qu'on vous enverra, Françoise et moi, mais oui ! Comme dans le temps, et ne discute pas, ça fatigue tout le monde, surtout toi ! Bon, je disais, tu vends et on n'en parle plus. À ce détail près que je me réserve, pour Cagou-Creek, les plus belles bêtes, elles feront merveille là-bas.

– Ah ? Tu vas en acheter encore ? Lesquelles ? sourit Jacques, ému d'apprendre que tout n'était pas aussi fini qu'il le craignait et que, grâce à son fils, quelques autres bêtes du troupeau Vialhe, de Coste-Roche, allaient grossir et améliorer le cheptel de Cagou-Creek, que gérait un autre Vialhe.

– Lesquelles ? Les plus belles, je t'ai dit, j'en ai repéré une bonne douzaine. Tu seras bien capable, quand même, de les faire expédier par le même groupement qui m'en a déjà envoyé ?

– Bien sûr, ça, c'est surtout de la paperasse à remplir, ce n'est pas trop épuisant, dit Jacques en prenant la main de Michèle, assise à ses côtés, et en la serrant pour lui faire partager son émotion et son bonheur.

– Et je vais aussi te prendre quelques taurillons pour Jean. Oui, les bestiaux qu'il va gérer ont sacrément besoin de sang neuf. Alors à tant faire que de réserver quelques places dans un Boeing !

– Ah ! ça sera formidable ! Formidable ! dit Jacques. Comme ça nos bêtes seront toujours un peu dans la famille et je ne les aurai pas sélectionnées pour rien !

– C'est bien comme ça que je l'entends, assura Dominique.

– Mais alors, pour les terres ? Que décidez-vous ? demanda Jacques.

– Si ça te convient, dit Dominique à sa sœur, je prends tout et je te verse ta part, au prix officiel fixé par le notaire, ça doit être facile à établir. Mais, pour construire, quelle terre veux-tu ?

– Tu vas râler, prévint-elle, ce n'est pas la plus mauvaise et c'est celle d'où la vue est la plus belle...

– Ça va, j'ai compris, dit-il, tu as bon goût et une maison là-haut, ça aura de l'allure, alors d'accord.

– C'est où ? demanda Jacques, un peu perdu à cause de la connivence qui venait subitement de renaître entre le frère et la sœur.

– Tu n'as pas deviné ? s'étonna Françoise.

– J'ai des excuses, plaisanta-t-il en portant la main à son cœur.

– Elle veut Chez Mathilde, dit Dominique, certain de ne pas se tromper. Et elle a raison, si je devais me faire bâtir, c'est là que je m'installerais.

– Alors c'est ce que vous décidez ? insista Jacques. Je peux téléphoner au notaire ?

– Oui, dirent Dominique et Françoise en même temps, et comme ça, les terres Vialhe ne sont pas coupées et ne sortent pas de la famille, ajouta Dominique.

– Mais que vas-tu en faire, puisque tu ne veux pas louer ? s'inquiéta Michèle, jusque-là silencieuse, car la majorité des terres provenait du côté Vialhe et elle n'avait donc pas à intervenir.

– Non, je ne veux pas louer, à personne, dit Dominique. Mais, la semaine dernière, j'ai été voir le petit Valade. Il est bien, ce jeune, il en faudrait dix comme lui sur la commune. Et je suis tout à fait d'accord avec Jean, Jo et les autres lorsqu'ils disent qu'il devrait sérieusement penser à prendre la mairie à cet autre crétin, juste capable de nous foutre une salle polyvalente qu'on devrait passer au lance-flammes ! Tu devrais t'en occuper de près, papa. Après tout, les municipales c'est le printemps prochain et, d'ici là, tu seras en pleine forme !

– Ça reste à prouver... Pour le reste, j'y penserai

peut-être, mais je ne vois pas le rapport avec les terres ! coupa Jacques.

– Pourtant si ! Jean-Claude est tout prêt à t'acheter l'herbe sur pied, année après année, c'est pas énorme comme rapport, mais c'est toujours ça. Et il est d'autant plus d'accord que je ne doute pas que tu lui laisseras mettre ses bêtes à pâturer, moyennant l'entretien des terres et des prairies !

– Bien entendu, dit Jacques qui n'avait pas envisagé cette possibilité et qui se voyait déjà surveiller chaque jour, et sans aucun effort, le troupeau de Jean-Claude.

– Eh bien, voilà, dit Dominique, je crois qu'on a réglé ce qui devait l'être. Maintenant, tu vas nous faire le plaisir de rester tranquille ; tout ce qu'on te demande, c'est de jeter un coup d'œil sur les terres, pas plus. Comme ça, dans... disons douze ou quinze ans, je pourrai venir y prendre ma retraite avec Béatrice et te faire voir comment nous, là-bas, sur le Caillou, on gère un stock de limousines !

– Alors tu repars après-demain ? demanda Mathilde.

– Oui, Bonne-maman. J'ai beaucoup de travail là-bas et même si Jean se débrouille très bien, il faut que je rentre. Et puis je m'ennuie de Béatrice et des enfants, expliqua Dominique.

– Et ton père, qu'en penses-tu ?

– Ça ira, tu verras. Et puis vous avez de la chance, le docteur Peyrissac est très bien, très humain, il comprend bien papa. C'est normal, il m'a dit que ses parents avaient été agriculteurs.

– Ah ! dit Mathilde, ça ne m'étonne pas qu'il soit si près de nous. Mais il ne m'a jamais raconté ça !

– Papa le savait.

– Oh ! ton père, il me cache tout ! Alors tu trouves qu'il va bien ? Tu ne me racontes pas d'histoires ? Tu sais, tu peux tout me dire, si tu ne le fais pas, je le saurai quand même, parce que Jo, elle, me le dira ! Alors sa santé, ça va ?

– Mais oui, Bonne-maman, ça va aussi bien que possible, je repars tranquille, c'est tout dire. Et puis on se reverra très vite, nous serons là en juillet, avec Béatrice et les enfants, dans deux grands mois. Et, d'ici là, tu verras, tout ira bien ici.

– J'espère... Et Félix, quand repart-il ?

– La semaine prochaine, je crois.

– Bien, alors c'est que Jacques va mieux... Dis, tu sais ce qui me ferait plaisir ? demanda-t-elle en lui prenant la main.

– Tu vas me le dire.

– Jacques et Michèle m'ont expliqué que tout était arrangé entre toi et ta sœur, c'est vrai ?

– Oui, c'est réglé, et bien réglé.

– Ah ! tant mieux. Là où il est, ton grand-père doit être tout content de le savoir. Mais... Oh oui, j'aimerais tant les revoir une dernière fois nos terres... Il y a si longtemps que je n'ai pas pu y monter, si longtemps...

– Où ?

– Au puy Blanc. De là-haut on les voit toutes, toutes les terres Vialhe !

– Je sais, encore faut-il y grimper et...

– Mais en voiture ! insista Mathilde. Tu pourrais au moins me conduire jusqu'au pied du puy, il y a un chemin qui y va...

– Oui, sourit Dominique. Et je dois même pouvoir faire mieux, beaucoup mieux, calcula-t-il. Tu veux vraiment aller en haut du puy Blanc, Bonne-maman, tout en haut ?

– Oh oui, dit-elle, ravie à cette idée, oui, comme je l'ai fait avec ton grand-père, le jour de nos noces d'or. Je n'y suis pas revenue depuis, pour moi, c'est beaucoup trop pentu.

– D'accord, décida-t-il, demain après-midi, je t'y conduis, promis !

– Il fallait y penser, reconnut Félix assis à côté de Dominique dans le 4 × 4 de location que son cousin avait été chercher à Brive, moyennant force tractations et un sérieux bakchich car l'engin ne faisait pas partie de ceux ordinairement proposés aux clients.

– On a fait plus confortable, mais ça crapahute vraiment n'importe où, j'ai le même, en plus puissant encore à Cagou-Creek, dit Dominique en se retournant pour vérifier que sa grand-mère était bien installée.

Calée entre deux énormes édredons qui atténuaient tous les chocs, bien tenue par la ceinture de sécurité, Mathilde était aux anges. Car de part et d'autre de la voiture, qui montait sans aucune peine la sévère pente du puy Blanc, c'était toute sa vie qui lui revenait en mémoire. Sa jeunesse lorsque, dans le pacage qu'ils venaient de traverser, elle allait garder les vaches dans les terres du château, louées par Léon. Et puis, inoubliable, sa première rencontre avec Pierre-Édouard et ce coup de foudre qui les avait frappés, l'un et l'autre, pour soixante ans d'existence et de complicité. De deuils et de tristesse aussi, de bonheur, mais surtout d'amour.

Maintenant, heureuse grâce à son petit-fils, se réveillaient tous les bons moments de sa longue existence. Et Pierre-Édouard était là pour lui redire – car il le lui avait bien seriné plus de cent fois ! – comment, le 24 décembre 1899, lui-même, sa sœur Louise et Léon étaient venus là, dans la neige, pour relever les collets de ces grives qu'ils avaient ensuite jetées, dans l'espoir de se débarrasser des loups qui hurlaient alentour !

« " Et il y en avait pour plus de cinq francs ! " m'a toujours dit Léon », songea-t-elle en souriant.

Et Pierre-Édouard était toujours là, comme au soir de leurs noces d'or lorsqu'il lui avait fait part de son inquiétude quant à l'avenir des terres Vialhe. Ces terres qui, maintenant que la voiture était sans aucune peine arrivée en haut du puy, étaient toutes là, sous ses yeux : la Pièce du Peuch et la Pièce Longue, celles des Malides, du Perrier et de la Rencontre, et aussi celle de la Grande Terre, un peu cachée par le flanc du puy, et celle du Château. Et puis, plus loin, tout au bout du plateau, vers Coste-Roche, la terre dite « Aux lettres de Léon » et enfin, celle de Chez Mathilde.

– Te voilà arrivée, Bonne-maman, dit Dominique, tu veux descendre de voiture ?

– Bien sûr, je ne suis là que pour ça !

– On va t'aider, dit Félix en sautant à terre.

Solidement soutenue par les deux hommes, elle descendit du 4 × 4 et, d'un coup d'œil, embrassa le paysage qui s'étalait à leurs pieds.

– Voilà nos terres, dit-elle en tendant la main vers

toutes ces parcelles dont elle connaissait le moindre recoin, pour y avoir tellement travaillé.

– Tu es contente ? demanda Dominique.

– Oui, tu me fais un très beau cadeau. Mais, dis-moi, puisque ton père ne peut plus rien faire, qui va entretenir toutes ces surfaces ?

– Le petit Valade, Jean-Claude, il s'en occupera très bien, et elles vont lui rendre un fameux service ; peut-être même le sauver, pour un temps..., expliqua Dominique.

– Ah oui, oui. Mais elles ne sont plus Vialhe alors ?

– Bien sûr que si puisqu'elles sont à moi ! Et dès cet été, crois-moi, ton arrière-petit-fils, Pierre, viendra les découvrir avec moi toutes ces terres Vialhe. Avec moi, mais surtout avec son grand-père !

– Oui, ce sera bien. Mais, toi, tu repars. Et c'est tellement loin où tu vas ! Alors pour surveiller tes terres...

– Ce n'est pas grave, intervint Félix qui depuis un instant devinait l'inquiétude et même le désarroi qui touchaient Mathilde. Ce n'est pas grave, redit-il, un jour, Dominique reviendra, et après lui ce sera Pierre, peut-être... Et puis, tu sais, la terre des Vialhe elle est ici, ou là. Très proche ou très lointaine. Sous nos pieds ou au-delà des horizons. Et, dans le fond, qu'importe où elle se trouve ! L'essentiel est qu'il y ait toujours des Vialhe pour la travailler comme elle le mérite, où qu'elle soit !

Marcillac, 30 mai 1998

TABLE

DU MÊME AUTEUR

Chez d'autres éditeurs

Le Secret des Incas
Coll. « Je bouquine », Bayard-Presse

Les Cent Plus Beaux Chants de la terre
Le Cherche Midi éditeur

Cette terre qui m'entoure
Christian de Bartillat/Robert Laffont

Cet ouvrage a été réalisé par la
SOCIÉTÉ NOUVELLE FIRMIN-DIDOT
Mesnil-sur-l'Estrée
en septembre 1998

Édition exclusivement réservée aux adhérents du Club
Le Grand Livre du Mois
15, rue des Sablons
75116 Paris
réalisée avec l'aimable autorisation des éditions Robert Laffont

Imprimé en France
Dépôt légal : octobre 1998
N° d'impression : 43453
ISBN : 2-7028-08819-0